KB201379

이원식 씨의 타격폼

이원식 씨의 타격폼

박상 소설집

이룸

차례

1 · 치통、 락소년、 꽃나무

"당신 같은 치아를 가진 사람은 당장 죽어버려야 해!"

치과의사가 말했다. 세상에 넘쳐나는 악당들 말고 왜 내가 썩은 치아 때문에 죽어버려야 하는지 궁금했지만, 입속에서 메가데스의 〈Killing Is My Business〉 앨범을 통째 공연하는 것 같은 치통 때문에 질문은 관뒀다.

"한 잔의 소주처럼 이가 영롱하던 때도 있었어."

나는 의사에게 간신히 툴툴거렸다. 의사는 동그란 해파리처럼 생긴 의자에 앉아 다리를 떨다가, 나를 경멸하는 듯한 표정을 내 얼굴 위에 똑똑 떨어뜨렸다.

"썩은 치아 같은 비유까지?"

의사는 눈을 깜빡이지도 않고 치의예과에 진학했던 순간을 후회하는 듯한 인상을 짓더니 갑자기 마스크를 썼다. 순간 간절히 소주를 마시고 싶었다.

의사는 간호사에게 소리쳤다.

"마취!"

간호사가 주사기를 가지고 왔다. 모든 병원은 모든 주사기 때문에 싫다.

"나는 고무동력기. 고통은 고무줄" 하고 나는 말했다.

하지만 그것은 고무줄이고 나발이고 도미를 먹다가 가시에 잇

몸이 찔려 몹시 아팠던 기억이 났기 때문에 튀어나온 헛소리였다.

의사는 간호사가 가지고 온 무섭게 뾰족한 주사기를 들고서 '그래서?'라는 표정을 짓더니 다짜고짜 입속에 바늘을 쑤셔 넣었다. 입안에서 살이 발린 도미 한 마리가 가시를 꽃피웠다.

"입 한번 헹굴래?"

간호사의 부드러운 목소리를 들으며 나는 서서히 가라앉았다. 어쩐지 들어본 적이 있는 목소리 같았다. 애니 해슬램의 노랫소리가 떠올랐다. 이런 목소리를 가진 여자는 간호사 제복 아래로 멋진 다리가 쭉 뻗어 있을 거라는 생각이 들었다. 또 간호사란 직업도 귀에 익었다. 그러나 치통과 마취약의 기운은 내 모든 검색엔진을 다운시켰다.

나는 대기실 의자에 누워 깊숙이 가라앉았다. 수심 11,000미터 마리아나 해구 밑바닥까지 직활강하는 기분이었다.

나는 심해 밑바닥에서 턱도 없이 노래를 불렀다.

나는돈도없는데이가아프다네나는이가아픈데돈도없다네나는턱도없는데노래를부른다네나는노래도못하는데이가아프다네나같은사람들은당장죽어버려야한다네입안이썩어빠진사람들은죽어버려야한다네속이시커먼사람들도죽어버렸으면좋겠네나는죽지도않았는데죽은노래를부른다네.

금발을 한 심해어가 눈앞에 나타나 쌍꺼풀 진 눈을 깜빡이며 내 노래를 끝까지 듣더니 지느러미를 맞부딪쳐 성의 없이 박수를 쳤다. 메가데스의 데이브 머스테인처럼 샐쭉한 표정이었다. 그런데 신기하게도 손바닥이 딱딱, 하고 마주치는 소리가 났다.

문득 정신을 차려보니 치과 대기실의 수족관 앞 소파였다. 금붕어 한 마리가 내 쪽으로 입을 뻐끔거리고 있었고 가운 대신에 청바지와 민소매 티셔츠를 입은 의사가 손바닥을 딱딱, 치며 나를 내려다보고 있었다.

"왜 내 치과에서 자는 거야? 입안을 마취했는데 정신이 마취되어버리는 건 또 무슨 수작이야? 깼으면 집에 돌아가! 당신 이의 신경을 모조리 잡아 뽑아놨어. 하여간 당신 이는 정말 마음에 안 들어. 부시도 빈 라덴도! 썩은 이는 당장 죽여버려야 해! 어서 가. 당신 때문에 퇴근이 늦어지잖아."

집으로 돌아오는 길에 다시 치통이 시작되었다. 신경을 죽였다는데도 코와 턱 사이의 5제곱센티미터쯤 되는 공간 안에서는 고통의 화로가 활활 불타오르기 시작해서 도자기라도 구울 수 있을 것 같았다.

"도저히 살 수가 없어. 이런 식으로는 못살아. 치통도 지겹고 삶도 지겹고 견디는 것도 지겨워. 그냥 끝내버리고 싶어."

"어이 당신, 말을 막 하는데."

누군가가 내 어깨에 손바닥을 턱, 하고 올려놓았다. 얼굴에 꽤 큰 점이 있고 귀밑머리가 백발이며 하얀 가운을 입고 있는 중년의 사내였다.

"당신에게 줄 수 있는 게 있지. 따라와."

그는 '조제약'이라는 것을 내밀었다.

"이틀 치! 당장 통증이 가라앉지 않으면 가드 내리고 하이킥 다섯 대 맞아주지."

그를 따라간 허름한 약국에는 빌 프리셀의 〈Blues Dream〉이라는 음악이 깔려 있었다. 나는 당장에 약을 한 봉지 입에 털어 넣었다.

한 꽃나무를 위하여 그러는 것 같은 참 이상스런 흉내를 한 번 내어본 것이다.[1]

약을 먹고 나자 다리가 조금 풀리는 느낌이었다. 살짝 휘청거리기까지 했다. 나는 남자에게 인사를 하고 약국을 나서려 했다. 그의 얼굴의 검은 점이 나를 점점 바라보고 있었다.

"약값 낼래?"

1 이상의 시 「꽃나무」 중에서 인용

아, 나는 주머니에서 2천 3백 원을 꺼내 남자에게 주었다. 주머니에 돈은 오로지 그것뿐이었다.

"좋아. 의지가 있군."

약사는 가볍게 2천 3백 원을 돌려주었다.

"왜 안 받는 거지?"

약사는 나 대신 하늘을 바라보며 말을 이었다.

"돈은 모든 욕망의 기폭제. 욕망은 모든 고통의 발화점. 약값으론 단지 나에게 고마워하면 되는 거야. 신에게든 자연에게든 같은 인간에게든 고마워할 줄 모르니까 사람들이 아프기 시작했거든."

나는 그의 장황한 말이 좀 어지러웠으나 고맙다고 말하며 약국을 나섰다. 나는 다리가 후들거리기 시작해 휘청거리며 걷다가 잠깐 앉기 위해 근처 편의점에 갔다. 예쁜 파라솔 벤치가 보였다. 갑자기 세상의 모든 것이 아름답게 보이기 시작했다.

소주를 한 병 사서 벤치에 앉아 목구멍 안으로 졸졸 흘리며, 나는 세상이 아름답게 보이는 건 도대체 무슨 경우인지 생각했다.

주차 단속반은 도롯가에서 어쩐지 기분 나쁜 표정으로 딱지를 떼고 있고, 떼인 차주들은 더 기분 나쁜 표정으로 딱지를 찢고 있었다. 새들은 먹이를 좇으며 허겁지겁 날다가 허둥지둥 똥을 싸고 있고, 달리는 자동차들도 부리나케 달리며 부랴부랴 배기가스를 뿜어댔다. 또 한쪽 구석에서 힘센 놈은 힘없는 아이를 마구 때리고 있었다. 이 세계는 여전했다. 아름다워 보일 리가 없었다. 나는 원인을 한참 생각했다. 생각하지 않으면 안 된다. 도무지 생각하지 않고 사는 무식한 자들 때문에 세상의 스타일이 망가졌다. 나는 일 분쯤 생각이란 걸 하며 세상 스타일의 평균을 조금 끌어올렸다.

고통이 사라져 있었다. 그게 세상이 아름답게 보인 이유였다. 고통 때문에 긴장하고 빠르게 놀려지던 다리가 갑자기 무뎌졌고, 고통 때문에 급박하게 돌아가던 세상이 정지해버린 것이었다.

치통은 실력파 소매치기가 쌔벼간 지갑처럼 완전히 사라져 있었다. 치통이라는 고통이, 몸속에서 퍼지기 시작한 묘하게 예쁜 약효에 조금씩 감화되어버린 듯했다. 그것은 사랑에 빠지는 것과 비슷했다.

'신기한 약이군. 고통을 끝장내버렸어.'

나는 흐뭇해하며 자리에서 일어서려 했다. 그러나 다리에 힘이 들어가지 않았고 어지러웠다.

"소주 값 낼래?"

편의점 여자 점원의 부드러운 목소리를 들으며 나는 서서히 가라앉아 갔다. 이번에는 바이칼 호(湖) 밑바닥까지였다. 그곳도 마리아나 해구만큼 물이 맑았다.

나는 치과에서처럼 노래를 불러보려고 했지만 입을 벙긋하기도 전에 플라잉브이 기타처럼 생긴 괴물 물고기가 나타났다. 효과음 같은 것이라도 났으면 놀라진 않았을 텐데, 나는 깜짝 놀랐다. 호수 속에서 플라잉브이 기타를 만나다니 세상이 어떻게 되려고 이러는 걸까? 그것은 공연이 시작되기 전 무대 위의 어둠 속에 놓인 기타처럼 강하게 도전적이었다. 괴물 물고기는 내가 공연을 방해라도 한 듯 갑자기 나를 들이받으려 했다. 나는 놈의 기타 줄을 풀며 버텨보았으나 이내 손목을 물려버렸다. 괴물 물고기 플라잉브이는 그 틈을 놓치지 않고 내 가슴을 정확히 들이받았다.

정신을 차려보니 편의점 앞 벤치였다. 시간이 얼마나 지났는지 알 수 없었으나 손에 빈 소주병이 들려 있었기 때문에 나는 편의점에 들어가 여자 점원에게 소주 값을 지불했다. 「기면발작증에 걸린 락커 재크」라는 제목의 잡지 기사를 읽고 있던 여자 점원은 고맙다고 말하며 예쁘게 머리를 쓸어 넘겼다.

나는 주머니에 손을 넣고 큰 보폭으로 다시 약국에 갔다. 나는 약의 성분에 대해 물어보고 싶었다.

"오, 다시 왔군. 무슨 문제라도 있었나? 아직 완성된 약이 아니야. 말하자면 이 약은 대뇌로 오는 통증 신호를 회 떠 먹어버리지만, 가끔 운동 신호도 함께 쌈 싸 먹게 하는 단점이 있지. 게다가 약효 또한 겨우 여섯 시간 정도뿐이라는 거지. 하지만 그 여섯 시간 동안 모든 인류는 고통을 하나도 느끼지 않는 거야. 왜? 아무리 고통스러워도 그게 뭔지 모르니까. 아프리카에서 굶어 죽는 사람이 아무리 많다고 해도 우린 잘 모르니까 괜찮잖아? 그런데 이게, 이 약발이 겨우 여섯 시간인 건 문제야. 인간은 팔십 년 가까이 살아야 한단 말이지. 여섯 시간에 한 번씩 아프리카나 북한의 아이들을 떠올리면서 팔십 년을 살 수는 없잖아?"

나는 뭐라고 대꾸하고 싶었지만 그가 또 말을 시작했다.

"그러니 내가 약을 완성하기까진 임시방편이야. 이제 다시 또 서서히 치통이 시작될 거야. 흥, 나는 알고 있지. 그렇다면 그때 다시 약 한 봉지를 먹으면 되는 거지. 그럼 여섯 시간 동안은 편안히 누워서 갖은 슬픔, 모든 전쟁, 모든 기아, 지랄 같은 천재지변, 끝없는 죽음, 개 같은 돈, 잃어버린 사랑 같은 건 잊고 있게 되지. 자, 어서 약을 먹어. 약을 꺼내. 어디다 뒀어? 내 말 안 들려? 새로 지어줄까?"

나는 치통이라는 고통보다는 고통을 사라지게 하는 새로운 고통이 더더욱 싫다고 생각했다. 고통 때문에 아무것도 할 수 없는 것과 약 때문에 드러누워 아무것도 할 수 없는 것은 미녀 두 명과 들어간 모텔에서의 발기부전 같은 것이다. 게다가 죽은 듯이 드러누워 있는 동안에도 나는 꿈이란 걸 꿨고 기타처럼 생긴 물고기에게 가슴을 찔리는 고통을 받았다. 현실로 돌아와야 한다면 꿈꾸는 것도 고통이다.

"고무동력기는 고무줄이 꼬여야 날아. 넌 틀렸어."

나는 약봉지를 약사에게 집어던지고 약국에서 뛰쳐나왔다. 약사에게 한마디 한 건 멋있게 보이기 위한 것이었는데 별로 멋이 없는 것 같아서 후회했다.

나는 집으로 돌아왔다. 외출한 사이에 예비군 동대 직원이 다녀갔다. 그가 남긴 메모에는 이렇게 적혀 있었다.

'집에 없군, 개새끼. 어딜 나돌아 다니나. 돌아다닐 힘 있음 예비군 훈련에나 기어 나와. 박박 기게 해줄 테니까. 정신 차려. 새끼야, 어딜 보나. 차렷, 동작 봐라. 고발당하고 울면서 벌금 내고 싶지 않으면 예비군 동대에 눈썹이 휘날리게 전화해.'

그리고 각종 고지서들도 침투해 있었다. 모든 고지서들은 내가 들어서자마자 목을 조르며 한결같이 곱지 않은 말투로 나를 힐난했다.

'요놈 봐라. 전기 콘센트에 네놈 물건을 꽂았으면 화대를 내야 될 거 아냐? 보일러 땠으면 화끈하게 가스비를 내! 빨래를 했으면 수도료도 깨끗이 빨아줘야겠지? 아팠냐? 의료보험료도 아파. 아, 요 새끼 연금도 안 냈네? 안 늙을 줄 아는 모양이지?'

나는 통지서와 고지서들을 72등분으로 찢어버렸다. 고통스러워! 이런 열등한 수사학에 무식한 문장들! 나는 성에 안 차서 그걸 다시 157등분으로 찢어 놓았다. 그래도 성에 안 차서 막 365등분으로 찢으려고 하는데 또 불친절한 치통이 시작되었다. 나는 찢던 종이들을 공중에 흩뿌리며 쓰러졌다.

눈처럼 휘날리는 의무들 아래에서 나는 방바닥을 데굴데굴 구르기 시작했다. 그리고 중얼거렸다.

'아 빌어먹을, 아 빌어먹을 의무, 아 빌어먹을 삶!'

돌팔이 같은 치과의사가 치통 따윈 느낄 수 없을 거라고 했는데 지금 느끼는 이 고통이 치통이 아니면 대체 뭐란 말인가. 돈 없는 자에겐 고통이 의무라도 된단 말인가?

나는 방바닥을 구르다 정강이를 옷장 모서리에 부딪히고는 정강이 통증까지 느끼기 시작했다. 할 수 없이 나는 이를 악물고 절뚝거리는 슬랩스틱 개그를 하며 약국으로 향했다.

"틀렸다는 것을 인정하나?"

가운을 입은 약사는 마치 내가 올 것을 미리 알고 있었다는 듯이 점을 매만지며 말했다. 그리고 내가 한 것처럼 약봉지를 내게 집어 던졌다.

"고통이 없어야만 고무될 수 있어. 뭘 좀 알아야지."

약사가 부들부들 떨며 약을 빠는 내게 외쳤다.

멋있어 보였다.

그 약은 또다시 고통을 뚝, 하고 멈춰주었다. 환각 작용이 일어나지 않는 걸 보니 마약은 아니었다.

하지만 모든 운동 신경계가 할 일이 없어진 듯 무료해져 결국 졸릴 수밖에 없었다. 나는 졸음을 쫓기 위해 근처 편의점에 갔다. 해질 무렵이라 불을 환하게 밝히고 있었다. 환한 표정을 잘 지어 보이던 어떤 여자가 잠시 떠올랐다.

나는 소주를 한 병 사서 마셨다. 편의점 앞의 의자에 앉으면 다시 졸릴 것 같아 벽에 어깨를 기대고 서서 마셨다. 그러나 정신의 가닥이 조금씩 풀어헤쳐지고 있었다. 생각으로 짠 내 의식의 올이 풀려나가며 줄줄 흐르기 시작한 것이다. 그러다 다시 정신이 들었다.

편의점의 남자 점원이 내 등을 탁 하고 쳤기 때문이었다.

"소주 값 내라."

나는 소주 값을 내고 집으로 돌아왔다. 운동으로 단련되었으리라고 보이는 단단한 팔뚝에 'Rock is Dead'라는 헤나문신이 새겨진 남자 점원이 등을 탁 하고 쳐주지 않았더라면 소주 값을 못 낼 뻔했다. 그렇지만 그 헤나문신은 지워지고 있었다.

집에 돌아와 나는 전기기타를 켰다. 락은 과연 끝난 걸까? 아직 내가 살아 있는데 과연 그런 걸까? 그런데 기타에서 아무 소리도 나지 않았다. 뭐지? 전기가 나갔나? 나는 전기기타 앰프를 탕탕 때려보려다 갑자기 또 침몰해갔다. 거기가 마리아나 해구인지 바이칼 호 밑바닥인지 C마이너 스케일 사이인지 생각할 겨를도 없었다. 내 방과 함께 통째 가라앉았다. 창문으로 짠물이 콸콸 넘어 들어왔다.

나와 내 방은 아주 깊은 곳에 가라앉아 있었다. 치통의 깊이에 비하면 깊이도 아니었지만 나는 깊이 가라앉아 오랫동안 죽음에 대해 생각했다. 하지만 그런 시시한 걸 생각하자 너무 심심했다. 그래서 방이 울리도록 노래를 부르기 시작했다. 음악은 죽음의 반대말이다. 내 방의 책들과 악기들과 앰프들과 노래들이 내 기분과 함께 젖어갔다. 순간 소리치고 싶어졌다.

노래와 살기에 / 사람들은 / 실의를 이겨요.
노래하는 동안 / 사람들은 늙지 않아요.[2]

전형적인 스리 코드 펑크였다. 영롱했다.
하지만 노랫소리는 심해 생명체들의 잠을 깨워버린 것 같았다.

2 기유비크(Guillevic)의 시집 『Le Chant』 중에서 인용

대략 돈벌레처럼 다리가 많고 징그러운 털 아귀, 발광 해파리 같은 것들이 아가미를 부릅뜨고 내 방 안에 난입했다. 아귀들은 넓고 날카롭고 단단해 보이는 주둥이로 나를 공격하기 시작했고 발광 해파리들은 나이트클럽의 사이키 조명처럼 반짝반짝 발광했다. 나는 놈들의 쇼와 댄스에 성대를 물어뜯기고 혀를 물어뜯겼다. 이빨 자국은 나를 마취시켰다. 다음 순간 놈들이 내 성기를 물려고 입을 쫙 벌렸을 때 나는 비명을 지르며 가까스로 깨어났다.

나는 내 방에 누워 있었고 눈앞에는 치과의사와 그의 간호사가 아침 햇살의 역광 속에서 비사실적으로 존재하고 있었다. 안 보이긴 해도 내 성기는 잔뜩 오그라들어 있었다. 내가 간신히 의사에게 외쳤다.

"또 너냐?"

"하이, 마잇.(Hi, Mate.)"

치과의사는 어제와 달리 예의 있는 말투를 구사했다. 영국 코크니 발음이었다.

"어제 깜빡 잊고 안 한 게 있어. 조개가 고갈된 수달처럼 계속 고통스러웠지?"

"뭐지? 정말 나 같은 이를 가진 사람은 모두 죽어버리라는 거였어?"

"그랬지. 그건 내 세계관이니까. 하지만 가만히 생각해보니, 난 프로잖아. 돈을 받았으면 고쳐줘야지. 나는 당신 노래 때문에 돈을 안 받은 줄 착각했단 말이야."

"내가 돈을 냈다고?"

"우리 간호사가 알려주더군. 돈을 받았다고."

간호사가 나를 바라보고 있었다. 그녀의 이마에는 '넌 여전히 귀엽구나' 하는 표정이 적혀 있었다. 간호사가 말했다.

"입 한번 헹굴래?"

나는 입을 헹구기 위해 내 방 욕실까지 다녀왔다. 다행히 수도는 아직 끊기지 않았다. 입을 헹구는데 신기하게도 입안에는 아픈 곳이 하나도 없었다.

나는 욕실에서 돌아오자마자 치과의사에게 하이파이브를 청했다. 의사도 손을 들어 화답했지만, 우리들의 손바닥은 서로 빗나갔다. 멋쩍은 표정으로 가방을 챙기며 그가 말을 이었다.

"자네 집은 찾기가 정말 어려웠어. 우리 간호사가 마침 자네 집을 알았기에 망정이지. 이런 곳엔 예비군 훈련 통지서 같은 것도 잘 안 오겠군."

나는 축배로 소주를 마시고 싶어졌다. 의사와는 편의점 앞에서 악수를 하고 헤어졌다. 간호사는 나를 한 번 뒤돌아보았다. 표정, 라인, 머릿결, 향기, 어딘지 몹시 친근한 느낌이었다. 연민, 될 대로 되라, 환상, 알게 뭐야, 같은 말들처럼.

편의점에 가자 점주인 듯한 노인이 있었다. 그는 '노인도 쉽게 배우는 원투 스트레이트' 같은 종류의 라디오 프로그램을 듣고 있었다. 소주를 카운터에 올려놓자 노인이 바코드가 어디에 붙어 있는지 한참을 찾아 헤맸다.

"이, 이게 어디 붙어 있는 거람?"

내가 잠시 한심하게 바라보자,

"한심하다고 생각한다면 너도 늙어서 후회하게 될 거야"

라고 마이크 타이슨 같은 눈빛으로 말했다.

나는 편의점 앞의 푸른 파라솔 벤치에서 소주를 마시며 새롭게 태어난 것 같은 고통 없는 세상을 바라보았다.

자동차들이 인간 문명의 절대적 예술을 만끽하는 것처럼 자유로워 보였고, 딱지를 떼던 주차 단속 요원은 애초에 그런 직업이 없었던 것처럼 어디론가 사라져버렸고, 무자비한 시간의 굴레에 딱 걸려 고통스럽게 또각또각 끼워 맞춰지는 것처럼 보이던 남녀의 구두와 하이힐 소리가 흥겹게 울리는 비트박스처럼 세상을 황홀한 음악으로 물들이고 있었다.

그런데 나는, 나도 모르게 나 혼자만, 쓸쓸한 블루스를 부르기 시작했다. 세상이 나만 빼고 아름다워서였다.

난 나쁘지도 않고 아이도 아니야

그런데 왜 애인은 뻐꾸기처럼 떠나버렸을까
난 수도꼭지가 아니므로 울지 않을 거야[3]

"소주 값 냈는가?"

노인이 다가와 물었다. 나는 지갑을 열어보았다. 쓸쓸하게도 돈이 없었다.

"냈나…… 돈이 없네."

"후회하게 만들어주지."

그는 경찰을 불렀다. 내가 반항하려 하자 빠른 원투 스트레이트를 날렸다. 나는 곧 경찰서에 끌려갔다.

"경범죄 처벌법 1조 51호, 무전취식."

"아, 인생에 소주 값도 없는 경우가."

"또 있어. 향토예비군 설치법 6조 2항을 이행하지 않아 동법 15조 8항에 의해 고발."

"아니, 훈련 통지서를 어제 받았는데?"

"시끄러. 우리는 사정을 봐주지 않아."

향토예비군이라는 말을 듣자 지금 이 도시가 시골처럼 느껴졌

3 곽은영 시 「점핑 19세」 중에서 인용

다. 그리고 무전취식은 또 뭐야, 경찰이나 기관원들이 공기 속에 떠 들어놓은 무전이라도 먹었단 말인가? 도대체 이런 무식한 용어들은 누가 만들어서 누가 유통시키는 거야. 나는 경찰서에 온 것을 후회했다.

"직업?"

"밴드."

"밴드? 이름이 뭐야?"

"재크와 콩나물."

"그게 뭐야?"

"나는 재크, 내 기타는 콩나물."

"그럼 언더그라운드 락커야?"

나는 피식 하고 웃어버렸다. 모르는 건 무조건 언더그라운드인가.

"헛, 방금 경찰 앞에서 실소했나? 개전의 정이 없군. 당신 같은 태도를 가진 사람은 당장 구금해야 해."

나는 경찰서 유치장에 갇혔다. 유치장에는 어둡고 더러운 조명과 언더그라운드 문화 같은 창살이 있었고, 다 드러나 불쾌한 오버그라운드 같은 화장실과 괴상한 냄새를 풍기는 보수적인 국방색 모포들이 있었다.

나는 깨끗해 보이는 모포를 고르다 말했다.

"세상에, 여기 깨끗한 모포라곤 한 장도 없군. 이렇게 웃길 수가."

"입 한번 닥칠래?"

유치장 담당관으로 보이는 사람이 어디선가 나타나 내게 매서운 눈빛과 차디찬 목소리로 경고했다.

나는 더 이상 치통을 느끼지도 않았고, 약 때문에 나른한 무의식에 빠져 있지도 않았다. 하지만 아무것도 할 수가 없어졌다. 사람이 고통 없이 살아가길 바라는 것은 자신이 꿈꾸는 일을 잘 해내기 위해서다, 라고 늘 생각해왔다. 그런데 지금 나는 아무런 고통을 느끼지 못하고 있는데도 내가 꿈꾸는 일을 할 수 없었다. 나는 빨리 소주를 마시고 싶었다.

"여기엔 편의점 없어?"

매서운 눈빛을 하고 있던 담당관은 나를 잠시 노려보더니 물었다.

"돈은?"

"아마 없는 것 같아. 왜 없는 건지는 잘 모르겠어."

"무전취식으로 들어와서 또 무전취식을 노려? 고통 한번 제대로 당해볼래? 당신 때문에 내가 이 칙칙한 유치장에 앉아서 당신을 지켜보고 있어야 되잖아. 당신이 유치장 안에 유치되면 나는 유치장 바깥에 유치되는 거야. 올림픽, 아시안게임, 월드컵 다 안팎으로 유치한 거야! 당신만 안 들어왔으면 난 쾌적한 사무실에서 재테크를 공부하고 있을 텐데 말이야."

"하면 되잖아. 누구나 원하는 걸 하잖아."

담당관은 벌떡 일어나 내가 있는 창살 앞으로 다가왔다.

"원하는 걸 늘 하면서 살 수 있다고 생각하나?"

그의 목소리는 연극배우 같았지만 창살 앞에 서 있는 자세가 어색했고 대사를 할 때의 표정도 좀 서툴렀다. 원하는 걸 하면서 살 수만은 없다는 진지한 피로감이 결여된 유치한 연기였다.

"그럼 하면 안 돼? 최소한 인간은 원하는 걸 하고 살아야 된단 말이야."

나는 아동극배우 같은 목소리를 내보았다. 꿈과 이상에 대해 이야기할 때는 아이처럼 투정 부리듯 말해야만 한다. 이 따위 세상은 그런 걸 정말 투정으로 이해하니까.

그러나 나 역시 표정 연기는 좀 서툴렀다. 꿈꾸는 표정을 짓기엔 창살의 스트라이프 무늬 미장센이 너무 유치했다.

"원하는 걸 하고 살려면 돈이 필요해. 돈이 있으면 이딴 건 결석재판을 받을 수 있잖아. 그러면 나는 당신을 안 지켜도 되고. 에, 당신같이 돈이 없는 인간은 죽어버려야 해. 숭고함을 더럽히고 있어. 자기뿐만 아니라 다른 사람까지 고통스럽게 만드는 거야."

아, 그러고 보니 나는 정말로 돈이 없었다. 돈이 없다는 것이 새로운 고통으로 떠올랐다. 나는 지저분한 모포 더미에 쓰러졌다. 몹시 고통스러웠다. 돈이 없다! 돈이 없다! 세상에 넘쳐나는 악당들 말고 왜 내가 돈이 없는지 궁금했다. 나는 돈이 필요하다. 돈이 있어야만 다시 꿈을 꿀 수 있다.

나는 유치장 마룻바닥을 데굴데굴 구르기 시작했다. 구르다가 정강이를 어딘가에 부닥쳐 또다시 정강이 통증까지 느껴야 했다.

'아, 빌어먹을, 빌어먹을 돈, 빌어먹을 삶!'

그런데 구르는 동안 주머니 속에 뭔가가 불룩하게 솟아 있어 허벅지에 걸렸다. 만져보자 약사가 지어준 약봉지가 손에 잡혔다.

나는 담당관의 눈치를 살폈다. 그는 나를 정면으로 바라보고 있었다. 나는 정강이 통증이 가라앉는 대로 모포에 얌전히 드러누워 내가 만든 〈락정신의 죽음〉 제1장 C단조를 퍼포먼스 했다. 그러나 아무래도 퍼포먼스에 카타르시스가 결여된 것 같아 나는 나지막이 즉흥적인 노래까지 불렀다.

순환선을타고장례식장에갔어
고통이자꾸꽃나무를피워서
락정신의역에내리지못했어
유머감각이절정이라도락정신을웃길수없어
돌아버리겠어돌아버리겠어

담당관은 나를 지켜보고 있다가 사 분 사십오 초짜리인 노래가 끝나자 고개를 두어 번 끄덕이고 책상 앞으로 돌아갔다. 나는 눈치를 잘 살핀 뒤 약봉지를 꺼내 입에 털어 넣었다.

돈이 없다, 라는 지독한 고통이 뚝 하고 멈추었다. 어릴 땐 호랑이가 와서 잡아 간다, 라는 말을 들으면 울음을 멈추었다. 호랑이라고 하면, 싸워서 이길 방법이 없어 보이는 동물이니까.

요즘 아이들에겐 무슨 노래를 해줘야 울음을 뚝 그칠까 생각해보면서 나는 침몰해갔다. 나는 심해 밑바닥에 책상을 놓고 앉아 락정신에 대한 곡을 써나갔다. 의자가 없어 허벅지에 근육 경련이 일어나자 지나가던 향유고래를 잡아 락, 하고 칠 옥타브로 외쳐 기절시킨 뒤 깔고 앉았다. 고래의 피부돌기 때문에 엉덩이가 배겼지만, 열심히 우는 아이들이 울음을 뚝 그칠 만한 락정신 같은 노랫말을 그려보았다.

내 락정신은 특별 락정신이라서 앞발 발톱이 엑스맨 울버린의 손톱 무기보다 길고 이빨은 샤론 스톤이 치켜든 얼음송곳보다 관능적이며 털의 힘은 터미네이터의 대퇴부도 빼빼로처럼 씹을 수 있을 만큼 강해. 옷 속에 감추어진 근육들은 울퉁불퉁하게 다져져 있어 락정신 몸짱 대회에서 대상을 안았다네. 나는 펑크락커라네. 나는 세상이 끝나기를 바란다네. 식의 노랫말이었다.

그런데 막 호랑이의 기타 실력에 대해서 묘사하려는 순간 의자로 삼고 있던 향유고래가 불끈 가랑이 사이로 튀어 올랐다. 나는 깜짝 놀라 정신을 차리고 깨어났다.

"이원식 씨."

여자가 나를 부르고 있었다. 치과의 간호사였다. 나는 발기해 있었다. 향수 냄새와 발기 상태가 그녀가 누군지 기억나게 해줄 것만 같았다.

인사해. 이 여자는 바로 몇 달 전에 헤어진 너의 옛 애인이야, 라고 기억의 한 부분이 말했다.

"아아, 은영 씨. 여긴 어떻게 알고."

"집에 없기에 편의점에 갔더니 여기 끌려갔다고 하데."

나는 할 말이 없었다. 헤어진 마당에 이런 꼴로 마주치게 되니 부끄러움이 색다른 종류의 고통들을 만들어내고 있었다. 나는 빨리 발기가 가라앉았으면 하고 바랐다.

"무전취식은 1천 150원 내고 해결했고, 향군법 위반은 결석재판 받을 수 있게 했어. 내가 돈을 대신 냈거든."

담당관은 철창의 문을 열어주었다. 그는 비로소 시원한 사무실에 앉아 재테크 공부를 할 수 있겠구나, 라는 모종의 희망을 보았다는 표정연기를 제법 해내고 있었다. 그러나 나는 여자친구에게 빌어먹는 인생인 내 노래의 무능력 때문에 쓸쓸했다.

나는 간호사와 유치장을 나섰다. 담당관이 유쾌하게 한마디 했다.

"돈이면 안 되는 게 없어. 매우 흔한 이야기지만, 만약 더 심한 문제에 부닥치면 더 큰 돈으로 해결하면 되는 거야."

하지만 그는 곧 인상을 구겨버렸다. 막 유치장에 다른 사람이 붙들려 들어오고 있었다. 돈으로는 해결할 수 없을 것 같았다. 얼굴에 점이 났고 하얀 가운을 입고 있는 중년의 사내였다. 그는 나를 한눈에 알아보았다.

"여어, 구면이로군."

그는 내 손을 잡고 오랫동안 흔들었다.

"나는 실험 중단 사태를 맞이했어. 인류의 고통을 없애려는 내 연구가 얼마나 중요한 건지 사람들이 통 몰라. 그래도 진짜 연구는 책상머리로 하는 게 아니야. 진짜 머리로 하는 거지. 그러니 내가 여기 잡혀 왔다는 걸 인류에게 알릴 필요는 없어."

"약사법 16조, 21조 1항 위반이라, 가짜 약장수 아냐?"

담당관이 쓰디쓰게 말했다.

"어허, 말투가 곱지 않다. 세상의 고통을 해소해나가는 데 꼭 의사, 약사만 필요한가? 도대체가 이 지구엔 약발이 안 먹혀. 필요한

치료를 받거나 약을 먹으려면 돈이 든단 말이지. 돈을 벌려면 고통스럽고, 그렇다면 고통을 릴레이 시킬 거야? 난 달라. 사람들에게 돈도 안 받는단 말이지."

나는 뭔가 설명해보려는 그의 손에 남은 약봉지를 몰래 쥐어주었다. 자신의 삶을 다른 사람에게 설명하고 이해받으려 하면 안 된다. 어차피 이해가 안 된다.

돈도 안 되는 음악을 만들고 있는 내 상황도 이해가 안 된다. 그런 걸 왜 하고 있냐고 사람들은 묻는다. 돈 되는 음악도 많은데. 그럼 돈 되는 음악을 하는 건 쉬운 줄 알아? 라고 말할 수도 있지만, 돈 안 되는 음악을 하려면 얼마나 처절하게 미쳐야 되는지를 안다면 꼼짝도 못 할 것이다. 밥을 위해 부르는 노래와, 숟가락도 버리면서 부르는 노래는 본질이 다르다. 바보들이 모르는 건 본질이다. 음악의 본질은 진짜 노래하는 것이고, 의약의 본질은 인류의 고통과 진짜 싸우는 것이다. 나는 그에게서 묘한 동질감을 느꼈다.

나는 약사를 잘 대해주면 좋겠다고 담당관에게 부탁했다.

"저 사람은 락정신을 아는 것 같아."

옛 애인이었던 간호사와 나는 집으로 돌아왔다. 그녀와 함께 살던 집이다. 집에 오자마자 그녀가 부드럽게 말했다.

"몸 한번 헹굴래?"

나는 유치장의 괴상한 모포 냄새가 내 몸에서 분리될 때까지 오랫동안 샤워를 했다. 쏴아아. 여자가 떠난 뒤 내 삶은 괴상한 모포처럼 냄새를 풍겼다. 쏴아아아. 각종 돈의 의무들을 여자가 대신 해주었을 때는 행복했다. 쏴아. 나는 대신 새들이 새대가리처럼 먹이만 찾고 있을 때 그녀에게 노래를 들려주었다. 쏴아아아. 그녀는 내 생활비를 대면서도 새소리나 꽃향기에 취한 여자처럼 행복해했다.

아, 만약 그녀가 내게 돌아온 거라면 나는 다시 고통 없이 멋진 노래를 불러줄 수 있을 텐데. 쏴아아. 새들도 꽃들도 단번에 찌그러질 멋진 노래를. 쏴아아. 그녀는 지금 나에게 과연 돌아온 것인가. 쏴아아. 단지 내가 걱정되어서 한번 와본 것일 뿐일까.

샤워를 마치고 나오자 여자는 소주 한 병을 드르륵 땄다.

"현실적인 여자 같은 건 이제 재미없어졌어!"

나는 그 말을 잠시 이해하지 못했다가 순간 가슴이 찡해졌다. 그녀가 돌아온 것이다.

"당신이랑 있을 땐 최소한 심심하지는 않았어. 당신한테 돈은 좀 들었지만."

"돈 벌어서 예쁜 옷 사고, 그런 옷 입고 남자 만나고, 그런 남자와 좋은 데 가고 해봤자 영 괴롭데. 재미가 있어야지."

나는 아무 말도 하지 못했다.

"돈 많고 행복하면 소주 맛을 어떻게 알겠어."

그녀가 계속 말했다.

"바보들, 돈 때문에 인류를 구원해야 한다는 것도 잘 모르고, 돈이 인류를 구원하지 못한다는 것도 모르면서 어떻게 소주도 안 마시려고 하지?"

나는 말없이 소주를 마셨다. 여자가 너무 고마웠다. 현실에 이런 여자는 없다. 그러니까 그녀가 현실로부터 돌아왔다. 여자에게 소주를 한 잔 깔끔한 동작으로 따라주었다. 그녀는 가진 게 고통스런 락정신뿐인 나를 간호해주고 있다. 나는 당장 새로운 노래를 만들 수 있을 것 같았다.

나는 기타를 쥐고 즉흥적으로 하드코어 랩 스타일의 노래를 불렀다. 즉흥의 아름다움은 마음에서 즉각 울려나오는 날감동이라는 점이다. 돈은 절대 즉흥적으로 생기는 법이 없다. 그래서 감동이 없다.

오늘도땅바닥을디딘발바닥이아파서
소주에달라붙어꿈꾸는공중부양
소주의꽃밭에심은꽃나무는날아다니지

여자는 노래를 들으며 소주잔을 한 번에 비운 뒤 잔을 머리 위에 털고 내게 건넸다. 내미는 손이 고통스러울 만큼 예뻤다.

"이 노랜 제목이 뭐야?"

"소주와 꽃나무."

"당신 노래들은 언제 들어도 고무돼."

"고마워. 이제 고무줄이 다 감겼어. 날자."

"당신 같은 노래를 부르는 사람은 당장 안아줘야 해."

여자는 내 목을 꼭 끌어안았다.

나는 그녀에게 안긴 채 내가 생각하는 노래를 열심히 부르려는 것처럼[4] 노래를 불렀다.

4 이상의 「꽃나무」 중에서 빌림

2. 이원식 씨의 타격 폼

타격 폼이란 방망이로 무언가를 때리려고 할 때의 모든 행동을 말한다. 야구공이든 밥이든 똥이든 낮잠이든 검색이든 하여간 때리려는 건 다 타격 폼이다.

세상에 똑같은 타격 폼은 하나도 없어서 골 때린다. 개개인의 자세가 너무 다양해서 통계를 낼 수도 없다.

또한 타격 폼은 매혹적인 이성이 자신을 향해 속씨식물의 생식기관 같은 미소를 품은 채 다가오길 상상하는 조촐한 꿈을 표현하는 방식이거나 오늘 퇴근 후의 회식 자리 안주는 삼겹살 대신에 '에피쿠로스식 타조 앞다리 수블라키' 같은 것이면 좋겠어, 라는 사소한 갈망의 진동수 같은 것이다. 즉, 조리 있게 무언가를 희망하는 것이 바로 타격 폼의 아름다움이기도 하다.

그러나 다 필요 없고, 내가 생각하는 타격 폼이란 남다른 꿈을 빠는 자세이어야만 하고 부조리한 세상을 웃기려는 몸부림이거나 세상을 어떻게든 벗어나 보려는 바로 그 자세라야 한다는 것이다.

아니라면 미안하다.

내가 정한 타격 폼의 반대말은 개폼이다.

실력이라곤 바닥에 널브러진 밴드가 어디서 줄줄이 본 듯한 데커레이션을 하고 서서 들어주기 민망한 음악을 오로지 '멋'만 부리면서 연주하는 걸 듣는 운 나쁜 순간에 말하는, '개폼 잡고 있네'라는 표현. 그것은 인간이 구현하면 안 되는 개 같은 폼을 말한다. 요건 분명 타격 폼과는 죽도록 다른 부조리인 것이다.

개폼 잡는 것에도 여러 가지 다양성이 있다.

정말 멋진 품종의 개가 멋진 자태를 좔좔 흘리며 주인과 산책을 하는데 주인이 치질 전문 항문외과 홈페이지의 Q&A 게시판처럼 생겼고 산책로는 비에 젖은 MTB 힐 클라이밍 코스 같거나, 해서 개만 폼 나는 경우도 개폼이고 7옥타브까지 올릴 수 있는 락(Rock) 보컬이 머리를 짧게 깎고 '일상의 환희' 따위를 노래하거나 전위적인 시를 쓰는 시인이 오카리나를 불며 난초를 키운다거나 다도를 가르치는 선생이 매일 술 마시고 바지를 벗어도 개폼이다.

과학 잡지 《Neoton》은 2015년 8월호에 겨울 하늘, 작은개자리의 프로키온과 큰개자리의 시리우스는 지구상의 모든 개들이나 인간들이 저마다 짓는 개폼을 관장하고 있음을 증명한 논문을 특집기사로 게재할 예정이다. 아닐 거라면 미안하다.

개폼은 또한 본질에 지배된다. 아무리 멋을 부려도 개폼인 건 개폼이고 아무리 개폼을 지으려고 해도 멋진 폼은 멋진 폼이다.

여하간 개폼은 내가 이야기하려는 이원식 씨의 타격 폼과 딱 반대다. 민망하지만 부끄럽지 않고 작지만 질량이 큰 그 무엇인가이다. 아 이런 얘기 너무 어렵다.

타격 폼의 의미를 관장하는 별은 아직 학계에서 의견이 분분하지만 아마도 핼리혜성이 아닐까 하는 설이 유력하다. 아니래도 모르겠다. 핼리혜성은 76.3년에 한 번씩 오기 때문에 운 좋게 평균수명 이상만 살아내면 인생과 한 번은 관련이 있다. 이 사실을 근거로 내가 하고 싶은 말은 76.3년에 한 번쯤은 제대로 된 타격 폼을 가진 사람을 한 명 만난다는 이야기다. 제대로 된 타격 폼이란 '니미 뽕'[1] 하지 않은 폼을 말하는 것이다. 자, 그게 이원식 씨다.

하지만 결정적으로 당신들은 이원식 씨를 잘 모른다. 한 명도 아는 사람이 없다고 나는 정력(精力)을 걸고 확신한다. 혹시 핼리혜성을 타본 적이 있는가? 핼리혜성을 탄다는 건 엿 같은 이야기지만 당신들 중에는 그래 본 사람이 없지 않은가?

만약 친구 중에 이원식 씨와 이름이 같은 사람이 있다고 해도 내가 이야기하려는 이원식 씨는 '핼리혜성에 탔고, 이원식 씨의 타격 폼을 가진 이원식' 씨다. 만약 이런 사람이 세상에 또 있다면,

미안하다.

그럼에도 그 이원식 씨의 타격 폼에 대한 이야기라면 나는 인종과 종교와 시차와 배기량을 막론하고 모두 쉽게 통할 수 있을 거라고 생각한다. 이원식 씨의 타격 폼이란 '꿔어어 꽃병' 같은 것이다. 이해력에 윤활유를 끼얹기 위해 예를 들면 '꿔어어 꽃병'은 '비틀스', '차이니즈 레스토랑', '에피쿠로스식 타조 앞다리 수블라키' 같은 것이다. 만약 비틀스나 중국 음식이나 에피쿠로스학파를 무작정 싫어하는 사람이 있다면 달나라에 가서 딸딸이나 쳐라. 그리고

1 무슨 뜻인지 생각하고 싶은 대로 생각하면 된다. 특히 싫어하는 것이면 좋다. 미안하다.

에피쿠로스식 타조 앞다리 수블라키를 아직 한 번도 먹어보지 않은 사람들은 어서 빨리 '꿔어어 꽃병'을 먹어보라. 어디에서 파는지는 이원식 씨 이야기를 모두 다 한 다음에 알려주는 편이 스릴 있으리라고 본다.

*

이원식 씨는 한국에서 태어났기 때문에 할 수 없이 초등학교, 중학교를 거쳐 고등학교까지 졸업했고, 급기야 대학에도 가는 등 대다수의 성장기 한국인이 겪는 '피박'을 썼다. 그가 남들 다 가는 대학까지 간 건 거의 아무 생각이 없는 평범한 십 대였을 때 애석하게도 '야동'보다 참고서를 많이 봤기 때문이었는데 결정적으로, 자신의 진로를 결정해야 하는 절체절명의 시기에 그의 부모가 더럭 실종되어버려서 인생의 향방에 대한 애정 있는 조언을 듣지 못하고 말았다. 참고서에선 아무것도 참고할 수 없었다.

그의 부모는 그가 처음 라면을 스스로 끓여 먹기 시작한 중학교 3학년 무렵, 비밀리에 우주 비행에 나섰다가 대기권 진입 각도를 잘못 맞춰 튕겨나가는 바람에 영원히 지구로 돌아오지 못하고 있는 상태다. 핼리혜성에 가려고 일부러 그랬다는 설도 있다. 이게 도대체 무슨 말도 안 되는 얘기인지 아는가? 단언컨대 알면 미안하고 미안하다는 말 너무 자주 해서 미안하다. 이 이상을 얘기해줄 수가 없다.

비밀리에 우주로 가는 인간들은 몹시 많은데 그들 중에 세상에 드러나는 병신은 거의 없다. 공식적으로 알려진 우주인들 빼고 드러난 우주인이 있다면 그들은 모두 라면을 팔러 온 외계인들이다. 이해가 되지 않겠지만 중학교 3학년 때부터 혼자 라면 같은 걸 끓여 먹으며 살고 싶지 않다면 그들을 만나서는 안 되고 궁금해해서도 안 된다. 이미 만났다면 라면이나 열심히 팔아주면 된다. 여하간 깊이 알려고 하면 세상은 깊이 위험한 법이다.

그는 결국 대학에 가서 진로를 생각해보기로 했다. 하지만 선생이 적성과 취향을 개무시한 채 성적에 맞춰 찍어 준 싸구려 개폼 잡는 대학에 가게 되었지만 입학하고 석 달이 지나도록 자신의 진로라는 것을 쉽게 결정할 수 없었다. 그래서 소주를 선택하게 되었다. 소주만큼 그의 부조리를 잘 이해해주는 부조리한 액체는 없었다. 그는 소주를 엄청나게 마셔대는 신입생으로 인식되었다. 교양과목들이야 재미없을 수도 있지만 전공과목조차 필사적으로 재미가 없었고 전공을 바꿔보려고 시도했지만 그 대학에 개설된 학과라곤 어이없게도 '대기업 취업반'과 이원식 씨가 속한 '공무원 고시 준비반'밖에는 없었기 때문이었다.

그 대학에선 이원식 씨를 좋은 곳에 취직시키기 위해 갖은 지랄을 다하고 있었다. 취업 알선소, 직업 훈련원들을 우습게 만드는 수

준의 발광이었다. 비싼 등록금을 처 받고 그런 '먹고사는' 일이나 가르치다니. 그는 도무지 이해할 수가 없었다. 먹고사는 것은 퍽 중요한 것이지만 라면으로 충분히 연명이 가능한데 왜 대학처럼 특별한 곳까지 먹고사는 논리에 지배되어버렸는지 안타까워했지만, 그는 그 모든 것이 유머일 것이라고 생각했다. 그러니까 웃기려고 그러는 거라면 다 이해해줄 수 있다고 생각했다.

'학교와 학생들이 니미 뽕만 하고 있다니, 웃다가 복근 생기겠네.'

이원식 씨가 소주에 취해 대학 담벼락에 처음으로 낙서를 하는 순간 그는 우주 속에서 미아처럼 떠돌던 자신의 자아를 덜컥 각성했다. 그것은 사라진 그의 부모가 우주에서 전송해준 것인지도 몰랐다. 처음으로 만난 자아는 매끄러운 야구방망이처럼 생겼다고 그는 생각했다.

다음 날 그 낙서에는 이런 댓글이 달려 있었다.

'그럼 굶어 죽어, 병시나.'

이원식 씨의 자아는 그 댓글을 읽는 순간 문화인류학에 총체적으로 접근하고 싶어 했다. 어째서 인간이 비둘기처럼 구는 건지 알고 싶었다. 그런데 그런 건 학생이나 교수나 도대체 아무도 하지 않았다. 관련 학과가 있었는데도 말이다. 그래서 그는 늘 혼자 연구했다. 하지만 모르는 게 너무 많았다. 교수들은 그런 이원식 씨를 매일 피해 다녔다. 이원식 씨는 그런 교수들을 매일 잡으러 다녔다. 하지만 교수들은 타조처럼 빨라서 쉽게 잡히지 않았다. 이원식 씨가 던지는 질문들은 그의 취업에 아무런 도움이 되지 않는 학문적인 것들이었고 교수들은 이원식 씨가 던져대는 질문들 때문에 대학 교수직을 하면서 먹고산다는 것도 힘들어서 못해먹겠다고 느끼기 시작했고 자연적으로 몸이 빨라진 것이었다. 이원식 씨는 교수들보다 더 빨리 뛰지 못하는 자신을 보며 심각한 깨달음을 얻었다.

'세상은 늘 한 수 위고 역시 교수는 아무나 하는 게 아니구나.'

그에겐 세상 모든 것이 똥폼 같았다. 먹고사는 일을 위해서만 부릅뜬 눈은 절대 꿈꾸는 눈이 아니기 때문에 아름답지 않다고 생각했다.

그러므로 이원식 씨에겐 여자가 없었다.

이원식 씨가 주로 하고 다니는 닭 볏 머리나, 진지하면서도 귀여워 보이는 마스크는 여자들의 관심을 끌지 못할 수준이 아니었다.

그렇지만 여대생들은 모두 '니미 뽕' 하는 남자들만을 좋아했다. 참 빌어먹을 학교였다. 이원식 씨가 다른 남자애들처럼 '니미 뽕'을 할 생각을 품지 않는다고 무조건 배척하는 것은 정말 바보 같은 짓이라고 그는 외로움에 떨며 생각했다. 하나같이 똑같은 폼으로만 살아가서는 안 되는 것 아닌가. 어째서 여자라는 복잡 무진장한 성별이 있는지를 그의 동창녀들은 망각하고 있었던 것이었다.

이원식 씨는 여자들이 좋아하는 '니미 뽕'을 좀체 하기 싫어했기 때문에 어떠한 여자도 그에게 접근하지 않았고 여자들도 그가 말을 걸면 어이없어 할 만큼 '니미 뽕' 하지 않는 그를 싫어했다. 좀 개털같이 외로웠지만 '니미 뽕' 따위는 태어나서 지금까지 해왔고 앞으로도 계속 해야만 하는 것인데 그게 지겹다는 생각조차 해보지 않은 여자들이라면 그 역시 말을 걸기 보단 다리를 걸고 싶었다.

그래서 그는 공부만 거듭했다. 공부라는 건 늘 그렇듯이 하다보면 염증이 생긴다. 그 염증은 발작적인 것이라 어느 바람이 차가운 여름날 도저히 왜 바람이 차가운 건지 이해하지 못하겠다며 산책을 나왔다. 그는 그때 교정 한구석에서 어떤 음악을 듣게 되었다. 그 음악은 교내 락(Rock)밴드 동아리에서 흘러나오는 것이었다.

락! 그는 그 음악을 듣자마자 자신의 자아가 불끈 솟아오르는 것을 경험했고, 당장 문을 박차며 동아리방에 들어섰다.

"나는 03학번 이원식이다. 이 동아리에 가입하고 싶다는 열망이 들끓는 상태다."

그러나 이원식 씨는 그 동아리에 가입할 수 없었다. 그가 가입하지 못한 이유는 무려 세 가지나 되었다.

첫번째는 그가 선배들에게 다짜고짜 반말을 사용했기 때문이었고, 두번째는 그 학교 동아리 밴드는 아무것도 분출하고 싶지 않다는 종류의 '니미 뽕큰롤'을 목표로 했기 때문이었고, 세번째는 그가 연주할 수 있는 악기가 하나도 없었기 때문이었다.

'니미 뽕큰롤'은 누구나 알다시피 '잠시 하는 것일 뿐, 결코 목숨을 걸지 않으리'라는 끈질기고도 강력한 메시지를 담고 있었다. 그가 막 들어섰을 때 음악은 중단되었고 너바나(NIRVANA) 누가 하자 그랬어? 그렇지? 별로지? 뭐냐 이거, '니미 뽕' 하지가 않잖아. 말도 마, 소리만 지르는데 심지어 '니미 병신 뽕' 하지도 않아, 같은 대화들이 오가고 있었다. 하지만 대학의 락밴드 동아리이고 훌륭하게 연주를 해냈으면서 어떻게 그럴 수가 있지? 라는 부조리에 치를 떨어버린 그는 그날부터 인류학을 때려치우고 자신이 발견한 락이라는 영롱한 세계에 대해 혼자 깊숙이 빠져들었다.

당장 락의 역사에 대해서 파고든 그는 한 달 밤을 새워가며 파헤친 끝에 태양이 지구를 돌면 부조리, 락 음악이 '니미 뽕큰롤' 해도 부조리라는 것을 깨달았다. 환희와 열정에 들뜬 그는 다시 동아리방을 찾아가 락정신에 대해 설명을 휘둘렀다.

"안 된다! 여기엔 락의 굳은살이 없어."

하지만 그는 전혀 주제와 상관없는 이야기로 처참히 패배했다.

"이건 웬 달걀 같은 후배가 선배한테 뭘 가르치려고 드는 시추에이션?"

경어를 쓰는 한국 땅에서 그걸 넘어설 방법은 나이를 더 먹고 선배가 되는 것뿐이었다. 진실을 이야기해도 후배가 하면 안 되는 것이 그 학교의 전통이자 이 사회의 전통이었다.

"선배면 뭘 좀 알라고. 동아리 장르를 바꾸거나 진짜 락을 해."

하지만 선배들은 머리가 '메롱'인 걸 자랑하지 못해 안달이 난 상태라 이원식 씨를 두들겨 팼다. 이원식 씨는 '존나' 두들겨 맞았다.

구석에서 눈빛을 반짝이고 있는 어떤 녀석에게 들은 한마디가 그나마 위안거리였다.

"우린 니미 뽕을 좋아하는 사람들, 특히 여자애들을 위해서 니미 뽕큰롤 하고 있을 뿐이라고. 네가 말하는 락 따위가 대체 뭔지 몰라. 멍청아."

이원식 씨는 부조리와 싸워 패했다는 것을 꽁꽁꽁 꽃병[2] 쓸쓸하게 생각했다.

힘 빠진 음악들만 죽죽 늘어뜨리며 락정신의 계승에 대해 반항하고 있었다는 점에서만 락스러웠던 그 동아리방을 나와 하염없이 걷다가 이원식 씨는 급기야 울분을 토했다.

락정신은 죽지 않는다. 락정신은 진화하고 락정신은 장르를 바꾸더라도 살아남는다. 세상이 파멸할 때까지! 라고 생각했던 이원식 씨는 상당한 충격을 받은 것이다. 하지만 락정신을 오해하는 사람이나 락정신이 뭐지? 라고 생각하는 사람들이 락밴드 동아리를

2 꿔어어 꽃병의 반대말

차지하고 있다는 것은 이미 세상에 파멸이 왔음을 말하고 있었다. 끝났다.

이원식 씨는 실의에 빠져 아르바이트가 끝나면 소주만 마시면서 하루하루를 보냈다. 그러던 어느 날 아르바이트 가는 길에 학교 운동장에서 공과 막대기와 커다란 장갑을 낀 채 뭔가에 열중해 있는 사람들을 보았다. 그렇다. 이제 그가 야구를 만나는 순간이다. 오래 기다렸다면 미안하다.

그들은 니미 뽕 대신에 우아한 동작으로 뭔가를 하고 있었는데 그것은 오 마이 갓, 야구라는 것이었다. 심지어 관중석에는 응원하는 여자들도 있었는데 그 여자들은 하나같이 예뻤고 짧은 스커트나 청바지를 입고 있는 다리들이 감상적으로 황홀했을 뿐더러 눈빛들이 맹금류들처럼 총총했다. 니미 뽕과는 전혀 관계없을 것 같은 여자들이었다. 그는 곁에서 야구를 구경하기 시작했다.

이원식 씨는 구경한 지 딱 5초 만에 야구에 경도되어 버렸다. 그가 하고 싶은 것은 모든 부조리들에 대한 터질 듯한 불만의 폭발이었다. 그들은 그것을 하고 있었다. 야구에 그런 분출 같은 속성이 어디 있냐고 묻겠지만 정말 있다. 다이아몬드가 그려진 그라운드는 열망의 대상이며 그 세계엔 부조리라고는 없고 모든 투구와 타격과 수비와 주루는 완전함의 폭발적 의지다. 심지어 확장하자면 관중석에 앉는 것도 열망이며 선수들에게 손을 흔드는 것조차도 폭발이다. 그의 자아는 온전한 야구방망이 형태 같은 것으로 불뚝 일어섰다.

“저도 시켜주세요!”

이원식 씨는 그라운드에 뛰어들다 베이스에 걸려 자빠졌지만 그렇게 존댓말로 고함을 질렀다. 감독으로 보이는 배 나온 사람이 이원식 씨를 돌아보았다. 그리고 이원식 씨를 불렀다. 그는 엉덩이를 두들겨 탄력도를 측정해보더니 이렇게 말했다.

“안 돼. 자네 엉덩이는 야구라는 근육에 대해 아무 생각이 없구만.”

이원식 씨는 그날부터 엉덩이 근육을 키우는 일에 주력했다. 마치 엉덩이 근육을 키우기 위해 대학에 왔다는 듯이 엉덩이 근육만 키웠다.

이원식 씨가 닥치고 엉덩이 근육만 키우다 한 학기가 훌쩍 지나가자, 그는 보기 드문 오리궁뎅이가 되어 있었다. 그런 그에게 관심을 가지는 여자 엉덩이도 한 명 생겼다. 그녀는 그날 스탠드에 있던 동기 여학생이었는데, 이원식 씨가 저도 시켜주세요! 라고 외치며 감독에게 갔을 때, 이원식 씨의 엉덩이를 자신도 몹시 만져보고 싶었다고, 왜 그랬는지 모르겠다고 고백해왔고, 이원식 씨는 순간 사랑에 빠져버렸다. 그녀는 ‘스’라는 이름을 가지고 있었다. 이름이

'스'였기 때문에 그녀는 다른 사람들과 비슷한 삶을 살아올 수 없었다고 이원식 씨에게 말했다. 그래서 평범하지 않은 사람들을 좋아한다고 했다. 이원식 씨는 그녀가 다른 여자들처럼 니미 뽕 하지 않다는 것을 한눈에 눈치 챘다. 역시나 야구를 좋아하는 여자였다.

이원식 씨는 멋진 엉덩이가 완성되자 당장 야구장으로 달려갔다. 스는 이원식 씨를 열렬히 응원해주었다.

"열심히 치고 달린 뒤에 홈에 돌아와. 내가 당신의 홈이 되어줄게."

이원식 씨의 엉덩이를 다시 체크해본 감독은 그의 머리에 손을 올리고 이렇게 말했다.

"안 돼. 자네 뇌세포는 야구라는 관념에 대해 아무 생각이 없구만."

이원식 씨는 순간적으로 좌절할 뻔했다. 그러나 그가 좌절의 잽 스트레이트 훅 보디블로 연타를 허용하기 직전에 감독이 다시 말했다.

"그건 내가 좀 가르쳐줘야겠어."

이원식 씨는 그가 하게 된 운동이 야구라는 것이며 그가 처음에 해야 하는 일은 공을 모으는 등의 장비 정리와 끊임없는 그라운드 흙 고르기라는 사실을 매우 겸허히 받아들였다. 그에게 야구는 야구 이외의 모든 부수적인 것들을 포함하는 확장성을 가지고 있었다. 그건 부조리가 아니었으므로 개폼이 아니었다. 그가 야구공들을 모아 바구니에 담는 것이 전형적인 야구였고 그가 내야 그라운드의 흙을 넉가래로 고르는 것도 정통적인 야구였다. 그의 여자친구는 관중석에서 그가 하는 기초적인 야구를 내내 지켜봐주고 응원해주었다.

이원식 씨는 열심히 야구를 한 끝에 여섯 달 만에 팀의 2루수 겸 1번 타자를 맡게 되었다. 그때 감독과 선배들은 처음 보는 이원식 씨의 타격 폼에 깜짝 놀랐다. 그들은 나름대로 야구장에서 안 놀라기로 유명한 사람들이었는데 그의 타격 폼이 지닌 포텐셜(potential)에 턱관절을 놓을 뻔했다. 그가 타자로 나서면 어떤 투수든 웃겨서 공을 잘 던지지 못할 것이라는 사실을 한눈에 예상했기 때문이다.

자 드디어 기다렸던 타격 폼 이야기다. 안 기다렸다면, 부끄럽다.

이원식 씨의 타격 폼은 정말 웃겼다. 엉덩이를 빼고 짧게 움켜쥔 방망이를 귀 뒤에 바짝 붙이고 눈빛은 절실하게 투수의 눈망울을 보고 있는 그 폼은, 사람이라면 예외 없이 '푸훕!' 하는 소리를 내게 만들었다. 그러면서 고개를 앞쪽으로 한껏 숙인 채 헬멧 챙 안쪽으로 다 죽어가는 사람처럼 불쌍한 표정을 숨기고 있다는 점에서 사람들은 '끄윽끅끅' 하면서, 소리조차 내지 못하는 진한 웃음을 터뜨리고 말았다. 그것은 크하하, 우히히, 푸핫 등등처럼 소리 내는 단계를 거치기 전에 속에서 터져버리는 엄청난 폭소였다.

그가 헛스윙이라도 하면 어김없이 헬멧이 벗겨지면서 그의 불쌍한 표정이 활짝 드러났다. 그 표정을 한 번이라도 본 투수는 그 다음부터 컨트롤이 흔들렸다. 컨트롤이 완전히 왜곡돼버려 타자로 전향하는 녀석도 있을 지경이었다.

이원식 씨는 그런 식으로 투수를 교란해 내야 땅볼을 치고 1루까지 미친 타조처럼 뛰는 스타일이었다. 그런 새끼는 백 년이 넘어가는 한국 야구사에 한 명도 없었다.

그리고 이원식 씨는 잘 자빠졌다. 안타성 타구를 때려놓고도 자빠지는 바람에 아웃되는 경우도 많았다. 하지만 수비수들도 이원식 씨가 자빠지는 모습을 보면 제대로 수비하기 힘들어했다. 야구는 진지한 자세로 해야 한다는 통념을 허무는, 아예 세상을 진지하게 살아가는 태도 자체를 허무는 그 무언가를 이원식 씨는 가지고 있었다. 하지만 아무도 이원식 씨를 타박하지 못했다. 이원식 씨는 달리다 넘어져 아웃되면 세상에서 가장 슬픈 표정을 지으며 홈에서 1루까지 가는 주루선상에 주저앉아 한참을 일어나지 못했기 때문이었다. 그러니까 그는 야구를 하는 세상의 어떤 새끼보다 진지했던 것이다. 간혹 주루 플레이를 하다 베이스에 헤드 퍼스트 슬라이딩해서 간발의 차로 세이프가 선언되는 경우에 다른 사람 같으면 타이밍 좋은 슬라이딩이었어, 라고 생각하겠지만 이원식 씨가 하면 뛰다가 베이스 앞에서 운 좋게 자빠지는 모습으로만 보였다.

"저 놈은 이제 조금 야구를 알기 시작한 것 같군."

감독은 그때부터 그를 자기 새끼처럼 좋아했다.

그런 이원식 씨가 혼자 득점을 올린 적도 있었다. 상대 투수가 웃겨서 밋밋한 공을 던졌을 때 마침 이원식 씨가 땅볼을 때리고 달리기 시작하면, 그 평범한 공을 잡아 1루에 던지려던 내야수가 이원식 씨의 뛰는 폼을 보고 웃겨서 악송구를 하고, 이원식 씨는 필사적인 웃긴 폼으로 2루까지 뛰고, 커버해서 공을 잡은 선수가 다시 이원식 씨의 자빠지는 슬라이딩 폼에 웃음을 터뜨리느라 더듬는 사이 3루까지 가고, 웃음기를 거둔 다른 선수가 홈에 공을 던졌을 때 포수가 달려 들어오는 이원식 씨 표정 때문에 웃겨서 공을 놓치는 식의 웃기는 득점이었다.

비록 실책이 포함됐기 때문에 그라운드 홈런은 아니었지만 그런 득점을 한 이원식 씨의 세리머니는 9회 말에 역전 만루홈런을 때린 자에 비할 바가 아니었다. 그것은 인간이 몸으로 보여줄 수 있는 최고의 몸개그였다. 팔짝팔짝 뛰다가 개다리 춤을 추다가 너바나의 〈Territorial Pissings〉를 부르며 에어기타를 치다가 텀블링을 하고, 타조처럼 뛰다 관중석 스탠드 앞에서 모자를 벗어 돌리며 뛰다 대박 자빠지는 식이었다. 실제로 보기 전엔 이게 얼마나 웃긴 건지 상상도 못한다. 만약 상상할 수 있다면, 부끄럽다.

이원식 씨는 그 모든 것을 의도하지 않았다.

하지만 사람들은 그 모든 것을 '이원식 씨의 타격 폼'이라고 뭉뚱그려 부르기 시작했다.

그때 이원식 씨와 함께 야구를 하던 사람들 중에서 누군가 슬픔에 빠진 친구가 있으면 가장 위로하기 좋은 말은 '어서 이원식 씨의 타격 폼을 떠올려봐!'였다. 그러면 아무리 강력한 슬픔에 빠진 녀석이라고 하더라도 끅끅, 하고 웃음을 터뜨리고 말았다. 실연을 당했건, 초상이 났건, 장르 불문하고 통했다. 이원식 씨의 타격 폼, 만 잊지 않으면 그들은 평생 인생을 즐겁게 살아갈 수 있을 거라는 핑크빛 룰루랄라까지 꿈꿨다.

이원식 씨는 그해 대학야구의 스타가 되었다. 그는 전국대회에 나가 전국적으로 웃겼고 꽤 많은 비련의 인생들을 슬픔의 늪에서 구출해냈다. 그는 야구를 하면서 배터박스에 섰을 때 비로소 자신이 니미 뽕 하지 않다고 느낄 수 있었다. 꿔어어 꽃병 같은 아름다움이 그의 전신을 유머와 열망으로 가득 차게 만들었다.

그의 타격 폼은 인터넷 동영상 사이트에서 꽤 인기 있는 동영상으로 한참을 돌아다녔다. 검색창에 '이원식 타격 폼'이라고 때려 보라. 누구든 미친 듯이 웃을 수 있다.

핼리혜성은 그 모든 과정을 흡족해하듯 대차게 날아왔다. 때가 오고 있다는 계시 같았다.

이원식 씨는 야구만 하다 대학의 탈을 쓴 직업 훈련원을 강하게 때려치웠다. 실은 학점이라곤 한 점도 얻지 못했고 돈을 대주던 부자 친척이 공부를 못한다며 학비 지원을 끊어버리자 제적당한 것이었지만 졸업 같은 건 하고 싶지도 않았고 그를 아껴주는 감독의 충고대로 프로의 문을 두드리기로 했다.

"자네 타격 폼은 프로에서도 통하는 유머라는 생각이 드는군. 이걸 들고 찾아가 봐."

이원식 씨가 감독의 추천서를 들고 프로 팀에 입단 테스트를 받으러 갔을 때 관계자는 그라운드를 두 바퀴 반이나 돌며 웃었다.

"세상에! 어디 있다 이제 왔어!"

그래서 그는 한국 프로야구 제10구단 참이슬 드링커스에 입단하게 되었다. 그는 '니미 뽕'이 마치 존재하지도 않는다고 생각하는 것 같은 사람들로 꽉 채워진 관중석을 바라보며 이런 세상도 있구나, 라는 것을 핼리혜성에게 고마워했다.

그는 시즌이 개막되고 7경기 만에 대타로 그라운드에 데뷔할 수 있었다. 8회말 투아웃 만루. 스코어는 5 : 3.

2점 차로 지고 있었고 한 방이면 역전도 가능한 상황이었다.

그가 타석에 서자 관중석은 홈팀과 원정팀을 막론하고 일순간에 조용해졌다. 갑자기 끅끅 하고 웃느라 소리를 낼 수 없었기 때문이었다.

가장 가까이에서 이원식 씨의 타격 폼을 보고 있던 상대 배터리는 견딜 수 없이 웃겨서 심판에게 타임을 요청했다. 산전수전 다 겪은 베테랑 투수코치가 심각한 표정을 하고 즉시 마운드로 달려 나왔다.

"야구가 점점 쇼가 되어 가는군. 저딴 수작에 넘어가지 마. 우린 프로니까. 가장 슬픈 일을 생각해보자고. 지금 저 광대를 못 잡으면 연봉이 1억이나 깎이는 거야. 오케이?"

하지만 투수는 진정할 수가 없었다. 마운드에서 슬픈 일을 생각해야 한다는 것도 웃겼고, 그의 야구 인생에 이토록 웃긴 타격 폼은 처음 본다, 라는 생각이 말초신경계를 완전히 장악해버렸다.

결국 투수코치는 '연봉 1억이 깎인대, 끅끅끅' 하면서 콧물 범벅이 되어버린 그 투수를 내리고, 팀에서 가장 나이가 많은 투수를 불렀다. 인생이란 정말 미안하고 고달픈 것일 뿐이야, 라는 인상을 가진 투수였다. 그는 그 인상으로 타자들에게 공을 던졌는데 정말 미안해서 치기 어려울 정도의 공이라 심성 착한 타자들이 많이 말려들기로 유명했다.

그는 마운드에서 이원식 씨를 노려보았다. 세상이 웃긴 것만은 아니라구 애송이. 프로가 뭔지 배우지 않겠나, 라는 눈빛이 역력했다.

첫 공은 이원식 씨의 무릎 근처에 깎은 듯이 제구된 직구였다. 코스가 좋긴 했지만 대단히 느린공이었는데 노장 투수의 표정을 보자 너무 미안해서 칠 수 없었다.

두번째 공은 바깥쪽으로 흘러 나가는 슬라이더. 이원식 씨는 크게 헛스윙을 했다. 심판이 잠깐 경기를 중단시켰다.

심판이 웃음을 참다 못해 울고 있었기 때문이었다. 눈물 때문에 볼 판정을 잘할 수 없게 되자 잠시 중단시킨 것이었다. 그는 심판 교범을 떠올렸다.

> 웃긴 플레이어가 나와 정상적으로 판정을 할 수 없을 때는 자신의 귀밑머리를 세게 잡아당겨 경기를 속행해야 한다.

그는 귀밑머리가 뽑히도록 잡아당겨 간신히 웃음을 멈추었다.

세번째 공은 이원식 씨의 머리 쪽으로 날아오는 높은 공이었다. 급하게 피하던 이원식 씨의 헬멧이 벗겨졌다. 아, 그러나 헬멧 안에 감춰져 있던 이원식 씨의 표정. 그것은 물이 오를 대로 오른 절정의 웃긴 타격 폼을 완성하고 있었다.

눈은 냉장고에서 계란을 꺼내다 한 판을 다 엎은 사람처럼 처절하게 동그랗고, 눈썹은 이마 위로 바짝 곤두서 '^ ^' 모양의 이모티콘처럼 팽팽해져 있고, 입은 '오(O)' 자 형태로 매우 크게 벌린 채 코를 벌름거리고 있는데, 그 얼굴을 또 프라이팬으로 땅! 때려 놓은 것처럼 보였다. 그의 포텐셜이 최고로 폭발한 것이다. 최고의 컨디션으로 최선을 다해 이원식 씨는 데뷔전에서 가장 웃긴 타격 폼을 취하고 있었던 것이다.

이원식 씨가 이겼다. 그 타격 폼을 본 노장 투수는 흔들려버렸다. 네번째 공은 포수의 머리 위로 날아가는 와일드 피치. 그것은 에라 인생 뭐 진지할 것 있겠냐, 라는 주장을 하는 것 같은 가벼운 공이었다. 그 폭투로 순식간에 주자 두 명이 들어와서 동점이 되었다.

그리고 이원식 씨는 될 대로 돼라, 하고 날아온 다섯번째 공을 두들겨 유격수 앞 땅볼을 만들었으나 이미 웃음을 참을 대로 참고 있던 유격수가 가랑이 사이로 빠뜨리며 웃고 자빠진 사이 3루 주자가 들어와서 역전.

이원식 씨는 데뷔와 동시에 스타가 되고 말았다.

무명의 이원식, 서울 돔을 웃기다. 괴물대타 등장!! 주무기는 타격 폼, 등등의 대문짝만 한 타이틀 아래 '드링커스 감독 오늘은 안 취해', '족집게 실책 유발 작전' 등등의 기사가 포털사이트 스포츠 카테고리마다 업로드 되어 있었다. 하지만 이원식 씨는 전혀 신경 쓰지 않았다. 그는 그 모든 것을 의도하지 않았기 때문이었다. 이원식 씨의 여자친구는 아무것도 의도하지 않은 당신을 사랑한다고 라커룸에 찾아와 기쁨에 취해 눈물을 흘리며 말했다.

헬리혜성은 이때다 하고 지구에 거의 접근해 있었다.

하지만 현실은 언제나 냉정한 법이다. 스킨헤드가 아니라면 누구나 귀밑머리가 있고 그곳을 잡아당기면 어떤 일이 있어도 기분이 안 좋아진다.

프로들은 역시 프로였다. 그들은 이원식 씨가 타석에 들어서면 자신들의 수비 위치에서 열심히 귀밑머리를 잡아당겼다. 정신 집중을 위해 머리를 빡빡 민 선수들은 이원식 씨가 나오는 경기마다 벤치 신세여서 귀밑에 발모제를 발라대야 했다.

선수들이 일제히 귀밑머리를 잡아당기고 있는 것을 보는 관중들만 신나게 웃을 뿐이었다.

그 뒤로 이원식 씨는 안타를 하나도 치지 못했다. 이원식 씨는 평소에 하지 않던 타격 폼도 취해보고 억지로 오버해서 웃겨 보려고도 했으나 그런 건 조금도 웃기지 않았다. 오히려 정상적인 타격 폼에선 안타가 나오기도 했다. 그러나 감독이 이원식 씨에게 원하는 건 그런 안타가 아니었다.

그는 결국 1할 5푼 8리라는 통산 타율을 기록하고 반 시즌 정도 지났을 때 귀밑머리를 잡아당기다 그만 쏙 빠져버려 매우 기분이 나빠진 투수에게 빈볼을 얻어맞고 헬멧이 깨지고 정신이 이탈하는 마지막 타격 폼을 보여준 뒤 부상자 명단에 올라갔다가 천천히 프로 무대에서 사라지는 스텝을 밟았다.

휴먼다큐를 표방하는 프로그램에 잠시 소개되어 재활하는 과정의 참담함 시리즈 5부작으로 시청자들의 심금을 웃긴 걸 마지막으로 이원식 씨는 사람들로부터 잊혀진 꽁꽁꽁 꽃병이 되어갔다. 역시 사람들은 웃긴 것보다는 우울한 것을 더 잘 기억하는 것 같다.

그를 측은해하는 어떤 방송국 사장의 배려로 일일 야구 해설자로 나섰으나 멍해진 머리로 저 친구 타격 폼은 안 웃겨요! 같은 얘기만 반복하다 팬들의 비난을 받고 퇴출된 게 공식적으로 마지막 자리였다. 이원식 씨는 어려서부터 야구를 한 사람이 아니니까 야구인이 아니야, 라는 니미 뽕 하는 반응들이 돌아왔다.

그는 급기야 절망했다. 그리고 나날이 정신을 놓아갔다.

빈볼을 맞은 후유증으로 정신이 점점 많이 이탈한 채 돌아오지 않게 된 그는 하루 종일 락 음악만 들으면서 지냈다. 그가 사랑했던 야구가 그를 구원하지 못했다는 사실에 날마다 시름에 잠겼다.

그러나 이미 타격 폼의 정점에 서보았던 그에게 그런 시들한 전략은 찾아오다 길을 잃게 마련이었다. 그는 어느 날 구원이란 무엇인가에 대해 눈을 떴다. 구원이라니, 빌어먹을 만큼 개떡 같은 단어지만 그가 프로 때 몇 달간 받은 연봉과 방송 출연료가 떨어지고 그의 여자친구와 함께 굶기 시작한 지 석 달 만에 바로 그 구원이란 미친 단어가 찾아왔다.

그는 강화도에 내려가 주거형 비닐하우스에서 살기 시작했다. 그의 여자친구가 가진 돈을 다 털어 비닐하우스를 빌려주었다. 다행히 전기도 들어오고 수도도 있는 곳이었다. 이원식 씨는 여자친구를 너무나 사랑했지만 남들이 사는 것처럼 니미 뽕 하기는 죽기보다 싫어서 그 모든 것을 극복하기 위해 스윙을 했다. 스윙이 그를 구원해줄 수 있을 거라고 믿었다. 오로지 할 수 있는 건 그것뿐이었다.

비닐하우스 안은 따듯했다. 겨울에도 방망이를 돌리는 데 무리가 없었다. 그는 바닥에 말뚝을 박고 타이어를 세워 놓은 뒤 니미 뽕을 하지 않으려고, 진짜 야구를 하고 싶어서 계속 배팅 연습을 했다. 정신이 계속 이탈해가는 현상 때문에 락 음악을 들으면서 연습을 했다. 누구도 방해하지 않는 비닐하우스였기에 자신의 싸구려 오디오로 낼 수 있는 가장 큰 소리로 음악을 들으며 스윙을 했다.

그런데 배트가 공기를 찢는 소리와 온갖 기타와 드럼과 베이스와 보컬이 공기를 찢어놓는 소리가 겹치자 신비스러운 일이 벌어졌다. 스윙과 락 음악이 구원을 불러온 것이다. 이 메커니즘은 어떻게 설명해야 할지 도저히 몰라서 부끄럽다.

하루에 1천 번 스윙을 하자 이원식 씨의 눈에 이상한 세계가 보이기 시작했다. 자신이 스윙하며 사는 지금의 모든 세계.

2만 번 스윙을 하자 달빛이 예사롭지 않아졌다. 자신이 스윙할 수밖에 없었던 모든 세계. 이거였구나. 니미 뽕이 어째서 지구를 지배하게 되었는지 알게 되었어.

후유증 때문에 발음이 부정확했지만 이원식 씨의 말에 따르면 그것은 사람들이 락을 듣고 술을 마시고 야구를 사랑하는 등의 아름다운 쾌락을 즐기지 않아서라고 했다.

3만 번 스윙을 하자 마음을 먹고 니미 뽕 생활이라는 절제에 인간들의 꿔어어 꽃병이 타들어 가는데도 인간들은 인간다운 즐거움을 멀리해왔다는 것을 깨달았다.

5만 번 스윙을 했을 때 인류는 그렇게 살 수밖에 없는 존재라고 그는 모조리 이해한 것 같은 기분이 되었고 인간의 삶을 잘 이해하지 못하고 비난만 했던 자신을 참회했다.

그때 드디어 핼리혜성이 긴 꼬리를 쭉 뻗어 흔들며 지구에 몹시 가까이 왔다.

이원식 씨가 핼리혜성에 오르게 되었을 때는 그 비닐하우스에서 10만 번 스윙을 했을 때였다.

누구라도 과학을 개무시하고 핼리혜성에 타보고 싶다면 락을 들으며 10만 번의 스윙을 하면 된다. 야구 외에도 다른 여러 가지로 혜성들에 탈 수 있는 방법이 있다고 들었는데 대개 상상을 초월하는 숫자였다. 검도로는 락을 들으며 19만 번의 빠른 머리 치기, 농구라면 락을 들으며 21만 번의 레이업 슛, 영어 공부라면 락을 들으며 470만 단어 암기, 뭐 그런 식이다.

어쨌든 이원식 씨는 스윙으로 핼리혜성에 올랐다.

이 소식이 완전 멋진 사실만은 아니다. 핼리혜성에 탄 이원식 씨는 핼리혜성에 잘 탔지만 지상의 이원식 씨는 지나친 타격 연습으로 온 몸이 꽁꽁꽁 되어 죽었으니까. 이원식 씨는 대략 7만 번째 스윙 때 죽었는데 자신이 죽은 줄도 모르고 3만 번을 더 휘둘렀다. 그리고 그녀의 여자친구가 슬픈 락을 틀어 놓고 처절하게 2만 번을 오열했을 때 그녀도 핼리혜성에 올라가버렸다.

지상에서 더 이상 그들을 볼 수 없다는 것은 슬픈 일이지만 아직 우리는 여전히 이원식 씨의 타격 폼을 떠올리며 슬픔을 견딜 수 있다. 만약에 기억한다면 말이다. 기억하지 못하겠다면 이젠 미안하지도 부끄럽지도 않다.

여하간 결론이다.

이원식 씨는 핼리혜성 위에 내리자마자 이름을 '윙'이라고 바꾸었다. 자신이 핼리혜성을 탈 때 날아오른 그 기분이 너무 꿔어어 꽃병 날개처럼 상큼했기 때문이었다.

그리고 핼리혜성 위에서 가장 유명한 사람이 되었다.

외계의 어딘가에서 멋진 타자가 눈부시게 멋진 타격 폼으로 때린 세상에서 제일 멋진 타구처럼 생긴,

그 핼리혜성 위에서 그의 여자친구 '스'와 끝내주는 락을 연주하며 절찬리에 팔고 있는, 에피쿠로스식 타조 앞다리 수블라키의 맛 때문이다.

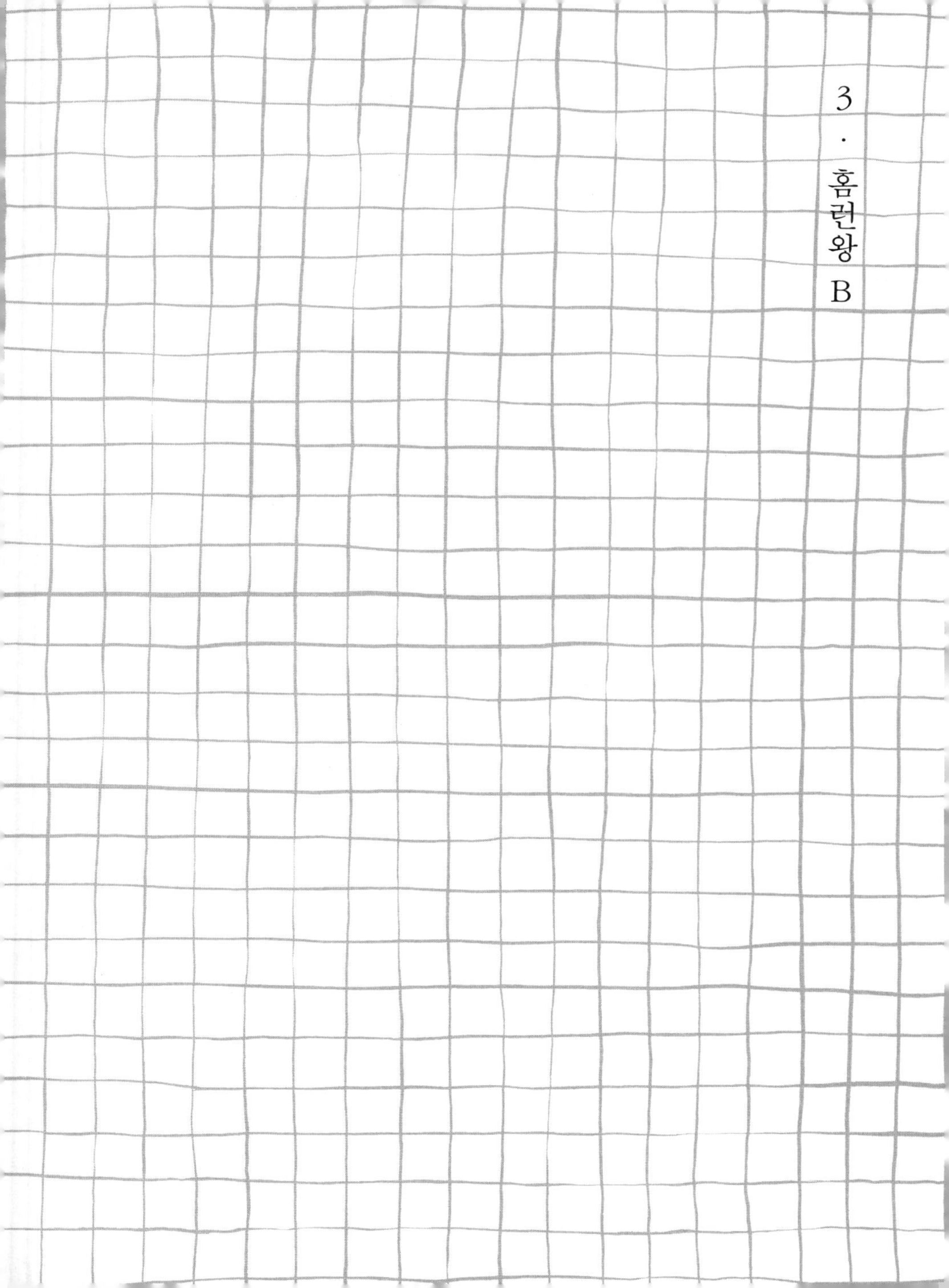

3 · 홈런왕 B

야구란 무엇인가?

— 야구가 뭐야?

야구에 대해 설명할 수 있을 만큼 야구를 잘 아는 사람은 우습게도 야구에 대해서 설명하기 힘들다. “야구는 모르는 거예요” 정도의 말이 최선이다.

“야구? 내가 잘 알아”라고 말하는 사람은 야구에 대해서 발가락만큼도 모르는 사람이다. 그런 사람이 야구에 대해 목이 쉴 때까지 말한다고 해도 야구가 무엇인지 알 수 없다. 그래서 야구에 대해서 얘기한다는 것은 야구에 대해서 아무 얘기도 하지 않는 것과 다를 바가 없다.

그가 나에게 ‘야구가 뭐야?’라고 물었을 때 나는 그런 이유로 아무런 대답도 하지 않기로 했다. 그러나 마스크를 쓴 그는 아, 해보세요 라고 말하는 치과 의사처럼 재차 나에게 물었다.

— 야구 몰라? 생각해본 적 없어?

내가 알기로 그는 야구에 대해서 나보다 많은 것을 알고 있다. 그것은 그가 얼굴에 쓰고 있는 특수한 마스크가 증명하는 것이다. 그런 마스크는 야구장에서 아무에게나 씌워주지 않는다. 나보다 많이 알고 있다는 것은 나보다 야구에 대해서 잘 설명할 수 없다는 것을 안다는 것이다. 하지만 그 선배는 세 번씩이나 나에게 물었다. 그가 질문에 집착하는 건 열심히 수비 중이거나 단지 내 입속이 궁금하기 때문일 것이다.

— 어서 대답해봐! 야구가 뭐냐?

나는 대답 대신 방망이를 힘차게 휘둘렀다. 방금 투수가 던진 공이 내 방망이의 중심에 정통으로 걸리며 딱, 하는 명쾌한 소리를 내고 외야 펜스 쪽으로 날아갔다. 공이 펜스라는 경계를 넘어설 때 나는 1루라는 단계를 밟으며 생각하고 있었다. 그런데 도대체 야구가 뭐지? 펜스만 이렇게 넘기고 베이스를 돌며 집에 돌아오는 것이 야구인가? 야구란 맥주다, 라고 할 수도 없었고 야구란 인생이 아니다, 라고 할 수도 없었다.

나는 야구를 할 때 남들이 쓰고 있지 않은 마스크를 쓴 사람 앞에서 세 번 이상 가만히 침묵해선 안 된다던 할머니의 가르침을 떠올렸다. 나는 3루를 밟고 홈 쪽으로 꺾을 때까지 대답을 준비하지 못했다가 3루에서 홈까지 이어진 긴 줄을 따라 밟으며 간신히 대답할 말을 생각해 냈다. 만약 끝까지 생각나지 않았더라면 3루와 홈 사이에서 주저앉고 말았을 것이다. 나 역시 갑자기 궁금해져 버렸기 때문이었다.

홈 베이스에 마스크를 벗고 서 있던 포수에게 나는 대답해줬다.

— 양파 같은 것 아닐까요?

프로 12년차의 그 포수는 다시 마스크를 쓰며 고개를 한 번 끄덕였다. 내 말을 일부 긍정하는 듯한 끄덕임이었다. 나는 더그아웃으로 들어가며 환호하는 관중석을 향해 허리를 꺾어 인사했다. 그들이 내가 방금 한 것을 야구라고 생각해주기를 바라는 마음에서였다.

그렇다면 양파는 무엇인가

할머니는 양파 껍질을 까고 계셨다.

— 왔니? 오늘 경기는 힘들지 않았니?

할머니가 하는 말은 거의가 질문이다. 할머니는 질문에 익숙하시다. 나는 아직 대답에 익숙하지 않다. 대답에 익숙한 사람은 내 동생이다.

— 형은 오늘도 홈런을 쳤어요, 할머니. TV로 봤어요. 멀리 날아갔어요.

할머니는 시선을 잠시 멀리 두었다가 다시 양파 껍질을 까셨다. 나는 할머니 옆에 앉아서 양파 껍질 까는 것을 도왔다. 금방 눈이 매워졌다. 할머니는 전혀 눈이 맵지 않은지 무표정했다. 양파의 매운 느낌도 익숙해질 수 있는 것일까? 나는 매워서 최루탄을 삼킨 펠리컨처럼 눈물을 흘렸다.

— 왜 우니? 남자가 울면 안 된다고 하지 않았니.

할머니가 양파를 까던 손으로 내 눈 밑의 눈물을 훔쳐 주었다. 나는 더 강렬한 따가움에 계속 울어버렸다. 동생이 TV를 보다가 내 눈물을 바라보았다.

— 형, 또 우는 거야? 오늘도 여자친구 생각하는 거야?

나는 고개를 흔들며 베란다 쪽으로 나가 바깥 풍경을 바라보았다. 할머니는 부엌에서 양파를 썰어 간장과 설탕을 넣고 볶기 시작했다. 베란다 밖 허공에 떠 있는 것처럼 높은 시야가 내 가슴속 빈

곳에 허공을 톡 톡 떨어뜨렸다. 그 허공 속에 정화라는 이름의 여자가 잠시 떠올랐다가 사라졌다. 그녀는 사라지면서 당신의 양파 냄새가 정말 싫어요, 라고 톡 톡 말했었다. 하지만 오랜만에 울었더니 가슴속이 정화되었다. 사랑은 슬픈 것이지만 슬픔 때문에 울고 나면 별거 아니다. 산뜻한 청량감이 가슴속을 배회했다.

— 다들 밥 먹어라.

할머니가 양파를 다 볶으셨다. 할머니와 동생은 양파볶음과 밥을 한 양푼에 넣고 비벼서 식사를 했다. 양파볶음에서 양파 냄새가 많이 나지 않아 다행이었다. 나는 밥 두 공기를 거뜬히 정화했다.

오늘은 경기가 없는 날이었다. 경기가 있을 때만 경기장에 가고 싶어지는 건 참 이상한 일이다. 나는 생 양파를 춘장에 찍어 먹고 있는 동생과 할머니 옆에서 라면을 끓여 아침식사를 했고, 차를 운전해 할머니와 양파를 사러 갔다 왔다. 그리고 컴퓨터 앞에 앉아 야구 게임을 했다. 컴퓨터는 야구에 대해서 호두 껍질을 까듯 너무 단순하게 생각한다. 껍질을 부수면 알맹이를 먹고, 껍질을 부수지 못하면 먹지 못한다, 이런 이분법은 소스라치게 재미가 없다. 컴퓨터와 야구를 하면 꼭 너무 단순하고 무표정한 호두까기 인형이 된 듯한 기분이 든다. 그것은 내가 하는 야구에 도움을 주지 못한다. 단순한 것이 호두라면 복잡한 것은 양파다. 양파는 벌써 복잡하게 생기기도 하였고, 껍질을 까는 단계와 허무의 경계선에 다다르는 세계관을 온몸으로 제시하는 사물이다.

— 형은 왜 야구를 몰라? 컴퓨터한테 지는 바보니까 여자가 떠나지.

내가 패배하자, 동생이 나를 밀치고 컴퓨터에 앉았다. 그는 1회초 공격부터 호두까기 인형처럼 홈런을 다섯 개나 깠다. 내가 보기에는 동생이 절대로 이상하지 않은데 다른 사람들은 이상하다고들 말한다. 하지만 1회부터 홈런을 다섯 개나 치고 좋아하다니, 이상한 사람으로 보였다.

— 양파 좀 으깨줄 남자?

할머니가 늙은 양파 아홉 개가 들어 있는 바구니를 들고 서 있었다. 나는 어깨를 몇 번 돌렸다.

— 오랜만에 피칭 연습이나 해볼까요. 할머니?

부엌 한구석에 커다란 양푼을 옆으로 세워 놓고 할머니는 내 쪽을 향해 미소를 지었다. 내가 양파 하나를 집어 들고 크게 와인드업 한 후 세워 놓은 양푼을 향해 던지자 퍽 하는 소리가 났다. 할머니가 다음 양파를 내 쪽으로 건네주었다. 퍽, 퍽, 퍽. 만족할 만큼 양파가 확실하게 으깨지지 않은 게 마음에 걸렸다. 던지는 건 역시 전문 분야가 아니다. 오히려 까는 편이 낫다. 나는 으깬 양파에 머스터드 드레싱을 넣어 무친 양파 샐러드를 먹다 남기고 이를 세 번이나 닦은 뒤 경기장으로 갔다. 휴일이지만 갈 곳이 경기장밖에 없다는 건 스스로가 봐도 한심했지만 거기 가면 '어니언 링'에다 맥주 한 잔 같이 마셔줄 상대를 찾을 수 있을 것 같았다.

아파트 현관 일층에는 S스포츠신문 야구부 기자 이원식이라고 써 있는 명함을 불쑥 건네는 남자가 서 있었다. 나는 내 인생에서 가장 처음 그를 봤기 때문에 나에게 명함을 건네는 상황에 긴장했다. 낯선 투수의 제 1구를 보고 서 있는 느낌이었다. 왜 나에게 명함을 주느냐고 물었더니 그 남자는 내가 이원식이니까, 라고 대답했다. 나는 그 기자가 이원식이든 이원식이 아니든 상관없다고 생각한다고 그에게 말했다.

— 당신은 25층 아파트의 2501호에 사는 사람처럼 시시하게 대답하는군.

그는 나에 대해 알고 있었다. 내가 2501호에 산다는 것과 시시하다는 걸 안다면 나에 대해 절반은 알고 있는 셈이다. 나를 알고 있는 상대를 만나면 나는 두려워진다. 그와 이야기가 하고 싶어졌다. 야구부 기자 이원식이라고 적힌 명함은 정중히 돌려주었다. 그가 잘 쓰겠다고 했다. 이원식이라고 적힌 명함을 들고 온 남자와 나는 그의 자동차 안에 앉았다. 차 옆구리에 신문사 로고가 광고판처럼 붙어 있는 촌스러운 소형 세단이었다. 그는 음악을 틀었다. 어떤 여자 가수가 부른 애절한 이별 노래였다. 남자는 볼륨을 23에 맞췄고, 자신의 차 오디오는 볼륨이 50까지 올라간다고 말했다. 나는 50에서 23을 뺀 남자의 나이를 맞추었다. 그는 유쾌해했다.

— 내 나이를 맞춘 건 당신이 처음이야. 뺄셈을 아는군.

— 그 정도야.

상대가 유쾌해진 틈을 보고 나는 질문을 던졌다. 질문이란 먼저 던지지 않으면 항상 받게 되어 있다. 질문을 하는 쪽과 대답하는 쪽 중에서 어느 쪽이 더 귀찮은지는 잘 모르겠지만, 낯선 사람을 만나면 항상 먼저 질문하라는 할머니의 가르침에 따라 취한 행동이었다.

— 야구 기사를 쓴다는 건 자폐증인 동생을 위해 양파 요리를 개발하는 것과 비슷한 건가?

— 양파 요리는 야구선수만 개발할 수 있지.

— 양파 냄새는 모든 여자들이 싫어하는 것인가?

— 모든 남자들도 싫어해.

— 부러진 야구방망이로 자동차의 범퍼를 만들 수는 없을까?

— 배트는 나무, 범퍼는 플라스틱. 동질성만이 가능성을 제시할 수 있지.

— 이 노랠 부르는 가수와 제목이 뭐지?

— 양파, 〈ADDIO〉. 당신이 데뷔했던 때의 노래지. 오래전이군.

— 혹시 어니언 링에 맥주 한잔 생각 있나?

— 술 따위는 허공이야. 나는 허공에 질렸고 지쳐 있어.

이원식이라는 이름이 적힌 명함을 들고 있다가 나와 이야기하게 된 남자는 내 질문들에 아주 적절한 대답을 되돌려 주었다. 포수가 투수에게 다시 공을 던져주는 듯한 대답이었다.

나는 쾌활하게 웃었다. 그의 대답은 할머니나 동생이 해주는 대답들과는 좀 달랐다. 웃으면서 내 가슴속에는 친밀감 같은 게 밀려들어왔다. 그에게도 마찬가지였는지 그는 나를 경기장까지 태워준다고 했다. 나는 범퍼가 떨어진 내 차를 가져가지 않아도 좋아 고맙다고 했다. 경기장 앞에서 그는 인터뷰에 응해줘서 매우 고맙게 생각한다고 스포츠신문 야구부 기자처럼 말했다. 나는 야구선수처럼 대답했다.

— 열심히 하지.

다시, 야구란 무엇인가

경기장에서는 성실한 선수 몇몇이 모여서 땀을 흘리고 있었다. 그들의 땀에서는 욕망이 눅눅하게 증발하고 있었다. 그중에서 항상 벤치에서만 야구를 하는 이원식에게 다가갔다. 그는 야구를 하기 전엔 이종 격투기를 했었고 상대의 바깥다리를 로우킥으로 찰 때 나는 소리와 바깥쪽 슬라이더가 배트에 맞을 때 나는 소리를 비교 분석한 논문을 발표하고 우리 팀에 입단한 선수였다. 그 엽편소설 분량의 논문은 나도 읽어본 적이 있었는데 구질이 신선했고 배트가 치밀했으며 작전이 파워풀 했다. 하지만 그는 벤치에서 하는 야구만을 즐기는 친구였다. 어쩌다가 부상당한 선수 때문에 대타로 기용되면 헬멧을 집어 던지는 등의 난동을 부리곤 했었다. 내가 말을 걸고 싶어 하는 몇 안 되는 사람들은 헬멧이 있고, 난동이 뚜렷하다.

— 이원식? 야구가 뭘까?

— 응?

그는 내 질문의 의도를 순간적으로 이해하지 못했다. '격투기선수 출신이라 그런지 이해력이 격투기선수 수준이군' 하고 나는 생각했다. 그러나 다른 사람의 이해력에 대해 '이해력이 격투기선수 수준이군' 같은 말을 해선 안 된다고 할머니가 당부했었던 게 그 순간 떠올랐다.

'정작 이해력이 너보다 높은 격투기선수가 얼마나 많은 줄 아니?'

할머니가 하는 말은 모두 옳다. 따르기만 하면 된다. 나는 생각을 누그러뜨리고 다시 이렇게 말했다.

– 아니, 야구 말이야. 지겹지 않아?

그러자 이원식이 순간 눈빛을 번뜩이며 내게 말했다.

– 야구란, 허공의 접점을 찾아가는 몸짓이라고 생각해. 즉, 허공 혹은 허무 속에서 현실의 요소를 찾아내려는 몸짓이라는 것이지. 투수의 손을 떠난 공은 허공을 가르고 그 공을 향해 휘둘러지는 배트도 허공을 가르며 나오잖아. 심지어 스트라이크 존도 허공에 떠 있지. 길을 걷다 우연히 스트라이크 존을 만나 같이 삼겹살에 소주 한잔 했다는 얘기는 듣지 못했잖아? 게다가 타구가 허공을 완전히 갈라버리거나 그라운드의 허공에 떨어져야만 안타란 말이야. 야수가 공 말고 허공을 더듬으면 에러. 공이라는 현실이 2루에 닿기 전에 허공을 가르고 2루에 도착하면 도루 성공, 세이프인 거지. 인생이라는 허공도 접점을 찾거나 피하기 위해, 즉 세이프가 되기 위해 줄기차게 피똥을 싸고 있잖아. 그런 걸 재미있게 흉내 내고 있는

몸짓이 야구인 거지.

이원식의 말을 듣고 있다가 나는 할 말을 잃어버렸다. 무엇을 질문했는지도 잊었다. 할머니의 말이 옳았다. 정작 이해력이 나보다 높은 격투기선수가 많다. 그래서 이렇게 말했다.

— 이따 어니언 링에 맥주 한잔 어때? 내가 사지.

— 고맙지만, 난 이 벤치에 좀더 앉아 있어야겠어. 나는 아직 어니언 링이 무엇이고, 맥주가 무엇인지 생각해보지 못했어. 그 둘의 연관관계는 또 어떻게 되는 거지? 아, 어니언 링이라면 양파에 밀가루 옷을 입혀 튀긴 거잖아. 가운데가 도넛처럼 텅 뚫린.

— 알았어. 다음에 마셔.

나는 갑자기 머리가 아파 이원식을 떠났다. 속이 빈 양파가 된 기분이었다. 하지만 다른 선수들은 모두 운동을 하고 있었다.

나도 할 수 없이 러닝머신의 고무벨트 위를 달리기 시작했다. 러닝머신은 끝없이 양파를 까는 기분이 들게 해준다. 러닝머신의 스피드를 높였다. 어차피 까야 할 양파라면 빨리 모두 까야 한다. 하지만 아무리 빨리 뛰어도 내 땀에서는 욕망이 증발하지 않았다.

웨이트 트레이닝 세트를 세 번 반복한 뒤 샤워꼭지를 틀었을 때 주루코치인 이원식이 다가왔다.

— 웬일이지? 쉬는 날 경기장에 다 오고?

그의 입에서 심한 양파 냄새가 났다.

— 오, 양파 냄새! 저리 꺼져요!

— 양파 냄새가 난다구? 난 자장면을 먹었을 뿐인데?

자장면이라면 춘장과 양파와 생강을 돼지고기와 함께 볶아 면에 부어놓고 춘장에 찍은 양파를 곁들여 먹는 음식을 말하는 것 아닌가. 나는 버럭 화를 냈다.

— 그러니까 양파 냄새가 나지요! 어서 이를 닦아요.

주루코치 이원식은 그렇게 따지지 않아도 이를 닦으러 온 거라고 말하며 칫솔을 꺼냈다.

— 아무리 자네가 홈런 1위를 달리고 있다고 해도 코치에게 그런 식으로 말하면 안 돼.

그는 이를 닦으며 중얼거렸다. 나는 치약 냄새와 양파 냄새가 섞인 냄새를 맡고 다시 버럭 화를 내려다가 감독님이 했던 말을 떠올렸다.

'주루코치와 배터리코치에겐 화를 내지 말아야 한다. 주루코치는 달린다는 것의 허실을 깨달은 사람이고, 배터리코치는 오직 공을 배합하는 데 인생을 바치느라 몸이 약하거든.'

그리고 할머니가 했던 이야기도 떠올렸다.

'네 아버진 달리기선수였고 어머니는 배터리 공장에서 일했었단다.'

나는 그가 갑자기 얼굴도 본 적 없는 내 아버지처럼 생각되고, 뭔가 처연하고 애처로운 느낌이 뜨거운 연기처럼 피어올라 주루코치 이원식에게 미안하다고 말했다. 어색한 분위기가 샤워기 물소리와 이 닦는 소리 사이로 방울졌다. 어색한 분위기가 되었을 땐 가벼운 질문 같은 걸 던지면 좋다고 할머니가 말했었다.

— 근데 제가 홈런 1위예요?

— 그래, 자네가 그 허무의 선두야.

역시 주루코치 이원식은 달린다는 것의 허실을 알고 있었다.

— 코치님, 어니언 링에 맥주 한잔 어때요?

— 자넨 그것만큼 허무한 것도 없다는 걸 몰라?

그러나 양파는 무엇인가

집으로 돌아가는 택시 안에서 나는 스포츠신문을 봤다. 내가 홈런 랭킹 1위라는 걸 확인하고 싶었다. 주루코치들은 거짓말을 잘한다. 3루 베이스 옆에서 죽어라 팔을 돌려 홈까지 뛰라는 사인을 내놓고, 주자가 홈에서 횡사하면 그러게 왜 뛰었냐고 발뺌하는 걸 야구라고 생각하는 건 아닌지 모르겠다. 그들은 죽어라, 하고 뛰라는 신호를 했기 때문에 죽은 것은 자기 판단의 잘못이 아니라, 죽어라, 라는 팔 모양의 뉘앙스를 이해하지 못한 선수 탓이라고 생각하는 것이다. 야구선수 중에 시인(詩人)이 많지만, 베이스를 뛰며 주루코치가 전달하는 메타포를 순간적으로 해석해 낼 수 있는 사람은 흔하지 않다. 내가 지금껏 선수 생활을 하는 내내 만났던 주루코치들은 다 그런 식이었다. 만나진 못했지만 아버지도 그런 식일 것 같았다.

어쨌든 각종 야구 관련 순위표가 나와 있는 곳을 보자 코치 말대로 정말 내 이름이 발견되었다. 거짓말이 아니었다. 내 기록은 2위와 무려 열다섯 개나 차이가 났다. 부동의 1위. 나는 슬퍼졌다. 홈런 레이스 1위라는 건 양파를 일 분에 몇 개나 깔 수 있는가, 하는 기록처럼 쓸데없어 보여 쓸쓸했다. 연봉을 얼마 받는다는 것도 마찬가지고, 집 평수가 얼마나 되느냐는 것도 마찬가지고, 자식이 몇 명이며 아내가 얼마만큼 아름다우며, 얼마만큼 살았느냐는 것의 수치도 마찬가지다. 양파를 일 분에 몇 개를 까든 다 까버린 양파에는 의미도, 존재도, 심지어 상실감도 없다. 단계를 밟아나가다 보면 자꾸 새로운 경계선에만 도달하는 것일 뿐.

어쨌거나 양파든 야구공이든 까는 것임엔 틀림없다. 그런데 오래간만에 스포츠 신문을 보니 우리 팀 선수에 대한 기사가 눈에 들어왔다.

> T팀의 용병 벤치워머 알렉스 원식 리, 최근 부진으로 벤치가 차가워지자 도미니카로 돌려보내고 메이저리그 벤치워머 경력 7년의 데릭 원식 리 주니어와 연봉 5천 달러에 계약했다고 T팀 관계자가 밝혀.

알렉스는 친하게 지내던 용병이었지만 그 기사를 읽자 화가 났다.

— 이 녀석, 내 자동차 범퍼를 고쳐주지도 않고 도미니카로 가버린 거야?

나를 인터뷰해갔던 이원식이라고 적힌 명함을 들고 온 기자의 기사도 실려 있었다. 그의 기사는 내 인생의 의도와는 관계가 없어 보였다. 훌륭한 야구기자라면 인생의 의도들에 대한 심도 깊은 픽션을 창작할 수 있어야 한다. 그에 대한 나의 친밀감에 조금 실망했다.

야구인 일문일답—홈런1위 어니언 박

요즘 어떻게 지내는가.

— 동생이 자폐증 걸린 사람처럼 양파를 좋아해서 새로운 양파 요리를 개발하는 재미로 살고 있다.

당신도 양파를 좋아하는가?

— 좋아하지만 냄새는 싫다. 남자든 여자든 양파 냄새는 다 싫어하지 않는가?

조그만 사고가 있었다던데.

— 사고는 아니고 천재지변 같은 것이다. 어느 날 차 범퍼가 떨어졌는데 그것 때문에 마음이 아프다. 심정으로는 부러진 야구 배트라도 갖다 대 고치고 싶다.

좋아하는 가수나, 즐겨듣는 음악이 있는가.

— 좀 오래된 가수지만 양파의 〈ADDIO〉를 좋아한다. 내가 데뷔했을 때 나온 노래다. 왜 이별 노래를 좋아하느냐고 묻지 말라. 단지 양파가 좋을 뿐이다.

경기가 없는 날에는 무엇을 하는가?

— 간단히 맥주 한잔하면서 보낸다. 안주로는 어니언 링을 선호한다.

아니 그럼 양파가 뭐라는 것인가

— 할머니!

할머니가 없었다. 오후 일곱시. 할머니가 집에 없는 경우는 한 번밖에 없었다. 그것은 2001년 9월 12일이었고 할머니는 그날 새벽부터 늦은 밤까지 외교통상부 앞에 나가 있었다고 했다. 할머니가 오랫동안 집을 비운 건 정말 그 한 번밖에 없었으므로 굉장히 낯선 일이었다. 그날 집으로 돌아왔을 때 TV에선 모든 채널이 똑같은 야구경기 장면을 중계하고 있었다. 그것은 제구가 완벽한, 불같은 직구로 타자를 무너뜨리는 장면이었다. 이상하게도 두 명의 타자를 순서대로 삼진 잡는 장면이 여러 각도에서 반복되었고, 투수는 빈 원식 라덴이라는 아랍계 선수일지 모른다고 아나운서가 말했었고, 두 명의 미국인 타자가 삼진당한 건 미국의 수치라고 해설자는 흥분했었다. 삼진아웃을 당한다는 건 슬픈 일이겠지만, 나는 미국이라는 고삐 풀린 타자가 너무 싫었다. 인간은 누구나 언젠가는 타석에서 물러서야 한다. 좋은 타격을 보여주지 못하면서 최고의 타자라고 뭉개고 있으면 보기 싫다.

그보다 오늘 할머니의 부재가 내겐 테러 수준이었다. 동생은 슬픈 얼굴로 할머니가 언제 나갔는지 모른다고 말했다.

— 나 배고파, 형.

나는 창고에서 양파를 꺼내 거실에서 까기 시작했다. 거실에는 할머니가 읽다 놔두신 책이 있었다. 『달려라 아비』라는 제목이 적혀 있었다. 양파를 까다 보니 계속 눈물이 났다. 책 위에 눈물이 톡톡 떨어졌다.

할머니는 항상 미국을 동경했다. 할머니 나이 때의 사람에겐 미국을 동경하는 게 유행이었던 것 같다. 미국이란, 한 번도 본 적 없는 내 어머니가 어느 날 훌쩍 날아가버린 곳이기도 했고, 한 번도 본 적 없는 아버지가 그 여자를 찾으러 역시 장외홈런처럼 날아가버린 곳이기도 했다. 두 사람이 다시 만나게 되었는지 아닌지는 나에게 중요하지 않았지만 할머니에겐 중요한 모양이었다. 할머니는 기회가 되면 꼭 미국에 가서 어머니와 아버지를 찾으라는 이야기를 했었다. 그러기 위해서 할머니는 나와 동생에게 항상 양파를 먹이셨다. 미국인들의 몸에선 양파 냄새가 난다고 했다.

— 아들과 며느리는 사라졌지만 결코 죽지 않았어. 사라졌지만 죽지 않아야 해. 그러려면 양파를 많이 먹어야 한단다.

내가 생각하기에 그것은 썩 바람직한 생각은 아니었지만, 할머니의 말이라면 들을 수밖에 없었다. 할머니의 말을 들어서 잘못된 건 하나도 없다. 열심히 운동을 하라고 해서 했고, 야구선수가 되라고 해서 되었다. 덕분에 내 인생은 크게 나쁘거나 좋거나 하지 않은 무난한 것이 됐다. 다만 여자를 만나지 말라는 말은 지키지 못했다. 생 양파 상태에서 시작한 관계가 지지고 볶은 후엔 다시 생 양파가 되지 않는다는 것을 몰랐다. 나는 양파가 대체 뭐라는 것인지 여자를 통해 어렴풋이 배웠다.

내 동생은 병적으로 양파에 집착한다. 양파가 들어가지 않은 음식에 녀석은 절대 손을 대지 않는다. 그는 어렸을 때부터 아버지 어머니가 없다고 너무 많이 놀림을 받았지만 나처럼 싸움을 잘하지는 못했다. 나는 그의 양파를 이해한다.

동생에게 양파 스테이크를 만들어주고 나는 또다시 양파를 깠다.

심야토론 프로그램을 보고 있을 때까지 할머니는 돌아오지 않았다. 나는 매우 배가 고픈 것 같았으나 양파 스테이크는 먹고 싶지 않았다. 할머니가 없으니 식욕이 없었다. 다만 정화가 필요했다.

할머니는 아들과 며느리 이야기만 하면 양파 껍질을 깔 때의 나처럼 우셨다. 할머니에게도 정화가 필요한 모양이었다. 정화는 내 팬이라며 편지를 보내다 애인이 되었던 여자의 이름이기도 했고 미국에 가버렸다는 한 번도 보지 못한 내 어머니의 성함이기도 했다.

나는 전등도 끄지 않고 거실에서 잠이 들었다. 머리맡에 허공이 톡 톡 떨어져 몇 번이나 뒤척였다. 나는 돈이 없다고 자꾸 잠꼬대를 했다.

아침에도 할머니는 없었다. 나는 장비를 챙겨 경기장으로 향했다.
— 적어도 밥은 이제 혼자 챙겨 먹어. 냉장고에 양파 많이 까놨어.
라고 동생에게 쪽지를 적어 놓았다.

그러면 야구는 대체 뭐라는 것인가

범퍼가 떨어져나간 내 자동차는, 범퍼가 없다는 사실을 망각할 수만 있다면 아무런 문제가 없는 자동차였다. 그러나 달리는 내내 집요하게 이 차는 지금 범퍼가 없다, 라는 생각이 계속 들었다. 평소 한 번도 걸리지 않았던 신호등에 걸릴 때도 차에 범퍼가 걸려 있지 않기 때문일 거라 생각했고, 차 안에서 늘 듣던 어니언스의 〈작은 새〉가 들어 있는 시디가 아무리 찾아도 없는 것도 범퍼가 없기 때문일 거라고 생각했다. 할머니의 부재 때문에 나는 무엇이든 탓해야 했다.

범퍼가 떨어지는 재앙이 일어났던 날은 며칠 전 비가 내리는 날이었다. 비가 대신 야구를 하고 있으니 우리들은 야구를 할 필요가 없었다. 내리는 빗물에 손을 대어보니 차가웠다.

— 콜드 스코어로군.

우리 팀의 용병 벤치워머 알렉스가 퇴출이 결정된 자신의 처지를 비관하며 말했다. 하지만 그가 도미니카 공화국 동부해안의 사투리를 썼기 때문에 나는 콜드크림이로군, 하고 들을 뻔 했다. 나는 곁에 다가가서 그를 위로하는 말을 늘어놓아야 되겠다고 생각했다. 헬멧과 난동이 없는 선수에게는 처음 걸어보는 말이었다.

– 자네는 내가 본 중에 가장 훌륭한 벤치워머였어. 자네는 기본적으로 엉덩이가 크고, 한 번도 벤치에 앉아 있는 자세를 흐트러뜨린 적이 없지. 다른 팀의 잘 나간다는 벤치워머들도 7회쯤 되면 어깨를 뒤틀고 허리를 한 번씩 돌려주는 습관이 있지. 그런 습관은 참 고치기 힘들어. 체력이 바탕이 되어주지 않는 한. 내가 보기에 자네 체력은 타고난 것 같아. 감독이 장님이라 자네 같은 훌륭한 선수를 퇴출시키게 된 건 정말 유감스러운 일이야. 내 말이 위로가 될 수 있을지 모르겠지만, 이봐, 양파를 끝까지 까면 뭐가 나오는지 아나? 끝까지 깐다는 말을 이해하지 못하나? 먼저 껍질을 까고 그 다음에 나오는 매끄러운 면을 까고 그 안의 매끄러운 면을 또 까는 거지. 그러다가 맨 끝에 뭐가 나오는지 알아? 어떤 사람들은 아무것도 나오지 않는다고 하는데 그건 틀린 말이야. 맨 끝엔 무엇인가 나와. 아무것도 남지 않는 것처럼 보이는, 그 끝. 그 절정의 공허, 그 쾌락적이고 퇴폐적인 공허 말이야. 사람들은 야구장에 와서 열심히 야구장 김밥을 사 먹고 열심히 치어리더들의 팬클럽을 만들지만, 결국 그것은 양파를 까는 것과 같다는 거지. 그 공허를 즐기고 있다고. 알겠어?

내가 이야기를 끝내자, 위로가 되는 듯한 표정을 지을 줄 알았던 알렉스 원식 리가 반대로 버럭 외쳤다.

— 다 아는 얘기 양파 까지 말고 저리 꺼져!

이번에도 역시 그는 사투리를 썼기 때문에 '다 아는 양파를 까는 건 어려워'로 들렸다. 도미니카 동부해안의 산토 라르고 지방 사투리에선 '저리 꺼져'와 '어려워'라는 동음이의어를 거의 억양 구분 없이 발음한다.

그래, 사실 어렵다. 누구나 공허에 대해서 알고 있으며 그런 나름대로의 인생에 대비한 정의로운 눈빛들을 가지고 있지만 아무도 실천하지 않는다. 저리 꺼진다는 것을 잘한다는 것은 무엇보다도 어렵다.

— 이 세상에서 내가 본 사람 중에 실천을 어려워하지 않는 사람은 항상 양파를 까시던, 내 할머니뿐이었어.

라고 나는 그의 말에 대답해 줬다. 그러자 그는 아직도 '저리 꺼져'와 '어려워'를 구분하지 못하느냐고, 홈런 좀 친다고 건방지게 굴지 말라고 단단히 화를 내며 고함을 빽빽 지르더니, 네 할머니 따윈 미국에나 가버리라고까지 심하게 말한 뒤 도미니카 동부해안의 언어로 된 야구 규칙집을 비 내리는 그라운드에 거칠게 던져 놓고 나가버렸다.

그 일이 있고 난 뒤, 나는 경기가 완벽하게 취소된 것을 확인하고 주차장에서 차를 빼려는데 범퍼가 내려앉아 있는 것을 목격했다. 배트 중심에 정확하게 걸려 일직선으로 펜스를 넘길 수 있었을 듯한 파괴력의 잔재가 느껴졌다. 내 기억에 차 옆에는 알렉스의 낡은 중형차가 세워져 있었다. 내 차의 범퍼를 망가뜨린 범인이 그일 거라는 짐작은 했지만, 역시 알고 있는 양파를 까는 것은 어렵다고 나는 생각했다.

그렇다면 야구와 양파는 도대체 뭐라는 것인가

경기장에 온 나는 주차장에 차를 세울 자리가 없자, 또 범퍼 때문이라는 생각을 했다. 아무리 잊으려고 해도 범퍼 때문에 신경이 쓰여 견딜 수가 없었다. 할머니에게 범퍼 이야기를 꺼내 해결하지 않은 것을 후회했다. 하지만 이야기했다면 그 알렉스란 자에게 사과하라고 무척 혼났을 것이다. 내 주머니에는 어니언 링에 맥주 한잔할 돈은 있어도 범퍼를 새로 갈 돈은 없다. 모든 돈은 할머니가 맡고 계셨다.

나는 전날 저녁을 거른 데다 아침도 걸렀고 점심도 건너뛰어 몹시 배가 고팠다.

오늘 경기는 도루 저지율 1위인 포수 이원식이 있는 H팀과의 시즌 11차전 경기였다. 9월이지만 포스트 시즌 진출에 일찌감치 실패한 우리 팀은, 내년 시즌을 준비하는 입장이었다. 주루코치 이원식이 경기에 앞서 애국가가 울려 퍼질 때 말했다.

— 어차피 팀의 영욕은 글러먹었고 자네는 홈런 기록에만 신경을 써. 알았지?

내 생각엔 그 말이 영락없는 잔소리로 들렸다. 게다가 그의 입에서는 심한 양파 냄새가 났다.

— 오! 양파 냄새! 저리 꺼져요!

— 양파 냄새가 난다구? 난 자장면을 먹었을 뿐인데?

자장면이라면 춘장과 양파와 생강을 돼지고기와 함께 볶아 면에다 부어놓고 춘장에 찍은 양파를 곁들여 먹는 음식을 말하는 것 아닌가. 나는 버럭 화를 냈다.

— 그러니까 양파 냄새가 나지요! 어서 이를 닦아요.

— 지금은 경기가 시작되는 단계야. 주루코치는 경기가 시작되면 3루 베이스 앞의 경계선에 서 있어야 한단 말이야. 내 양파 냄새를 맡기 싫으면 홈런을 치면 될 것 아닌가? 그리고 아무리 자네가 홈런 1위를 달리고 있다고 해도 아버지뻘인 코치에게 그런 식으로 말하면 안 돼.

나는 다시 할머니가 이럴 때를 대비해 했을 충고를 떠올리려 했지만 할머니라는 항목이 삭제된 듯 도무지 기억이 나질 않았고 아버지라는 말에 머릿속이 갑자기 터질 듯 좁게 느껴졌다. 할 수 없이 나는 입을 다물었다.

경기가 시작되고 내 차례의 타석이 왔다. 삶의 공간은 항상 좁디좁다. 타석도 좁고 스트라이크 존도 좁다. 나는 오늘따라 더욱 타석이 좁다는 느낌을 받았다.

— 양파 좋아해?

마스크를 쓴 포수가 지난 내 대답을 기억하고 물었다.

양파에 대해 설명할 수 있을 만큼 양파를 많이 먹는 사람도 양파의 맛에 대해 설명하기 힘들다. '양파는 매운 거예요' 정도의 말이 최선이다. '양파 맛 잘 알아요. 혈액 속의 유해물질을 정화해주죠'라고 말하는 사람은 양파에 대해서 발가락만큼도 모르는 사람이다. 그런 사람이 목이 쉴 때까지 양파에 대해서 설명해도 양파에 대해선 알 수가 없다. 나는 양파에 대해서 포수 이원식이 던진 질문에 대답하지 않기로 했다.

— 기사 읽었어. 나도 양파 좋아해. 새 앨범은 언제 나오는 거지?

나는 대답 대신 방망이를 힘차게 휘둘렀다. 그러나 공은 1루 쪽 관중석 상단에 떨어지는 파울볼이 되었다. 1루 측 지정석에 항상 앉아 있던 내 여자친구도 파울볼이 되었다. 다시 경기장을 찾을 리가 없었다.

— 왜 스윙에 힘이 없어? 평소와 다른데? 밥 안 먹었어?

나는 포수 이원식의 말이 듣기 싫었지만, 나에게 던지는 세 번째 질문이었다. 나는 갑자기 머릿속을 넓히고 내가 상실한 것들에 대해 이야기하고 싶었다. 정화로는 해결되지 않는, 상실의 경계선에 다다른 느낌을 포수 이원식에게 설명해주고 싶었다. 그런데 또 공이 빠르게 들어왔다. 나는 배트를 크게 휘둘렀으나 허공을 낚은 낚싯대를 들어 올린 것처럼 전혀 걸리는 느낌이 없었다. 포수 이원식의 말대로 나는 힘이 빠져 있었다. 투 스트라이크였다. 나는 심판에게 타임을 요청하고 배트에 문제가 있는 척하며 더그아웃으로 갔다. 나는 헬멧을 꽉 쥐고 벤치에 꼿꼿이 앉아 있는, 나와 유일하게 말이 통하는 사람에게 다가갔다.

— 이원식, 지금 나는 어떤 단계로 가는 걸까?

— 응? 무슨 단계?

그는 순간적으로 내 질문의 의도를 이해하지 못했다. 간절히 도움을 받고 싶었는데 받지 못하자 화가 났다. 할머니가 한 말 같은 건 기억나지 않았다. 저 친구는 정말 이해력이 격투기선수 수준이야. 다시는 말을 걸지 않겠어, 라고 속으로 외쳤다.

아무 배트나 들고 나와 타석에 다시 선 나는 떨어진 범퍼와, 사라져버린 할머니와, 야구와, 양파에 대해서 어지럽게 생각했다. 양파 냄새가 역겹게 피어오르는 듯했고, 투수가 포수의 사인에 고개를 끄덕였다. 다음 순간 공이 날아왔다. 공은 체인지업이었고 마치 허공 속에서 멈췄다 온다는 느낌으로 천천히 허공 속의 스트라이크 존으로 날아들었다. 나는 방망이를 휘두르지 않고 서서 가만히 그 공을 노려보았다. 느린공이었지만 그것이 내 팔꿈치 아래를 통과할 땐 잠깐 아찔한 기분까지 들었다. 어머니와 아버지와 할머니와 동생과 쌍둥이빌딩이 스쳐 지나가도 남아도는 완전한 허공이었다.

— 아!

— 나는 양파 다 깠다…….

꼼짝없이 서서 삼구 삼진을 당해버린 채 한숨처럼 내쉬던 내 중얼거림을 듣고, 프로 13년 차의 포수는 보일 듯 말듯 내 어깨를 두어 번 토닥거렸다. 내가 말한 문장을 모두 긍정하는 듯한 태도였다. 나는 더그아웃으로 돌아가며 얼음을 얼려 놓은 것처럼 조용한 관중석을 향해 허리를 꺾어 인사했다. 그들이 내가 방금 한 것을 야구라고 생각해주기를 바라는 마음에서였다.

4 · 연애왕 C

누군가는 나보다 매우 괜찮다. 이 사실을 받아들이는 건 매우 괜찮지 않다.

나는 오후 세시의 어느 포장마차에서 여자의 스커트 속에 얼굴을 묻고 혀를 사용하고 있었다. 여자의 스커트 속에 막대사탕이나 호박엿이 있을 리는 없는데 어쩌다 내가 이런 시간에 여자의 어딘가에 혀를 사용하고 있는지 알 수 없었지만 나는 흔해빠진 저질이 아니라 괜찮은 사람이니까 최선을 다해 혀를 움직였다. 어떤 점에서든 괜찮아야 한다고 생각하는 것은 불완전한 인간이라는 자괴감을 극복하기 위한 몸부림일 것이다. 그렇지만 이런 짓은 저질들이나 하는 게 아닐까, 라는 생각이 들자 혀와 머릿속이 동시에 얼얼해졌다.

내가 여자와 함께 손도 잡지 않고 온 곳은 우중충한 포장마차였다. 벽에 걸린 TV 화면 속에서는 지저분한 노래가 들려오고 있었다. 가수가 부른다고 생각할 수 없을 만큼 지저분한 목소리였다. 하지만 나보다는 높이 올라갔다. 못생긴 여자 댄서가 그 노래에 맞춰 춤을 추고 있었다. 정말 봐주기 힘든 춤이었다. 나무토막이라도 저런 춤은 따라 출 수 있을 것 같았다. 하지만 댄서는 내 여자친구보다 예뻤다.

우리가 대화 없이 술만 마시고 있자 심드렁한 듯 앉아 있던 포장마차 주인이 채널을 바꾸었다. 야구 중계가 튀어나왔고 엉성하게 생긴 타자가 막 헛스윙 삼진 아웃을 당했다. 스윙 속도가 형편없이 느렸다. 심지어 휘두를 때 눈을 감는 것 같았다. 하지만 나보다는 배트 스피드가 빨라 보였고 덩치가 좋았다. 주인이 다시 채널을 바꾸자 동료가 올려준 크로스를 골 에어리어 안에서 사뿐히 트래핑하고 헛다리짚기로 수비수를 젖혀 노마크 찬스를 만든 축구선수가 대포알 같은 슈팅을 관중석으로 높이 차올렸다. 그는 아쉬워하며 머리를 감쌌고 나는 저런 개발, 하고 대뜸 욕했다. 그러나 나는 동네 축구, 군대 축구, 대학 체육대회 축구, 직장 야유회 축구, 등등 내가 뛰었던 갖은 축구경기에서 저만한 찬스 위치에서 공을 제대로 트래핑 해본 적조차 없었다.

순간적으로 보기에 어수룩하고 몹시 허접한 것들에 대해서 예전에는 '그러려면 집어치워라' 정도로만 생각해왔다. 그러나 아무래도 그 분야에서 최소한 나보다는 낫다는 생각을 하기 시작하자 나는 그들 모두가 그 분야에서는 훌륭한 사람들일지도 모른다고 생각했다.

하지만 나는 내 분야인, 바람둥이 파트에선 나보다 나은 선수를 도무지 찾아볼 수 없었다. 대체 무슨 생각으로 바람둥이 짓을 하는 거야? 라고 비난이나 받고 여자들이나 그녀들의 지인들에게 따귀나 맞으며 욕이나 18기가씩 다운받고 다니는 바보들은 최소한의 자격이 안 되어 있다. 나는 그런 녀석들한테는 당장 때려치우라고 마음껏 큰소리 칠 수 있다. 내가 더 낫기 때문이다. 모든 사람들이 싫어하는 짓인데, 잘해도 아슬아슬할 판에 개념도 없는 바람둥이가 되려고 하다니. 그건 자기 자신을 몰라서다. 다양한 변화구도 던질 줄 모르고, 뜨거운 강속구도 없고, 세밀한 컨트롤도 안 되면서 투수를 하려는 것보다 백배는 어리석다. 나는 확실히 위대하다. 애인을 쉽게 갈아치우는 바람둥이로 살아왔지만 한 번도 비난받은 적이 없으니까.

내가 모든 걸 다 잘할 수는 없다, 라는 건 내가 모든 분야를 욕할 수 있다는 얘기라고 생각해왔다. 그러나 서른 살이 되면서부터는 뭔가 욕할 수 있는 나이를 지나버렸다고 생각했다. 내가 욕하는 분야를 서른 넘어서 시작한다고 해도 잘해낼 수 있을 시간이나 젊음이 부족하다. 인간의 한계지만 그 점이 나는 항상 아쉽다.

초등학생들은 마음껏 말할 수 있는 존재들이기 때문에 부럽다. 그들은 자라서 분명히 그들이 욕하는 사람보다 나아질 수 있는 가능성이라도 있다. 그러나 서른을 넘겼으면 그게 불가능하니까 절대 욕해선 안 된다. 단 초등학생들이 버릇없이 이상한 욕을 한다고 욕하는 어른들은 난 마음껏 욕할 수 있다. 그들은 나보다 세상을 이해하는 능력이 떨어지는 사람들이기 때문이다. 내가 이해할 수 없는 건 어쩌다 서른 살이 되고 말았느냐는 것뿐이다.

그런데 오늘 나는 나보다 술을 잘 마시는 어떤 여자와 포장마차에 앉아 있다. 나는 알고 있었다. 이 여자는 분명히 소주를 한 병 더 주문할 것이다. 나는 소주를 한 병 더 마시면 완전히 취해 발기가 안 되거나 안 웃기는 농담을 지껄일지도 몰랐다. 하지만 여자가 생기 있는 목소리로 소주 한 병을 더 주문하는 것을 막을 수는 없었다. 여자는 나보다 돈이 많고 술이 셌고 내가 이제 자기를 버리려 한다는 걸 알고 있기 때문이었다. 이런 경우는 처음이었다. 수많은 여자와 만나 왔지만 여자가 먼저 열쇠를 쥐고 있는 경우는 처음이었다.

"지금 이 자리에서 내 애널을 빨 수 있다고 생각해?"

여자가 내 취기를 테스트했다.

"난 저질이 아니야."

"그럼 누가 저질이지?"

"오후 세시에 이런 데서 똥꼬를 빨아달라고 하는 사람."

"사랑하는 사람을 갑자기 버리는 놈이 더 저질이야."

여자는 아직 취하지 않았다. 나는 소주를 더 마셔서 취해버리기 전에 여자와의 입장을 지배해야겠다고 생각했다. 돈이 있다면 이것 가지고 가서 기분이 풀릴 때까지 쇼핑하고 날 잊어, 라고 하면 될 테고 취하지 않았다면 어떻게든 능란한 말재주와 논리로 이겨 먹으면 될 텐데, 자신을 순간적으로 스캔 해보니 지금 여자보다 나은 건, 맷집뿐이었다. 취했을 땐 맞아도 별로 아프지 않다. 나는 그 조건으로 거래를 걸었다. 오늘의 나를 있게 한 능력은 바로 나 자신을 잘 안다는 점이었다.

"나를 힘껏 때려봐. 때리고 싶은 곳 어디든지."

"왜?"

"너에게 맞고도 쓰러지지 않는다면 날 놔줘."

"내가 너를 붙잡고 있다고 생각해?"

"응. 너만 아니면 오후 세시에 포장마차에서 소주나 마시면서 저질스런 농담이나 하고 있을 바보는 아니거든."

"좋아."

여자는 벌떡 일어나 내 자리로 다가서더니 왼손을 권투선수가 훅을 치려고 할 때처럼 내 관자놀이 쪽으로 뻗다가 불현듯 오른손을 아래로 뻗어 어퍼컷으로 내 고환을 후려쳤다. 마침 내 고환은 사타구니 사이에 끼어 있기 비좁아 바지 속의 허벅지 살 위로 올라간 상태였다. 나는 그냥 제대로 걸렸다.

남자가 고환으로 숨 쉬는 건 아니다. 하지만 거길 얻어맞으면 호흡이 곤란해진다. 나는 견디려고 노력했지만, 바닥에 쓰러지고 말았다. 아팠기 때문에 몹시 화가 났으나, 이때 화를 내면 내가 쌓아온 모든 것들이 허물어진다는 생각을 했다. 쌓기 어려운 것들일

수록 한 번에 무너지기 쉽다는 건 누구나 알 수 있다. 반대로 쉽게 쌓은 건, 아무도 무너뜨리려고 하지 않는다. 견고하게 쌓여 있지도 않은 걸 무너뜨려 봐야 재미가 없기 때문이다.

서울역 앞 노숙자를 약올리는 것보다 재벌그룹 회장을 약올리는 게 수십 배나 더 흥미로운 건 매우 어렵고 뒷감당이 안 되기 때문이다.

이 경우에 내가 화를 내면 정말 뒷감당이 안 된다고 생각했다. 화는 감정이며, 나는 헤어지려는 여자에겐 어떤 종류의 감정이든 드러내서는 안 된다고 철저히 믿고 있다. 화를 내서 내 감정을 오롯이 그녀 앞에 노출시키는 것은 위기다. 지금껏 한 여자에게 쌓아온 견고한 매력의 성을 아프다고 무너뜨릴 수는 없다.

이제껏 어렵게 사수해온 멋진 바람둥이 위치를 위해 나는 화를 내지 않았다. 고통이 조금 완만해지자, 나는 평정심을 되찾고 다시 자리에 앉았다. 나는 회심의 일타를 위해 가드를 내리는 바보가 아니다. 상대가 그 순간만을 노리고 있기 때문이다.

"많이 아팠어?"

"아픈 정도가 아니었어."

"내가 이겼지?"

"아니 네가 졌어. 나는 이제 불구가 되어서 너를 안아주지 못할 거야. 우린 정말 헤어지는 거야."

"웃기지 마. 힘 조절이라는 게 있어. 그 정도로 터지진 않아."

"많이 터트려봤던 모양이군."

"어쨌든 내가 이겼지?"

나는 아까도 말했듯이 위대한 바람둥이다. 하지만 이렇게 작전상 져야 할 때가 있다. 패배는 쓸쓸하지만, 마냥 슬프지는 않다. 또 하나 배우고 또 하나의 경험을 쌓는 것이기 때문이다. 나는 항상 내 분야에서 업그레이드 되어간다. 하지만 노래 실력이 업그레이드 되어가지 않는 가수나, 웃기지 않는 개그맨이나, 따분한 얘기만 골라서 쓰는 소설가나, 늘 피곤해하기만 하는 가장이나, 노래방에서 할 줄 아는 랩이 한 곡밖에 없는 십 대나, 소주나 막걸리만 마시는 싸구려 주당이나, 영리만 추구하는 기업인을 욕하지는 않겠다. 그래도 그 분야에서는 다들 나보다 낫기 때문이다. 특히 인기가 떨어져간다고 연기력을 뜯어고칠 생각은 안 하고 얼굴을 뜯어고치는 여자 탤런트들도 욕하지는 않겠다. 내 여자친구보다는 예쁘기 때문이고 최소한 남자의 고환을 이렇게 무식하게 때리지는 않을 테니까.

여자친구는 내 잔에 술을 채웠다.

"술은 고통을 잊는 영약. 모든 인류가 애용해왔지요. 술이 없으면 안 돼. 인생은 고통 그 자체이니까."[1]

1 박상 소설 「치통, 락소년, 꽃나무」에서 인용

나는 그녀의 건배에 동참해줬다. 그녀의 멘트는 어느 거지 같은 소설에 나오는 문장인지 딱 유치해서 거슬렸지만, 반박할 멘트가 생각나지 않았다.

나는 술을 더 마실수록 확실히 무너져갔다. 하지만 나는 타고난 바람둥이다. 여자들에게 이기기 위해서는 무슨 짓이든지 할 수 있다. 나의 바람 철학은 당연히 여자를 극복의 대상으로 본다는 것이다. 한 여자만을 사랑하는 바보들처럼 구원의 대상으로 보지 않는다. 원래 그게 옳지만 나는 반드시 여자를 이겨야 한다. 그게 내 트라우마다.

구원인 줄 알았던 내 첫사랑이 실연이라는 초강력 바이러스로 CPU, 하드를 비롯한 내 모든 장치를 에러 투성이로 만들어버렸을 때 나는 남은 인생을 여자들에게 복수하며 살아가기로 다짐했다. 이 생각이 어리석다는 것을 안다. 한 대상에 대한 복수심을 전체에 대한 복수심으로 확장한다는 건 정말 컴퓨터 바이러스 같은 짓이다. 예를 들어 초창기에 내가 지옥으로 빠뜨려 놓고 통쾌해했던 여자들 역시 사랑에 대한 복수심과 증오에 불타 순진한 남자들을 지옥으로 빠뜨리기 시작했다. 이것은 악의 도미노 현상일 뿐 근본적인 위안이 되지 못했다. 내가 얻어맞았다고 다른 사람을 때리면 무슨 의미가 있나. 그건 인류가 할 수 있는 것 중에서 전쟁과 유괴 다음으로 가장 안 웃긴 행위가 되며 악마의 똥구멍이나 빨아먹는 경우가 된다.

그래서 수정하게 된 내 타깃들은 순진한 여자들이 결코 아니었다. 나는 여자들에게 상처를 주는 바람둥이 분야에서 분명 남들보다는 괜찮은 도덕심을 가지고 있어야만 한다고 생각했다. 그것이 나를 그들보다 우위에 있게 만들 수 있다고 믿었다.

나는 누구를 때린 사람만 때린다. 그러니까 나는 남자들을 울린 여자들만을 타깃으로 삼는다. 이것은 범죄도 아니고, 악마의 똥도 아니다. 나는 정의의 편에 서 있으며 내 도덕의 진의는 오히려 악마에게 영혼을 판 여자들을 구원하면서 더 나은 내가 되어가자는 데 있다. 나는 똥 냄새 쩌는 악마랑 노선이 완전히 다르다. 나는 절정의 위대한 바람둥이다. 쉽게 생각되는 나쁜 양아치 저질 바람둥이가 아닌 것이다.

그런데 어쨌거나 착하고 순진한 녀석들을 매정하게 울리고 떠난 나쁜 여자들이라면 꽤 예쁘거나 뭐가 됐든 매력이 있다는 점은 분명하다.

나는 패배를 모르고 살아왔다. 여자가 내게 마음을 주려고 할 때 같이 마음을 주는 척하다가 완전히 넘어온 순간, 내 가짜 사랑을 확 거둬들여버린다. 아무리 악마 같은 여자들이라도 그 빈자리의 공허를 그냥 채워나가기는 힘들다. 나는 그 자리에 반성을 채우기를 유도한 뒤 그녀들이 반성하는 것만큼 그녀들로부터 자유로워진다.

그런데 이번 상대는 역시나 강하다. 이 상대는 내가 보여준 사랑이 가짜라는 것을 한눈에 파악해냈다. 아무도 파악하지 못할 만큼 완벽한 가짜 사랑이라고 나는 생각했다. 그게 내 유일한 무기니까 당연히 완벽해야만 했다. 심지어 나조차도 완전히 속아야 했다. 그런데 이 여자는 어떻게 파악해낸 걸까?

"자 이젠 이 자리에서 거기를 빨아줘야겠어."

여자가 말했다. 그녀는 무표정했다. 하지만 눈빛은, 제기랄, 눈빛은 사랑스러웠다. 시키는 대로 할 수밖에 없게 만드는 눈빛, 그런 걸 요구하는 것은, 순전히 너를 지독하게 사랑하기 때문이다, 라는 마녀 같은 눈빛.

나는 소주를 어렵게 한 잔 더 구겨 넣었다.

오후 세시의 실내 포장마차 주인은 이제 슬슬 영업을 준비하려고 마음먹었는지 일어서서 청소를 하기 시작했다. 나는 왜 오후 세시에 손님이 있는데도 청소 같은 걸 해서 먼지를 마시게 만드느냐고 묻지 않았다. 오후 세시에 오는 손님이 새벽 세시에 오는 손님보다 훨씬 적기 때문에 당연히 오후 세시에 청소를 해야 한다. 그럼 오전 열한시에 청소를 해놓고 오후 세시에 오는 손님을 배려해야 하는 것 아니냐, 라고도 묻지 않는다. 가게 주인들은 인간이고, 전날 새벽까지 취객들을 상대하느라 고달프다. 열한시에 일어날 수가 없다. 게다가 나는 그가 포장마차를 경영하면서 한 번도 보지 못했을 장면을 이제 막 보여줘야 한다. 이해, 라는 것은 무조건 쌍방이다. 일방적인 이해는 폭력이나 돈이나 사랑을 동반하지 않으면 존재하지도 않는다. 나는 포장마차 주인보다 싸움을 잘하지도, 돈이 많지도 않고 그를 사랑하지도 않는다. 그런 것 없이 이해를 바랄 때는 반드시 쌍방이어야만 한다.

손님이 있는데 청소를 하는 것이나, 포장마차 주인이 있는데 포르노에 가까운 애정 행각을 하는 것이나, 마찬가지의 무게로 서로에게 적용되어야만 한다.

"너 머리 굴리는 거 다 보여."

여자친구가 끈끈한 목소리로 말했다. 사실 머리를 굴리면 안 되는 일들이 세상에는 너무나도 많다. 이 여자는 언제 샤워를 했을까, 아침에 샤워를 했다고 해도 오후 세시까지 방귀 한 번 뀌지 않은 상태일까? 같은 걸 생각하는 순간, 이미 아무것도 할 수 없다.

나는 그 자리에서 여자 앞에 무릎을 꿇고 앉아 짧은 플레어스커트를 들어 올리고 팬티를 내렸다. 아무것도 생각하지 않기로 했다. 그리고 그녀를 벽 쪽에 느슨하게 기대게 하며 허리를 당긴 뒤 다리를 내 어깨 너머로 넘겼다.

그녀의 밴드 스타킹 끝 부분을 잡고 혓바닥을 내밀어 움직이기 시작하자 그녀가 묘한 신음소리를 냈다. 포장마차 아저씨가 우리를 쳐다보는 것만 같았다. 하지만 반드시 쳐다봐야만 했다. 단둘이 있는 곳에서 여자친구의 애널을 핥아 주는 건 누구나 할 수 있다. 그러나 누군가가 있는 곳에서는 불가능하다. 불가능한 것을 가능하게 할 때, 강한 여자들은 사랑의 심지가 증폭되는 것을 느낀다. 나는 역전의 찬스를 위해 닥치고 빨았다.

지금의 여자친구는 런던에서 처음 만났다. 런던의 옥스포드 스트리트에 있는 재즈클럽, '100 CLUB'에서였다. 백 년 된 재즈클럽이 아니라 옥스포드 스트리트 100번지에 있는 클럽이기 때문에 붙은 이름이다. 하지만 뭐가 됐든 이미 오픈한 지 백 년이 다 되어 간다.

내가 그곳을 찾아갔던 밤, 그녀는 유일한 동양 여자였고 앉을 자리가 없어 벽에 기대 꽤 비싸 보이는 와인을 마시고 있었다. 높은 힐을 신고 있어 다리가 아파 보였다. 테이블 없이 의자만 구해서 앉아 있던 나는 그녀를 위해 내 자리를 내줬다. 그녀는 하얀 폴로넥 셔츠를 입고 있었으므로 예상대로 한국 사람이었고 내게 이렇게 말했다.

"어머 고마워요. 하지만 당신도 같이 앉지 않는다면 같이 서서 보는 게 나아요."

하지만 나는 서서 와인을 얻어 마시는 게 익숙하지 않아, 의자를 구해왔다. 앉고 싶어 하는 사람보다 의자가 훨씬 더 모자란 클럽에서 내가 의자를 두 개 겹친 채로 앉아 있는 사람을 운 좋게 찾아내 하나를 정중히 빼내서 구해오자, 그녀가 내게 박수를 쳤다.

"능력이 있는 분이시군요."

"이런 곳에서 의자를 구해오는 정도가 능력이라면."

그녀와 나는 열심히 재즈 라이브를 감상하고 와인을 병째 마시고 상당히 취한 상태로 시내의 한국인 포장마차에 가서 소주를 마셨다. 난 그때 그녀가 몹시 술이 세다는 것과 매우 돈이 많다는 것을 알았다.

왜냐하면 거기서 소주 한 병은 25파운드였는데 그녀가 서슴없이 주문했다. 파운드 환율이 2천 원이었을 때니까 5만 원인 셈이었다. 사실 그럴 만도 하다. 소주에 영국 여왕이 붙인 관세 같은 건 생각하지 않더라도, 런던에서 마시는 소주 맛은 한 병에 10만 원이더라도 어느 양주에 비해 꿀리지 않았다.

그 한국인 포장마차의 주방에는 나와 하우스메이트(housemate)인 친구가 일하고 있었고, 그 친구와 함께 주방에서 일하는 친구는 놀랍게도 여자의 전 남자친구였다. 외국에서 한국 사람들 사회란 참 좁다. 우리가 시킨 골뱅이를 무쳐서 가지고 왔을 때 여자는 내게 그를 자신의 전 남자친구라고 소개했다. 여자의 전 남자친구는 여자에게 극진한 안주들을 만들어 주었고 나와 하우스메이트인 친구는 내게 소주 한 병을 서비스 했다. 사회가 좁긴 해도 생각해보면 런던에 있는 한국 사람에게 그 정도로 운 좋은 술자리란 없었다.

그런데 내 하우스메이트는 서비스 안주를 가져다주며 내 여자 친구가 잘 있는지 물었다. 물을 것을 이미 알고 있었다. 런던의 유학 사회에서는 한 다리만 건너면 동북아시아권에서 서로 모르는 사람이 없다. 중국 사람이라고 하더라도 아는 친구와 함께 사는 중국인에게 물어보면 아는 사람이고, 일본 여자에게 뺨을 맞았다, 라고 하면 처음 보는 사람도 이름을 말하면 아아, 일본 여자에게 뺨을 맞은 한국 남자, 라고 알고 있었다. 그렇게 알려지는 게 싫으면 영국사람 집에 홈스테이하면서 숨소리 하나 내지 않고 살거나 영국인과 눈 맞아 리빙 투게더 하면서 집 밖에는 나가지도 않아야 한다. 나는 곧 안 좋은 소문이 날 것이라는 걸 알고 있었지만 상관없다고 생각했다.

나는 토튼햄 코트로드의 한국인 포장마차에 갈 때부터 이미 그런 사실을 알고 있었고, 자신도 있었다. 여자친구도 없는 남자, 보다는 조회수가 높은 남자가 더 매력적인 법이다. 아무도 클릭하지 않는 남자란 아무도 클릭하고 싶지 않은 남자일 가능성이 매우 높다. 나 역시 여자에게 마찬가지 생각을 가지고 있었다. 중요한 것은 지금 행복하냐, 아니면 더 괜찮은 행복을 위해 지금의 상황을 포기할 것이냐, 의 문제인 것이다.

나는 원래 한눈에 알아본다. 지금 행복한 사람과 그렇지 않은 사람을. 사랑이란, 그 순간 행복하기 위해서 존재한다. 지금 사랑 때문에 아픈데 그 사랑을 지키겠노라고, 믿겠노라고 생각하는 순간 눈앞에서 행복이 다운되어 버린다. 세상에 지금 당장 행복하지 않은데 뭣 때문에 돈도 많이 들고, 시간도 많이 들고, 귀찮기도 하고 복잡하기도 한 걸 해야 한단 말인가. 나는 그런 주제의식을 가지고 여자와 대화를 나누었다.

"이해하죠? 저도 여자친구가 있었어요."

"있는 거예요, 있었던 거예요?"

"과거형입니다. 당신을 만난 순간부터."

나는 여자가 그때 나와 술을 마시는 순간을 행복해하는 것을 느꼈다. 그것이 나의 흥미로운 화제들과 세련된 농담들 때문이든 술 때문이든, 상관은 없었다. 나 역시 행복했으니까.

결국 그날 나는 여자의 집에 갔다. 그녀는 런던 1존의 스튜디오 플랏(Studio Flat)에 살고 있었다. 그런 비싼 곳에 살고 있을 줄 알았다. 그곳에서 그녀는 전 남자친구의 빗발치는 전화를 차가운 말로 타일렀고, 정해진 수순이라는 듯 내 여자친구의 전화가 이어지자 나는 전화기를 끄는 대신 여자를 꺼버렸다. 전화기를 끄는 건 비겁하다. 솔직히 말하면 다 되는데.

"다른 여자를 만나게 되었어. 날 잊어. 어차피 넌 공부하러 왔으니까 공부하고 난 연애를 하러 온 거니까 연애할게."

내게 있어서 그녀의 존재감은 내가 안녕, 이라고 말하며 끊은 전화와 함께 꺼졌다. 너무 차가운 게 아닌가 싶었지만 여자는 나의 그런 깔끔한 태도를 좋아해줬다. 대신 그녀의 전 남자친구에게는 내가 개입하지 않는 게 옳았을 것이다. 왜냐하면 쓸데없는 적을 한 명 만들고 말았기 때문이었다. 나는 여자들을 적으로 생각하며 살아왔어도 남자를 적으로 만든 적은 없었다. 남자들은 내 형제들이며 동지들이니까 당연하다. 사랑하는 감정이 남아 그 비싼 런던에서 서비스 안주들을 퍼다 나를 때는 언제고 갑자기 자기 것이 딴 사람에게 간다고 생각했는지 술에 취해서 전화질을 해대는 여자의 전 남자친구에게 나는 이런 말까지 해야만 했다.

"너 이해력이 격투기선수 수준이군."

정작 이해력이 뛰어난 격투기선수가 얼마나 많은 줄 알아?[2] 라고 어떤 소설가가 자기 소설에 썼었다. 잘못된 비유다. 격투기선수와 이해력을 함께 비유하고 싶다면, 이해력이, 매번 지기만 하는 격투기선수 수준이군, 이라고 말해야 한다. 그 소설가도 감각적이진 않더라도 자기 문장을 그렇게 바꿔야 좋은 소설가가 될 것 같다. 이길 줄 아는 격투기선수들의 이해력을 이해할 수 있는 이해력은 매우 고차원이니까.

"전 남친, 집요하네. 뭐 하는 친구야?"

2 박상 소설 「홈런왕 B」에서 인용

"봤잖아. 런던의 한인 포장마차에서 일하는 유학생이야."

다행히 격투기선수는 아니었다.

"난 뭐하는 사람이게?"

여자가 물었다.

"나를 막 사랑하기 시작한 사람."

"How Childish You Are.(유치해)"

"부탁하는데, 나한테 영어 쓰지 마."

"영국에서 영어를 쓰지 말라니? 널 사랑하는데 사랑하지 말란 얘기야?"

"그건 아니고, 내 영어 실력이 성기 크기랑 반비례해서."

"뭐야, 그럼 얼마나 크단 얘기야?"

"자, 술 더 없어?"

"같이 사러가자. 떨어지기 싫어."

나는 여자와 술을 사러 나왔다. 하지만 영국에선 저녁 열한시 넘으면 술을 팔지 못하게 하는 법이 있던 시기였으므로 우리는 술을 파는 가게를 찾아 삼십 분 이상을 걸어야 했다. 걸어가면서 나는 그녀와 달콤한 대화를 했다. 취한 채 밤에 삼십 분이나 걷는 건 원래 힘들다. 힘들 때는 달콤한 초콜릿 같은 걸 먹으면 좋지만 가방 속에 초콜릿이 떨어져서 나는 여러 가지 달콤한 말들을 쏟아 부었다. 그것의 목적은 단 하나, 여자가 술을 사길 바랐다. 나는 돈이 없었으니까.

“너 사실 이십 대 초반이지? 네가 말한 나이를 못 믿겠어.”

“거짓말을 좀 달콤하게 하네.”

“흥, 네 별명을 맞춰볼까? 이기적인 마른 몸?”

“그게 무슨 소리야.”

“여자가 유학 오면 기본 5킬로그램은 찌고 시작하잖아. 5킬로그램 찐 몸이 이러면 한국에선 어땠을까.”

“상상하지 마. 살 쪄서 죽겠어.”

“상상돼. 아. 끌려 죽겠어.”

“마른 애들이나 좋아하고. Kinky.”

“에이, 영어 쓰지 말랬지?”

“변태!”

“그런 뜻이야? 그 발음 되게 변태 같군.”

여자는 내 화제들에 대해 몹시 즐거워해주었다. 그리고 늦게까지 문을 여는 케밥(kebab) 집에서 불법으로 크로넨버그 식스틴식스티포(kronenbourg 1664)를 여섯 개 샀다. 우리는 걸어오면서 그 맥주들을 마셨다. 몰래 사서 마시는 술이란 더 맛있는 법이다. 금지된 것, 금기시되는 것들을 깨는 맛은 언제나 황홀하다. 런던 아니랄까봐 오는 길에는 비가 내렸다. 내리는 비는 추파처럼 끈적였지만 우리들에겐 사탕처럼 낭만이 되었다. 거리를 반짝이게 만드는 가로등 빛에 감탄하면서 나는 여자에게 유라이어 힙의 〈레인〉을 불러주었다. 썩 잘 부르진 못했지만 진심을 담아 노래를 불러주는 것에는 항상 마음을 움직이는 힘이 있다. 비가 내려 추울까봐 나는 내 윈드브레이커를 벗어 그녀의 머리에 씌워주었다. 내 얇은 검은색 윈드브레이커를 머리에 씌워주자 그녀는 검은 면사포를 쓴 보기 드문 신부처럼 보였다. 그녀는 내게 히데와 커트 코베인과 존 본햄과 제프 버클리와 랜디 로즈와 시드 배릿에 대해 이야기 했다. 나는 요시키와 데이브 그롤와 로버트 플랜트와 엘리엇 스미스와 오지 오스본과 로저 워터스에 대해 이야기했다.

남자와 여자는 사랑에 빠졌을 때 그것을 표현하는 방식이 다르다.

여자의 집에 돌아와 남은 맥주를 마시며 우리는 프란츠 퍼디난드의 음악을 들었다. 음악은 날카로운 눈빛처럼 이지적이면서 감성이 폭발했다. 나는 그녀의 입구 깊숙이 이지적이고 감성적으로 파고들었다.

낯선 이국. 색다른 맥주 맛. 전혀 다른 생김새의 인종들 사이에서 같은 생김새를 가진 같은 언어를 쓰는 여자와 나, 표현은 달랐지만 그날 비오는 거리의 낭만과 이지적이고 감성적인 섹스를 통해 우리는 행복한 동질감의 환희를 느꼈다. 사랑은 그러라고 사랑인 것이다.

여하간 다시 한국으로 돌아와서 여자의 어딘가를 빨고 있던 나는 지금 내가 인간의 몸 중에서 가장 위생적으로 취약한 부분을 빨고 있다, 라는 생각을 잊기 위해서 이 여자의 몸 중에서 가장 확실한 성감대 중 하나를 빨고 있다, 라는 생각을 강제로 하고 있었다. 의지력이란, 자신이 생각하고 싶은 대로 현실과 현상을 바꿔나갈 수 있는 능력인 것이다. 나에겐 근성 있는 의지력이 있다. 내 의지력대로라면 난 절대로 여자의 출구를 빨고 있는 게 아니었다. 여자를 마무리하고 있는 것이었다. 나는 런던에서의 추억을 떠올리며 힘을 냈다.

"아, 아……."

여자가 계속해서 신음소리를 냈다.

포장마차 주인이 우리 쪽으로 다가오는 게 느껴졌다. 실제로 그녀의 짧은 플레어스커트 바깥으로 그의 신발이 보였다. 하지만 그는 멈칫하고는 주방으로 들어가버렸다. 누군가 다른 손님이 올 것이라는 생각, 포장마차 주인이 우리를 만류할 거라는 생각 같은 건 하지 않았다. 그런 생각을 조금이라도 하기 시작하면, 그 생각이 그런 일들을 불러온다. 그것이 내 인생관이다.

누가 와서 우리더러 뭐라고 하면 어쩌지? 라는 생각을 하는 순간, 경찰이 와서 우리를 체포해가고 공공장소에서 왜 빨았냐, 빨면 좋더냐, 어쩌자고 그랬느냐, 풍기문란이라는 경범죄 처벌법은 없어졌으나, 인격을 가진 인간이 도덕적으로 공공장소에서 그래서야 되겠느냐, 너희들 부모님이 너희들이 이러고 있는 것을 아느냐, 내 것도 한 번 빨아보겠느냐? 같은 쓸데없는 소리나 잔뜩 듣고, 기분이 극도로 나빠져야만 하는 상황이 도래하고야 만다.

그런 생각을 하지 않으면 그런 일은 일어나지 않는다.

하지만 그런 생각을 하지 말아야지 라고 생각하는 순간 아뿔싸! 이미 했다. 내가 왜 이러는 거지? 오늘은 역시 평소의 나보다 괜찮은 상태가 아니야, 라고 자신에게 투덜거렸다.

역시나 포장마차 주인이 다시 다가오고 있었다.

"저기 죄송하지만, 경찰에 전화를 걸려다 그래도 손님인데 그럴 수는 없어서 이렇게 직접 왔습니다. 잠시 멈추시고 제 얘기를 들어주실 수 있겠습니까?"

나는 여자의 스커트 속에서 포장마차 주인의 신발을 바라보았다. 끝이 뭉툭하고 아둔해 보이는 마틴화였다. 어째서 자기 가게에서 일하면서 슬리퍼 같은 걸 신고 있지 않은가, 라고 생각했다가, 아 혹시 나와 싸우게 되면 슬리퍼 차림으로는 곤란하니까 그런 것이었구나, 라고 생각을 고쳤다. 나는 마틴화의 무식한 밑창에 밟히는 상상을 하며 여자의 스커트 속에서 나오려고 했다. 그러나 그녀가 내 머리를 꾹 누르고 외쳤다.

"저리 꺼져요. 좋은데 왜 방해해요."

"방해해서 죄송하지만, 여긴 포장마차이지 여관이 아닙니다. 여관에서는 술도 마실 수 있고 그것도 할 수 있지만 포장마차는 여관에 비하면 좀 한정적인 공간이라 술만 마셔야 됩니다."

"우리가 지금 사랑하고 있는 걸로 보여요? 이 남자는 벌을 받고 있어요. 이 남자는 질 나쁜 바람둥이란 말이에요."

포장마차 주인은 말을 잇지 못했다.

나는 질 나쁜, 이라는 수식어에 조금 분개해 할 수 없이 여자의 손을 힘으로 밀며 스커트 속에서 나왔다.

"죄송합니다. 여관에 갈게요."

나와 그녀는 멍한 표정으로 서 있는 포장마차 주인을 뒤로하고 그곳에서 나섰다. 아무래도 큰 잘못을 저지르고 있다는 느낌이었지만 신경 쓸 일이 생길까봐 신경 쓰고 싶지 않았다.

길거리에 나온 나와 그녀는 이런 대화를 나누어야 했다.

"너무 젖어서 잘 못 걷겠어."

"팬티라이너라도 하나 사올까?"

"됐어. 나는 자기 같은 바람둥이 남자가 그런 걸 사다주는 게 너무 싫어."

여자는 총총걸음으로 편의점에 들어가 필요한 물건을 사왔다. 그리고 여자가 화장실에 갈 수 있도록 근처 카페에 들어갔다.

카페 안에는 손님이 한 명도 없었다. 나는 약간의 취기를 느끼며 잭 다니엘과 콜라를 주문했다.

화장실에 다녀온 그녀가 대뜸 말했다.

"다시 해야지? 내기는 내기니까."

나는 주위를 둘러보았다. 이십 대를 갓 넘었을 것 같은 앳된 여자 아르바이트생 한 명뿐이었다. 게다가 혀가 육류 연화제인 파파인(papain)통에서 막 빼낸 것처럼 너무 얼얼했다. 이 정도로 빨았으면 설령 철제 테이블이라고 하더라도 흐물흐물해졌을 텐데 만족하지 못한 건가.

"안 돼. 저런 꼬마 여자애 앞에서."

"무슨 소리야? 쟤라면 남자랑 백 번은 자봤겠다. 저렇게 예쁜 아이를 남자들이 가만히 뒀을 리가 없잖아."

나는 할 말을 잃었다.

그래서 다시 그녀의 스커트 속으로 얼굴을 집어넣었다. 구석진 자리라는 점이 조금 위안이었다.

"이번엔 조금 위쪽으로."

나는 아무것도 생각하지 않기로 했다. 무언가 생각해보았자 아무것도 달라지지 않을 거라는 생각 때문이었다. 여자의 신음 소리가 높아질 무렵 머리를 빼내 눈치를 보자 앳된 아르바이트생이 눈을 동그랗게 뜨고 우리를 바라보고 있었다. 손으로 미안하다는 제스처를 했다. 하지만 소녀는 뭔가 안다는 듯한 표정으로 외면했다.

대략 만족했는지 잠시 후 여자는 손으로 내 머리를 밀어냈다. 나는 스커트 속에서 빠져나오며 말리기 시작한 그녀의 밴드 스타킹을 다시 올려주었다. 여자는 그런 내 손길을 제지하더니 다시 화장실에 다녀와서 내 앞에 앉아 희미하게 변색된 표정으로 담배를 한 대 피웠다.

담배 연기와 취기가 동시에 카페의 천장을 향해 치솟고 있었다.

나는 이제 어떻게 해야 하는지에 대해 생각하기 시작했다. 요구사항을 들어줬으니 이제 우리는 헤어지는 거야. 이런 일은 헤어지기로 결심한 사내에게 몹시 가혹한 일이었으나 나는 괜찮은 남자이기 때문에 기꺼이 해줬음을 우선 내세우고 각자의 폴더를 깨끗이 포맷하자고 설득하는 게 어떨까 고민했다.

"자기."

그녀가 은근한 목소리로 나를 불렀다.

"나랑 같이 런던에 돌아갈래?"

"런던?"

"난 나흘 뒤에 출발해. 당신을 만나자고 한 건 그것 때문이었어."

"뭐라고? 그런데 왜 나에게 이런 짓을 시킨 거야?"

"당신이 함께 가줄 수 있는지 보려고."

"내가 왜 당신과 같이 가야 하는 거지?"

여자는 담배를 비벼 끄고 내 눈을 똑바로 쳐다보았다.

"난 당신을 너무 사랑하니까."

제기랄, 사랑이라. 사랑이 도대체 뭔가. 왜 그런 것 때문에 이 여자와 런던에 가야 하는 건가? 그렇지만 어쩔 수 없이 돌아온 한국이라는 곳에서 돈도 못 벌면서 나이는 서른이나 되어버린 채 이런 저런 싸구려 바람둥이들보다 괜찮은 바람둥이가 되겠노라는 주제로 인생을 꾸려가는 것보다는 나를 사랑한다는 돈 좀 있는 여자와 런던에 다시 가는 것이 더 괜찮아 보였다. 그러나 오늘 이 여자를 만난 건 가짜 사랑을 종결짓고 런던의 포장마차에서 일하던 남자의 눈물을 복수하고 이 여자보다 더 괜찮은 새로운 여자를 꼬드겨 다시 시작하겠다는 강렬한 의지였는데.

그렇긴 했지만 믿기 어렵게도 그녀의 어딘가를 빨던 느낌은 대단히 신선했다. 이상한 일이었다. 이제 이 여자라면 단물이 다 빠졌다고 생각했는데 그렇지 않았다. 그녀의 낯선 요구에 응하면서 내 냉철한 껍질을 깨고 잠재된 새로운 모험심이 발동하는 것을 느꼈다. 이 여자는 분명 나보다 강하고, 나에 대해서 너무 잘 알고 있고, 심지어 나를 이해하고 있다는 생각까지 들었다. 그럼 이미 진 건가,

라는 생각이 나를 이상한 심정으로 몰아갔다.

나는 강하고, 괜찮은 바람둥이로 패보다는 승이 많은 나를 만들어 보려고 했다. 그런데 이 순간 아무런 전의에도 불을 붙이고 싶지 않아졌다. 단지 그녀의 스커트 속으로 한 번 더 들어가고 싶어졌다. 갑자기 이런 순간이 오자 내가 최고가 아니며 컨트롤에 능하지 못한 게 아닐까 라는 태생적인 한계 의식과 패배감이 밀려왔다. 나를 이길 수 있는 강한 여자. 그리고 나를 사랑한다는 여자. 이런 여자를 만나기 위해 지금껏 살아온 게 아닐까.

졌다.

나는 패배를 인정하고 내가 추구하던 것들을 그제야 하나씩 내려놓았다. 그러자 그것이 나를 찾아왔다.

사랑.

젠장. 바로 그것. 최초에 나를 배신했던 쇠똥구리 카라멜 같던 그것. 그것이 내게 돌아와 그동안의 모든 잘못을 용서해 달라는 절대적 제스처를 취하고 있는 기분이었다.

나는 패배감에 떨면서도 종국엔 내 트라우마를 극복해내고 말았다는 승리에 도취되는 기분이었다.

나는 무형의 그 사랑이 부드럽게 내민 손을 잡아야 하나 말아야 하나를 잠시 고민했다. 그러나 고민의 시간은 짧지 않았다. 최초에 내가 그랬듯 사랑이라는 건 나의 중추신경을 마비시키며 나를 한 순간에 지배해버렸다. 머릿속은 어떻게 하면 나홀 뒤에 그녀와 함께 출발할 수 있는 항공권을 구하느냐, 쪽으로 재빨리 회전되었다. 하지만 그 프로세스는 CPU를 거의 차지하지 못했다. 내 감정이 죄다 그녀에게 쏟아져가고 있었기 때문이었다. 사랑이라는 건 꿈같고, 아름답고, 감동적이었다.

이제 내 선수 생활도 끝이다. 진정한 사랑이 배신당했을 때 시작했던 일이었고 이제 다시 진정한 사랑을 만났으니 바람둥이 짓에 의미란 없다. 끝이다. 좋다. 이젠 이 여자만을 사랑해야겠다.

나는 그녀에게 떨리는 목소리로 이렇게 대답했다.

"알았어. 같이 가자. 나도 널 사랑해. 비행기 표는 여행사에서 일하는 친구가 있으니 구할 수……."

그때 그녀가 핸드백을 들고 일어서며 이렇게 말했다.

"흥, 뻥이야. 너보다 괜찮은 남자 많거든."

5 · 외계로 사라질 테다

나는 아직 내 별에 돌아가지 못했다.

미스터리 포탈 연구 사이트에 새로운 글이 두 개 올라와 있었다.

눈을 감고 국어사전을 빠르게 펼칩니다. '사랑', '삶', '사이'라는 단어를 순서대로 찾아냅니다. 가고 싶은 좌표를 말합니다. 작은 창이 열립니다. 그 창은 바로 외계로 통해 있습니다.

나는 당장 실험해보려 했지만 국어사전이 없었다. 이건 아무래도 뻥 같았다.

다른 하나는 매우 황당했다.

외계로 가는 가장 빠른 방법은 외계인에게 납치되는 것입니다.

나는 그 게시물을 지워버렸다. 내가 만들었고, 관리자인 사이트니까. 이건 차원의 문을 여는 공식들을 모으고 있는 사이트다. 갑자기 사라져버린 사람들과 그들이 사라질 때의 상황을 제보받아서 차원문의 종류와 형식을 파악하고 있다. 지금까지 들어온 것들은 하나같이 확률적으로 어려운 것이었다.

믿기 힘들겠지만 세상에는 외계와 연결된 다양한 문이 존재한다. 나는 그 문들 중 하나를 타고 외계로 사라질 거다.

외계로 가는 문의 모양은 점성을 가진 은빛 똥구멍 같은 모양일 거라고 나는 맘대로 추측하고 있다. 외계로 가버린 사람들이 다시 돌아와 문의 형태나 색깔이나 촉각이 어땠는지 얘기해준 경우가 없으니까. 하지만 내가 가게 되면 꼭 소식을 전해줄 것이다. 나처럼 궁금해서 미쳐가는 사람들을 위해서.

징후1

— 이년아 너 외계인이지?

룸메이트인 정아가 내게 말했다. 나는 노래를 흥얼거리고 있었다. "**심수봉의 〈백만 송이 장미〉를 시디로 듣다가 룸메이트가 외계인이지? 라고 묻는 순간 시디가 튀며 '미워하는 미워하는……' 부분이 스무 번 반복되면 외계로 가는 문이 열립니다**" 같은 법칙은 들은 적이 없다. 그래서 나는 그녀의 말에 대꾸하지 않았다.

— 조용히 하라구. 왜 애가 심수봉을 부르고 앉았어? 나 TV보잖아.

정아는 '외계인이지?'라고 물어보는 게 말버릇이다. 조금만 이상하면 외계인이란다. 하지만 어리다고 무조건 예술을 모르는 건 아니며 심수봉은 내게 위대한 아티스트다.

내가 보기엔 정아가 더 외계인 같았다. 드라마를 보면서 아주

쇼를 하고 있었다. 그녀는 울기도 하고 화면도 시청해야 했기 때문에 눈물이 번진 채 어렵게 TV 화면을 응시하고 있었다. 어떻게 저게 가능할까. 그녀의 뺨에서 눈물이 은하수처럼 반짝거렸다. 그것은 잘 던진 파워커브처럼 뺨의 굴곡을 따라 휘어지며 떨어졌다.

TV속에선 한 남자가 고개 숙인 여자를 등진 어깨를 꺾으며 질질 짜고 있었다. 난 지구인 남자들을 꽤 아는 편인데 우는 남자라고는 본 적이 없다. TV드라마에 나오는 남자들은 다 외계인인가. 나는 슬픔을 과장하는 빤한 장면을 보며 울어대는 말랑한 정서에 동조할 수 없었다. **"TV 드라마에서 출생의 비밀을 알게 되어 인물이 충격을 먹을 때 가스레인지에 올려놓은 물주전자 뚜껑이 달그락거리고, 갑자기 벨이 울리면서 주문한 적 없는 택배가 오고, 그 택배 기사가 들고 온 박스를 열자 신비한 문이 열렸습니다. 아내가 그 속으로 고개를 내밀자 빨려 들어가 버렸습니다"**, 라고 누군가 내 홈페이지에 썼지만 그건 아내가 택배 기사를 따라 도망가 미쳐버린 남자가 쓴 것으로 보인다. 포탈이 택배로 배달될 리가 없다.

– 겨우 저런 장면에 울면 너무 쉽잖아?

내가 비웃자 그녀는 설득하려는 자세로 돌변해 친절하게 설명해 줬다.

– 재랑, 재랑 사랑하거든? 근데 신분 차이 땜에 어쩔 수 없이 헤어지는 거야…… 응? 신분 차이 알아? 사랑하는데…… 흑.

나는 눈물이 눈사태처럼 번지기 시작한 룸메이트를 보며, 어쩔 수 없는 인간 여자애로구나, 라고 생각했다. 신분 차이라는 말은 내게는 시베리아에서 비키니 왁스 하는 소리로 들렸다. 인간과 외계인의 차이라면 모를까. 아, 인간 여자를 이해하는 일은 힘들다.

그러나 인간 여자를 위로하는 일은 쉽다. 나는 티슈를 한 장 뽑아 손에 꼭 쥐어주었다. 그녀는 티슈에 코를 풀었다. 그리고 코를 푸는 것과 같은 느낌으로 내게 외쳤다.

— 넌 정말 외계인이야. 저게 안 슬퍼?

나도 슬퍼할 줄은 안다. 소주병 속에 소주가 있는 것처럼 세상에는 슬픔이 채워져 있다고 생각한다. 만약 소주병 속에 장미꽃 백만 송이가 있다고 한다면 그것도 아주 슬플 것이다. 나는 술을 좋아하니까. 그런데 상투적인 이별 장면 따위로 울어주기에는 내가 살아온 얼마 안 되는 날들이 지독하게 빡빡했다.

그렇지만 나도 울기는 해봤다. 온갖 슬픔이 별들의 죽음처럼 도처에서 폭발하고 있다. 그런데 폭발한 슬픔은 블랙홀이 되어 모든 슬픔의 흔적들을 안으로 감춰버린다. 내 가슴에는 그렇게 형성된 커다란 블랙홀이 있다. 이 세상에 아빠가 없다. 라는 거대한 구멍! 아빠는 나와 할머니의 가슴속에 그런 검은 구멍을 내고 사라졌다. 슬픔조차 흡인되어버리는 구멍. 그래서 내가 잘 울지 않는지도 모른다.

사라져가는 것은 말할 필요도 없이 누구에게나 슬프다. 사라져가는 것이 슬프지 않다면, 세상에 뭐가 슬프겠어.

나도 할 수만 있다면 사라지고 싶다. 사람들에게 슬픔을 주고 싶어서가 아니다.

사라져간 사람들이 대체 그곳에 모여서 뭘 하고 있는지 너무 궁금해서다.

이번 주말 홈경기
*^^* 너도 올 거니?

아는 오빠에게 문자가 왔다. 나는 이 오빠를 그냥 '어리버리'라고 저장해두었다. 나는 문자를 씹었다. 괜히 아빠를 생각해서 가슴이 무거웠다. 슬픔 말고라도 삶의 모든 국면이 블랙홀에 빨려 들어가려 했다. 빨리 벗어나야 한다.

나는 룸메이트의 노트북으로 인터넷에 시선을 접속했다.

내겐 '내 물건'이라고 불릴 만한 게 휴대폰뿐이다. 지지리 궁상이라 뭘 살 돈도 없긴 하지만 곧 이 지구에서 사라질 내가 뭔가를 가지고 있다는 게 웃겨서 장만하지도 않았다.

나는 야구 동호회 '우아하고 감상적인 베어스야구'의 홈페이지에 들어가 경기 날짜와 시간을 확인했다. 내게 문자메시지를 보냈던 '어리버리'는 이 동호회에서 알게 된 오빠인데 워낙 어리벙벙한 인간 남자라 확인이 필요했다. 확인해보니 이번 주말엔 라이벌 팀과의 홈경기가 서울에서 있었다. 토, 일요일 모두 낮 경기였다. 아르바이트 가기 전에 경기를 볼 수 있겠어.

나는 인터넷이라는 거대한 우주에서 야구와 외계를 주제로 한 별들밖에는 가지 않는다. 수능이 얼마 안 남은 고3 신세지만, 지구라는 별에서 대학에 가고 공부를 하고 취직을 하고 결혼을 하면서 살아가는 일에는 당최 관심이 없었다.

나는 아르바이트를 하러 가기 위해 인터넷에서 안구를 끄집어내고 심수봉의 〈백만 송이 장미〉를 들으며 옷을 챙겨 입었다. 오늘은 꽃무늬가 그려진 레깅스 위에 약간 짧은 치마를 입었다.

— 알바 가니?

룸메이트가 물었다. 눈물 자국이 창궐한 얼굴이 조금 전보다 더욱 그로테스크했지만 그녀는 예뻤다. 나보다 한 살 많고 대학생이지만, 언니라고 불러본 적이 없다. 대학생이 미팅할 생각이나 리포트 쓸 생각은 안 하고 집에서 TV나 보고 있는데 언니라고 부를 이유가 없다.

— 응, 오늘은 술 안 마시고 와서 놀아줄게. 넌 드라마 좀 작작 봐.

문을 닫고 나오자, 햇살이 얼음 투성이 남극의 펭귄 털처럼 눈부셨다. 그 눈부신 빛을 보자 어이없게도 맑은 소주 한 잔의 눈부신 상쾌함이 생각났다.

내가 일하는 삼겹살 가게는 아주 손님들로 떠밀리고 있었다. 이렇게 장사가 잘 되는 가게란 사장에겐 돈구멍, 알바들에겐 똥구멍 같은 것이다. 게다가 내가 들어온 지 2주 만에 이렇게 바빠졌다. 사장오빠의 말에 따르면 이게 다 내 복이라고 한다. 하지만 개코 같은 복은 무슨.

— 나는 하는 알바마다 왜 이래.

어서 오라고 인사하는 사장오빠에게 나는 앙탈을 내며 툴툴거렸다. 그는 손님들에게 떠밀려 거의 정신을 꺼내놓고 있었다.

— 빨리 옷 갈아입어, 복뎅아. 이따 단체손님 예약도 있어.

사장오빠는 김치를 더 달라는 손님에게 '네'라고 외치며 바람처럼 주방으로 달려갔다.

이 삼겹살집은 일이 힘들어도 사장오빠가 퍽 좋은 편이었다. 그는 왜 고3 여자애가 삼겹살집 같은 데서 일해야 하는지 한 번도 묻지 않았다. 부모님은 계시며, 뭐하는 분인지, 어디 사는지, 성적은 어느 정도며 대학은 안 갈 건지도 묻지 않았다. 그런 걸 묻기 시작하는 사람들은 삶을 뻔한 스토리처럼 생각하고 거기에 다른 사람들을 구겨 넣어 뻔하게 만들어 놓는 것을 좋아하는 것 같아서 좋아하지 않는다.

나는 여기서 일 외에는 아무런 스트레스도 받지 않았고 알바비는 꽤 진지한 양손으로 건네받았다. 좋은 아르바이트라고 볼 수 있었다. 다만 '복뎅이'라고 부르지만 않았으면 좋겠다. 내겐 정말 나를 위한 복 같은 건 없다. 남을 위한 개코가 개도 한 마리 없는 이 지구 위의 내게 무슨 소용이람.

옷을 갈아입고 앞치마를 두르자 나 역시 쇼하는 돌고래처럼 이리저리 떠다니며 파도쳐야 했다. 외계로 떠날 사람다운 우아한 동작은, 글렀다.

— 아가씨, 여기 소주 일 병 추가.

— 여기요, 고기 타요!

고기가 타면 직접 뒤집든가 불을 줄이면 되지, 바쁜 것 뻔히 보면서 너무한다고 생각하며 나는 빨리 달려가 불을 줄이고 고기를 뒤집어주었다. 고기는 타 버리기 일보 직전이었고 손님들은 까다로운 눈빛들을 쏘아댔다.

갈비집도 아니고 싸구려 삼겹살집에서 고기를 먹기 좋게 다 구워주겠다는 방침을 택한 사장오빠를 원망할 뿐. 이 세상에 남을 자들과 그들에게 고기를 팔며 남아 있을 사람들의 이 웃기고 까다롭고 영원한 세계.

— 타긴요, 요때가 가장 바삭바삭 맛있어욤. 맛있게 드세요. 그리구 놀지 말구 심심하실 때 좀 뒤집으셔요.

나는 내 오랜 서빙 노하우대로 기분 나쁜 손님을 기분 나쁘게 대하지 않고 내 아까운 살인미소를 팔며 잘 구슬렀다.

사장오빠가 소주병을 냉장고에서 꺼내들고 나오다 내게 엄지손가락을 세워 보였다. 멋있는 척은 혼자 다 한다. 하지만 이 세계에 남은 사람들이란 하나도 멋있지 않다. 게다가 오빠라고 부르긴 하지만 서른 살 넘은 남자를 멋있어 할 순 없다. 그러면 내 나이의 멋이 사라진다. 나는 어린 나이에 나이 많은 아저씨들 좋아하다가 인생 암울해지는 친구들을 많이 보았다. 그중엔 나 같은 외계인도 있었을 텐데. 바보들, 멋을 몰라.

한창 바쁘다가, 가게에 순간 정적이 찾아왔다. 이미 테이블이 다 찼고, 사람들이 이미 고기들을 뱃속으로 삼켜버렸고, 이미 더 이상 배가 고프지 않을 때, 비로소 찾아오는 욕망의 정적이다. 나와 사장오빠는 한숨을 돌리며 카운터 뒤에 기대섰다. 사장오빠가 냉장고에서 맥주를 한 병 꺼내 땄다.

— 숨 좀 돌리잣.

나는 가쁘던 호흡이 가게를 천천히 한 바퀴 빙빙 도는 상상을 했다. 사장오빠는 숨을 돌리자더니 땀을 흘리고 있는 주방 이모와 나에게 맥주를 한 잔씩 돌렸다. 자신은 병째 들이켰다.

— 기회는 찬스다. 담배 한 대.

사장오빠가 땀을 닦으며 담배를 피우러 나갔다. 삼십대 지구인의 철학은 갑갑하다. 기회는 찬스다. '오뎅'은 어묵이다. 소주는 술이다. 인생은 삶이다.

쳇, 기회는 장미고 소주는 인생이고 삶은 달걀이면 안 되나.

홀을 둘러보자 손님들은 자기들끼리 웃거나 울거나 비웃거나 비스듬히 앉아 떠들고 있었다. 나는 후식으로 국수나 냉면을 시키려는 테이블이 있을까봐 홀을 한 바퀴 호흡처럼 걸었다. 불러서 가면, 그건 늦다, 부르기 전에 가서 뭐가 필요한지를 봐야 한다는 게 내 우주적 서빙 감각이었고, 사장오빠의 서비스 철학과 통했다. 그것은 건강한 허파의 메커니즘이기도 하다. 좋은 가게란, 건강한 허파 같아야 한다. 내가 이딴 걸 알고 있으니 복덩이라는 소리나 듣고 있는 것이지. 참.

아줌마들끼리 와 있는 테이블에 덤으로 낀 꼬마가 작은 휴대용 게임기로 오락을 하고 있었다. 아줌마들은 자기들끼리 수다를 떠느라 정신을 바겐세일하고 있었고, 꼬마 역시 게임에 몰두하느라 정신줄을 놓고 있었다. 그 게임은 어렸을 때 많이 봤던 것이었다.

슈팅게임. 비행기 같은 걸 좌우로 조종하면서 상대가 쏴대는 미사일을 피하며 적을 쏴 죽이는 방식의 게임이다. 꼬마의 손놀림은 여느 꼬마들답게 예사롭지 않았고, 게임기 속에선 계속해서 적들의 비행기가 펑펑, 터지는 소리가 났다. 나는 '갤러그'라는 오래된 게임을 떠올렸다. 안 좋은 추억이었다. 떠올리자마자 눈물이 터지려고 했지만 내 슬픔의 블랙홀이 흡수했다. 나는 여자아이라 '갤러그' 같은 건 못했지만, 아빠가 그걸 죽어라 좋아했다. 어렸을 때 아빠는 낡은 게임만 잔뜩 있는 오래된 오락실에 나를 데리고 다녔다. 나는 피시방에 가고 싶었는데 아빠는 꼭 '갤러그'가 있을 정도로 형편없는 데만 고집했다. 아빠에 대한 내 마지막 기억의 장소도 그런 오락실이었다.

— 애란이도 '갤러그'는 할 줄 알아야 해. 딴 건 못해도 되는데 '갤러그'는 해야 돼.

하지만 어린 여자애가 똥파리 무더기를 쏴 죽이는 '갤러그' 같은 오락에 흥미가 있을 리 없었다.

— 아빠, 난 '테트리스'나 할래.

내가 유일하게 하던 게임은 각종 모양의 블록을 맞추는 '테트리스'라는 게임이었다. 아빠는 한숨을 쉬며 동전을 등 뒤로 내밀었다.

— '테트리스'로는 안 된대도. 봐라, **스테이지 10에서 요렇게 비행기를 두 대 붙여갖고, 자! 이렇게 붙었지. 그럼 미사일이 두 발씩 나가잖아? 그리고 쏴 죽이다가 저게 한 마리 남았을 때, 응? 미사일을 쏠 거 아냐? 그때 정확하게 비행기 두 대 사이로 맞으면 말이야, 그 순간에 외계로 가는 문이**…….

나는 테트리스를 하러 가느라 아빠의 뒷말을 듣진 못했다. 하지만 내가 세 판 만에 블록이 잔뜩 쌓인 화면에 적힌 'GAME OVER'라는 글자를 보고 미간에 주름을 잡으며 구석 자리의 '갤러그' 기계 앞에 돌아왔을 때, 의자가 넘어져 있었고 오락기도 꺼져 있었고, 아빠는 사라지고 없었고, 기분이 똥구멍 같았다.

혼자 울면서 집으로 돌아왔을 때, 애당초 없었던 엄마 대신에 할머니가 엉덩이를 때리셨다. 할머니가 때리는 엉덩이는 하나도 아프지 않았다.

— 어데 혼자 돌아다니다 온 기고? 아빠 손 꼭 붙들고 다니라캤지?

— 할머니, 아빠가 없어졌어요.

할머니는 엉덩이를 때리던 손을 순간 멈추고 한참을 멍하니 서 계셨다. 그 시간은 천 년처럼 길었지만 나는 움직일 수도 안 움직일 수도 없었다. 그래서 울음을 터뜨렸다. 그때 할머니가 다시 엉덩이를 때리셨다.

— 아이고 문디자식. 그렇게 말렸는데도. 내가 몬산데이.

그때부턴 할머니가 내 엉덩이를 때리는 손이 꽤 매서웠다.

아르바이트를 끝내고 녹초가 되어 집으로 돌아오자, 룸메이트가 침대에 드러누워 천장을 바라보고 있었다. 그녀의 침대는 현관문에서 볼 때 오른쪽 벽면, 내 침대는 왼쪽 벽면에 있었다. 그녀의 침대 머리맡에는 한 여자를 죽어라 꽉 껴안고 있는 남자의 사진이 있었고 내 침대 머리맡에는 머리맡만 있었다. 오늘은 그녀 머리맡의 사진이 앞으로 자빠져 있었다.

— 진짜 술 안마시고 들어왔네?

룸메이트가 기운 없는 목소리로 말했다. 내가 아르바이트를 끝내고 돌아올 때마다 고기 냄새 때문에 다이어트가 안 된다며 활기차게 탈취제를 뿌려대던 그녀의 모습이 아니었다.

— 뭐야 분위기 왜 이래? 드라마가 그렇게 슬펐져?

— 그런 건 슬프지두 않아.

— 그럼 왜? 내가 술 안 마시고 들어오니까 이상해?

— 실연당했어.

그녀가 실연당한 사람 특유의 목소리를 내지는 않아서 농담인 줄 알았다. 나는 정말이야? 라고 물으며 그녀의 침대로 다가가 얼굴을 또렷이 쳐다보았다. 그녀 얼굴의 눈물샘이, 화를 내며 부어 있었고 눈자위도 빨갰다.

— 진짜? 재수 오백년이랑 헤어진 거야?

— 야, 재수 오백년이라고 부르지 말랬지.

— 왜 헤어진 건데?

— TV 보느라, 전화벨 소리를 못 들었는데 집 앞에 와 있었대.

— 남자가 뭘 그런 일로 화낸대. 진짜로 헤어져버려.

라고 위로했으나 그녀가 말했다.

— 한 번만 더 전화 안 받으면 진짜 헤어진다 그랬거든. 갑자기 멀리 갈지도 모르는데 전화를 안 받으면 어떻게 맘 편히 가겠냐고, 막 그랬었어. 이번이 네번째야.

사랑하는 여자를 위해서 백만 번이라도 참아줄 수 있는 남자가 진짜 멋있는 남자라고, 잘 헤어졌다고, 출장이나 가야 하는 직장인 따위를 여대생이 뭐하러 사귀냐고, 그런 일로 이별을 통보하는 남자는 김빠진 맥주 같은 녀석이자 재수가 5백 년 동안 없을 거라고 위로하려고 했으나, 도움이 되지 않을 것 같아 나는 지구인 여자 정아를 그냥 꼭 껴안아주었다. 무언가를 잃는 일은 너무 슬프다는 것을 나는 잘 안다. 나도 어렸을 때 아빠와 헤어질 것을 미리 알았다면 '갤러그'를 하고 있던 그날 아빠의 등을 뒤에서 꼭 껴안고 죽어도 놓지 않았을 것이다.

— 술…… 없어?

— 사올게.

나는 집 앞 편의점에 내려가 소주 두 병과 훈제 칠면조 다리를 샀다. 훈제 칠면조 다리를 편의점의 전자레인지에 데우는 동안 지갑을 열어보니 돈이라고는 사실 얼마 없었다. 야구장 갈 돈이 모자라겠는데, 라고 생각하자 쓸쓸했다.

집에 돌아와 뜨거운 훈제 칠면조 다리의 포장지를 뜯어내자, 어느새 침대에서 일어나 소주잔을 갖추고 앉아 있던 룸메이트가 내가 고른 안주에 불만을 터뜨렸다.

— 너 외계인이지? 실연당한 여자가 닭다리를 뜯으면 우습잖아.

— 아니야, 이건 칠면조야.

그러자 그녀는 유려하게 훈제 칠면조를 뜯었다.

나는 룸메이트가 툭하면 내게 뱉는 말버릇인 외계인이지? 라는 질문으로부터 자유롭지 못했다. 나는 정말로 외계의 먼 별에서 왔다고 생각한다. 외계의 먼 별 이름이 뭐라고 하든, 사람들이 아는 별도 아닐 거고, 사실은 나도 잘 모르겠고, 다행히 말해봤자 별로 소용도 없고, 안다고 해도 말하기 싫었다. 다만 확실한 건 반드시 그 별로 돌아가야만 한다는 것.

아빠가 돌아오지 않은 지 한참 되어가던 어느 날 험상궂게 생긴 사람들이 찾아와 아빠의 소재를 한참 추궁하다 갔을 때 나는 또 할머니에게 물었다.

— 할머니, 아빠는 어디 갔는데 자꾸 안 와?

할머니는 그런 질문에는 항상 슬프고 고된 표정을 지으셨다. 나는 아빠가 없어졌다는 사실보다 할머니가 짓는 슬프고 고된 표정이 더 슬펐다. 그래서 묻지 말아야겠다고 생각했는데 나는 어렸고, 묻고 싶으면 참기도 전에 이미 묻고 있었다.

— 느그 아부지는 돌아가뿌렸다. 외계인이라서 즈그 별로 가뿐기다. 알겠나?

나는 할머니에게 다시는 그런 질문을 하고 싶지 않았다. 그게 어느 별이며 어떻게 가는 건지 더 질문할 틈도 없었다. 할머니도 그 이상은 대답할 여력이 없었다.

— 아이고 되다. 디비 자라 고마.

할머니는 늘 지쳐 있었다. 나 역시 늘 지쳐 있었다. 쪼끄마한 여자애가 외계인들이나 입는 것 같은 우비를 입고 비 내리는 새벽에 신문배달 수레를 끌고 동네를 도는 건 확실히 지칠 만한 일이었다. 할머니는 학교는 안 가도 되지만, 나는 학교까지 가야했다. 착한 소녀 역할 같은 건 지쳐서 할 수가 없었다. 지쳐 있는 사람들끼리는 말하기도 지친다. 할머니가 악착같이 내다 파는 채소들이 좀더 돈이 되길 나는 늘 바랐다.

룸메이트가 소주를 목구멍으로 천천히 쭉 빨아 당겼다. 나는 그녀의 식도가 빨대처럼 변해 소주를 빨아 당기는 모습을 상상했다. 소주 참 맛없게 먹는다. 소주는 단순히 식도로 빨아 당기는 게 아니고 가슴에 막 스며주는 듯 흘려주셔야만 하는 것이다. 그러려면 스펀지처럼 말라비틀어져 있는 가슴이 필요하다. 하긴 집에서 용돈 받는 대학생이 술의 진짜 맛을 어디서 배우겠어. 내가 주로 같이 술을 마시는 야구 동호회의 오빠들은 다들 술을 대학에서 배웠다고 했다. 자기들 말로는 술이 전공라고 했고 마른 스펀지 이론도 그때 들었다. 근데 어린 내가 벌써 술맛을 아니 어떡한담. 이런 건 자랑이 아니라 인생이 개떡 같았다는 부끄러움인데.

할머니도 종종 나와 술을 마셨는데 할머니는 술을 노래로 마시는 분이셨다. 한 잔 마시고 곡조도 가사도 불명확한 노래를 한 모금 뱉어 놓으시고 또 한 잔 마시고. 사실 내가 술을 잘 마시는 건 할머니를 닮아서일 수도 있겠다.

고등학교도 출석만 간신히 하고 아르바이트와 취미 생활에 미쳐 있는 내가 대학 가서 술을 전공하긴 글렀으니 미리 잘 배워둔 거지. 정아가 잔을 내려놓고 문득 말했다.

— 어제 남자친구가 그런 얘기를 했었어.

— 뭐라 그랬는데?

— **흐린 날 강변북로**를 달리다보면 도로 위에 어떤 징후가 나타날 때가 있대.

— 징후가 무슨 말이야?

— 사인 같은 거. 멍청한 고딩아. 그러니까 **알파벳 R 자 같은 글자가 희미하게 도로 위에 나타난다**는 거야.

— 그런 게 길에 왜 나타나?

— 몰라. 여하간 어떨 때 나타난대. **그때 시속 60킬로미터로 달리면서 R 자를 따라 차로를 세 번 바꾸면 갑자기 눈앞에 새로운 길이 열린대. 차로를 세 번 바꾸는 동안 완전 시속 60킬로미터를 유지해야 하고 그동안 절대 아무 말도 하면 안 되고 아무 생각도 하면 안 된대.**

나는 그 순간 그녀의 말에 신경들이 솨, 뻗어나가는 것을 느꼈다. 나는 눈빛을 초롱초롱하게 했다. 그녀의 남자친구도 외계인이었던 걸까. 그도 나처럼 외계로 돌아가는 자신만의 방법을 아는 사람인 걸까.

— 새로운 길이 열리면?

— 몰라, 이 얘기 웃기지도 않아.

— 빨리 말해봐. 그 다음엔?

— **그 길로 좀 달리면 외계의 어떤 도로에 떨어진대**. 그게 무슨 헛소리야.

나는 흥분했다. 흥분하지 않을 수 없었다. 내가 아는 방법 말고 다른 게 또 있다면 더 쉬울지도 모른다. 나는 외계로 돌아가야 한다.

— 그래서? 그 재수 오백년이 외계인이었대?

— 야! 재수 오백년이라고 하지 말랬지?

나는 이 감정적인 지구인 여자에게 더 이상의 정보는 캐낼 수 없었다. 난 운전면허도 없고 아직 딸 수도 없다. 강변북로는 뭐고, 시속 60킬로미터나 차로가 또 뭔지 잘 와닿지 않았다. 나는 체념하고 그녀를 위로하기로 했다.

— 헤어지자는 얘기를 그렇게 한 거라면, 상투적이진 않네.

— 응? 그게 헤어지자는 얘기였던 거야?

— 헤어지자는 징후였겠지.

룸메이트는 소주를 반병도 채 마시지 못하고 얼굴이 빨개지더니 재수탱이, 재수오뎅꼬치, 재수삼수 백수똥구멍 어쩌고 하면서 소릴 질러대다가 쭉 뻗어버렸다. 뻗어버린 45킬로그램짜리 여자를 들어 침대에 올려놓는 일은 매우 힘들었다. 하지만 나는 외계인이다, 라고 세 번 정도 속으로 생각하자 그녀가 쉽게 들렸다. 나는 그녀를 눕히고 이불을 가지런히 덮어주었다. 지쳐 잠든 그녀의 얼굴이 한없이 슬퍼 보였다. 비록 룸메이트로 시작한 사이지만, 정이 들어버려서 나까지 그녀를 떠나 사라지면 또 이렇게 슬퍼할 것만 같아 마음이 아팠다. 나는 옆에 누워서 그녀를 한참 껴안아주었다. 하지만 소주와 안주가 남아 있다는 생각이 들자 벌떡 일어났다. 나는 심수봉의 〈백만 송이 장미〉를 틀어 놓고 혼자서 술을 마저 비웠다.

징후2

낮경기로 열리는 주말 홈경기는 오래간만이었다. 야구장의 넓게 펼쳐진 시야가 펭귄들의 남극처럼 자유로웠다. 나는 어제 룸메이트의 헤어진 남자친구가 말했다던 도로 위의 R자를 생각했다. 야구장 그라운드에도 R자가 징후처럼 새겨진다면 좋겠는걸, 하고 생각했다.

사람들은 나를 '사차원 야구소녀'라고 부른다. 그것은 야구동호회의 내 아이디이기도 하다. 여자애가 야구를 좋아한다고 해서 나쁠 것은 없다. 야식을 좋아하는 것보다는 낫잖아. 하지만 처음부터 야구광인 것은 아니었다.

중학교 때 내 짝꿍을 만나고 나서부터였다. 그 애는 야구선수의 아들이었다. 기회만 있으면 야구장에 가는 소녀가 된 건 그 애 때문이었다.

— 그 얘기 알아?

라고 그 애가 꺼냈던 말은 이제 생각해보니 내 인생의 무슨 징후였던 것 같다.

짝꿍의 아빠는 프로야구단의 유명한 투수였다. 별명도 있었다. '외계인'이었고, 정말로 통산 방어율이 지구인들보다 짰다. 그리고 방어율만 짠 게 아니라 내 짝꿍에게도 변변한 가방이나 필통을 사주지 않는 걸로 유명했다. 아빠도 없는 나보다 그 애가 하고 다니는 꼴이 더 꼬질꼬질했으니까.

— 야구는 외계인들이 만든 스포츠래.

— 외계인이 왜 만들어.

— 필요하니까 외계인들이 미국 사람한테 시킨 거래. 뭐냐면, UFO는 자꾸 걸리잖아. 그러니까 외계로 가고 싶을 때 야구라는 우주적인 공식을 이용한다는 거야.

— 내가 바본 줄 알아? 우주적 공식이랑 야구가 무슨 상관이야?

— 아냐, 야구 자체가 우주적인 공식이라니까.

— 몰라. 재미없어.

— 근데 외계인들이 요즘 우리나라에서도 활동하니까, 프로야구를 만든 거지. 외계인들은 야구 경기에 우주를 관통하는 룰을 새겨놓았고, 걔네들이 경기 내용을 주관한대.

— 뭐가 이렇게 어려워.

— 예를 들면 이런 게 있어. **7회말, 늘 7회말**이었다고 아버지가 그랬어.

그때 나는 7회말이라는 단어를 공식 암기하듯 머리에 집어넣었다. 뭔가 어려운 용어들로 된 것이었지만 내가 정말 알아야 하는 것을 알게 되는 순간이라는 기분이 들어 나는 짝꿍의 말을 완전 경청했다. 짝꿍이 한 말의 요지는 이랬다.

'스트라이크아웃 낫아웃'이라는 룰이 있는데 그건 아웃이지만 아웃이 아닌 경우를 말해. 1루에 주자가 없고, 투 스트라이크 이후일 때 타자가 헛스윙해서 삼진아웃이 되는 공을 포수가 놓친다면 타자가 1루로 뛸 수 있는 기회를 주는 거야. **그런데 7회말 투아웃 이후에 그 '스트라이크아웃 낫아웃' 상황이 오면 비로소 차원이 열릴 준비를 하는 거고, 다음 타자가 파울을 두 개 치고 투 스트라이크로 몰렸을 때 투수가 공을 던지면 그 순간 외야 전광판 쪽에 외계로 가는 문이 열린다**는 것이었다. 나는 너무 어려워서 거의 절망적으로 되물었다.

— 뭐야, 그런 게 어디 있어?

— 우리 아버지가 여러 번 보셨대. 거짓말은 안 하시거든.

나는 그때 환희에 찬 표정으로 그런 얘기를 하고 있던 짝을 완전히 외계인 취급했다. 우주로 가는 과학적 방법은 우주선을 만드는 것이다. 단지 짝꿍이 나에게 관심을 끌려고 헛소리를 지어내는 것 같았다. 그런 식으로 꼬드기는 거라면 넘어가주고 싶지 않았다.

난 똑똑한 척하고, 어렵게 말하고, 꼬질꼬질하고, 나보다 키 작은 남자에겐 관심이 없었다. 그러나 짝꿍이 한 그 얘기에는 은근한 관심이 오래 남았다.

도대체 그런 얘기는 왜 지어내는 걸까? 부터 나는 상식적으로 고민했다. 그러나 관심만으로는 그 알쏭달쏭한 이야기가 내게 답을 쥐어주지 못했다. 나는 직접 야구장에 가서 그 녀석의 얘기가 뻥인지 아닌지 확인해야만 했다. 실은 사실이길 몹시 바랐다.

하지만 야구를 어느 정도 이해하는 데는 시간이 많이 필요했다. 나는 중학교를 졸업할 무렵에서야 그 얘기를 믿을 수 있을 만큼 야구를 알게 되었다. 야구에서라면 그런 일이 충분히 가능할 것 같았다. 더구나 야구의 매력을 알아 버린 나는 어이없이 야구팬이 되고 말았다.

징후3

나는 낮에 삼겹살집에 들러 사장오빠에게 돈을 빌렸다. 야구장에 가기 위해서였다. 주말 야구장의 날씨는 시원한 맥주만큼 좋았다. 하늘 위의 맥주 거품 같은 구름도 햇빛을 막아줄 만큼 훌륭했다. 실연당한 룸메이트를 끌고 오려고 했으나 그녀는 오후 한시까지도 숙취에 시달리고 있었다. 나는 술도 못 마시는 사람이 뭘 믿고 실연 같은 걸 당하는 걸까, 연구했다. 해답을 찾을 수 없었다.

경기가 시작되었다.

오래간만의 라이벌전이라, 경기가 시작되자마자 승부는 퍽 팽팽했다. 야구장 위의 구름이 긴장감을 견디지 못하고 사라져갔다. 덕분에 그라운드에는 엄청난 땡볕이 작렬했다. 관중석의 열기도 땡볕처럼 후끈거렸다. 나는 동호회 사람들을 외야에서 만나 반갑게 인사하고 그들과 맥주를 한잔 마셨다. 내가 야구 동호회에 가입한 것은 고등학생 여자 혼자 야구를 보면서 맥주를 마시긴 싫었기 때문이었다. 그러고 있으면 꼭 이상한 아저씨들이 집적댄다. 아저씨들이란 존재는 세상 어디에서나 기분 나쁜 짓만 골라서 하는 사람들이다. 그들은 이미 불쾌한 짓들이 부끄럽다는 걸 잊은 것이다. 야구장에서든 삼겹살집에서든, 지하철에서든, 자기들 집에서든. 그리고 아줌마들은 그런 아저씨들과 같은 집에 산다. 맙소사.

7회말이 되었다. 0 : 0. 바짝 긴장되는 투수전 양상의 게임이었다. 야구장을 몇 년쯤 다니다 보니 좋아하는 팀도 생겼고 야구라는 스포츠의 재미도 알게 되었다. 변변치 못한 인생을 재미있게 만들 수 있는 것들, 슬픔을 떨칠 수 있는 방법들을 외계인들이 아는 것이다. 야구장에 다니는 동안 중학교 짝꿍이 말해줬던 상황은 한 번도 찾아오지 않았지만, 나는 그 애의 말을 여과 없이 믿고 있었다. 외계로 가야하니까.

오늘은 우리 팀 투수가 갑자기 미쳐서 잘 던지고 있었는데 상대팀 투수도 똑같이 미쳐서 내가 응원하는 팀 타자들은 헛 방망이를 허공에 붕붕 그려대고 넋 나간 표정을 지으며 아웃되었다. 나는 승부욕 때문에 미쳐가고 있었다.

— 오빠랑 같이 보면 꼭 타자들이 못 치잖아!

나는 옆에 있던 어리버리 오빠를 실컷 꼬집었다.

투아웃이 되고 세번째 타자가 〈베토벤 바이러스〉라는 경쾌한 곡과 함께 타석에 들어섰다. 그도 역시 두 번이나 변화구에 헛 방망이질을 해댔다. 우리 동호회를 비롯해서 우리 팀을 응원하는 사람들이 응원의 목소리를 갑자기 높였다. "빰빰빠바밤 빰빰밤 안경현 홈런!" 그런데 순간 그 소리가 내게는 'RRRRR RRR 안경현 RR!' 하고 들렸다. 그것이 징후였을까. 나는 갑자기 승부욕에 빠져 있던 정신을 수습하고 흥분했다. 이제 스트라이크아웃 낫아웃이 나와야 해!

그는 바깥쪽으로 떨어지는 유인구에 배트를 내밀어 삼진아웃이 되었다. 그런데 투수의 변화구가 너무 좋았던 나머지 던진 공이 땅볼이 되면서 포수가 놓치고 공이 뒤로 빠졌다. 저거다!

내 눈이 활짝 열렸다. 이것이 바로 내가 기다리는 스트라이크아웃 낫아웃 상황. 공이 빠지는 걸 본 타자가 일루로 전력 질주했다.

세이프가 선언되었다.

— 오빠, 지금 7회말이지?

— 응. 7횐가? 7회 맞는 듯.

환호하는 사람들 속에서 나는 버럭 긴장했다. 하지만 긴장하고 있을 틈이 없었다. 나는 전광판 쪽으로 와락 달려가기 시작했다.

— 애란아, 어디 가?

어리버리 오빠가 물었다. 나는 대답하지 않고 뛰었다. 대답할 틈이 없었다. 다음 타자가 타석에 들어서려 하고 있었다. 제발 파울 두 개만! 제발.

내가 전광판 뒤쪽에 거의 도착했을 때 사람들이 와! 하고 탄성을 질렀다. 그리고 관중석은 흥부네 집에 박씨가 터진 것 같은 분위기가 되었다. 타자가 친 공이 어떤 아저씨의 손을 맞고 내 발 앞으로 굴러왔다. 내가 기대했던 파울 두 개가 아니라 대형 홈런이었다. 나는 그 공을 집어 들었다. 공을 향해 달려들던 남자들이 아쉬워하며 돌아섰다. 나는 그 사람들보다 더 아쉬웠다. 대체 이곳엔 임무를 끝내고 돌아가는 외계인들이 하나도 없는 거야? 다들 뭘 하고 있는 거야? 여기서 결혼하고 애 낳고 직장 생활하면서 알콩달콩 잘 살고 있는 거야? 이런 곳에서?

공이 전광판 뒷길까지 날아왔으니 큰 홈런이었다. 스코어는 2 : 0. 내가 야구장을 다닌 이래, 7회 투아웃 이후에 스트라이크아웃 낫아웃이 나온 장면은 오늘이 처음이었다. 하지만 내가 외계로 돌아갈 수 있는 첫날이 오늘은 아니었다.

나는 경기가 끝나지 않았는데도 그대로 야구장을 빠져나왔다.

점쟁이 빤스!!

홈런인 줄 어떻게 알았어?

공 챙기러 간 거야?

동호회 오빠가 문자를 해댔지만 그냥 갑자기 나와버렸다. 나오자 갈 곳이 없어서 삼겹살집에 두 시간이나 일찍 출근했다. 가게에 들어서자 훅 하고 끼치는 고기 냄새가 징글맞았다. 사장오빠가 고기를 구워 먹고 있었다.

— 어, 일찍 왔네?

사장오빠가 히틀러처럼 손을 쭉 뻗어 나를 반겼다. 나는 그 손에 야구공을 쥐어주었다.

— 삼겹살 지겹지도 않아요?

— 웬 야구공?

— 알바비 땡겨준 선물.

— 야구장 가려고 미리 달랬던 거구나?

나는 어쩐지 너무 슬펐다.

— 오빠. 난 매일 야구장에 갔으면 좋겠어. 왜 평일에는 꼭 내가 알바 하는 시간에 경기하나 몰라.

— 네가 일 안 하는 시간엔 야구선수들도 야구가 하기 싫은 거야.

— 흥, 말도 안 돼.

— 진짜야, 우리가 삼겹살을 팔고 있으니까 야구선수들은 야구를 하고 외계인들은 열심히 UFO를 타고 숨바꼭질을 한단 말이야. 우주는 우리 삼겹살집을 중심으로 도는 거야.

— 사장님, 장사가 너무 잘 돼서 머리가 이상해지신 것 같아요.

나는 사장오빠의 농담에도 전혀 웃을 수 없는 기분이었다.

삼겹살집이 우주의 중심이면, 나는 그런 지긋지긋한 우주 말고 딴 우주로 이민가고 말겠어, 내 별자리는 야구선수 좌. 아홉 명의 선수가 부채꼴의 그라운드에 서 있지. 매년 18월에서 44월 사이에 태어난 사람들이 갖는 별자리지, 라고 생각하는 내 머리가 이상한 것일까? 세상은 그냥 세상이고 소주는 그냥 술이고 인생은 그냥 삶이고 나는 그냥 지구인일까.

한참 일하고 있을 때 룸메이트로부터 문자를 받았다.

남친 차사고 냈대.

나 어쩜 좋아ㅜㅠ

나는 바로 답 문자를 보냈다. 한 손으로 서빙을 하면서도 한 손으로 문자를 보내는 건 외계인이 아니더라도 다 할 수 있다.

많이 다쳤대?

몰라.ㅠ 강변북로에서 차선을 바꾸다 옆 차랑 박았대.

저런, 아직 그 사람 사랑하면 얼른 병원에 가봐.

답 문자를 다시 보낸 뒤 마음이 설렜다. R 자의 징후가 강변북로에 새겨져 있다 사라져버리는 영상이 보였다.

오늘도 손님은 많았다. 주말이니 당연했다. 내일은 손님이 많지 않으면 좋겠다고 생각했다. 일이야 오래해서 힘들지 않았지만, 남아 있다는 것, 여기 남아 있는 것이 힘들었다. 힘든 모든 것들로부터 떠나버리고 싶었다. 내 룸메이트의 남자친구 재수덩어리도 그러고 싶었던 것일까. 그 남자는 사고가 났으니 실패한 셈이겠지? 그는 기회를 놓친 거야. 난 절대 놓치지 않아야 할 텐데. 기회는 찬스일지도 모르니까.

실현

나는 다음날 주말 3연전의 마지막 경기를 보기 위해 야구장에 갔다. 어제 경기는 내가 좋아하는 팀이 8 : 2로 대승을 거두었다.

나는 외야의 한적한 자리에 앉아 휴대폰에 내장된 야구게임을 했다. 동호회 어리버리 오빠가 일찍 와서 응원도구들을 챙기고 내 옆에 앉아 말을 걸었다.

— 학교 졸업하면 너 치어리더 해라. 간지 쩔겠다.

— 칫, 치어는 예쁜 언니들만 하잖아.

— 너 이뻐. 키도 크고.

— 오빠가 작은 거야.

나는 이 오빠가 좀 어리버리하긴 해도 한 가지는 마음에 들었다. 졸업하면 뭐할 거니? 같은 질문은 절대로 하지 않았다. 심심하면 나중에 이런 거 해볼래? 라고만 제시했다. 하지만 그가 말하는 것 중에 하고 싶은 건 하나도 없었으므로 오빠와 사귀지는 않았다. 장내 아나운서, 돌고래 쇼 조련사, 은행 청원경찰이라니. 게다가 빤스니 간지니, 하는 멋대로 된 용어를 쓰는 점도 너무 별로였다.

휴대폰을 열어 나는 알람을 다섯시로 맞추어 놓았다. 알바에 꼭 가야 하는 시간이다. 웬만한 경기는 다섯시 전에 끝난다. 그리고 웬만한 7회는 세 시간 안에 펼쳐진다.

나란히 앉아 있는 오빠와 나를 동호회의 다른 오빠들이 번갈아 보며 놀렸다.

— 이원식! 걔 지금 꼬시면 원조교제야.

나는 신경 쓰지 않았다. 원조교제든 외계교제든 안 한다고.

오늘 경기는 화끈한 타격전이었다. 선발투수들이 모두 3회에 고개를 푹 숙인 채 강판되었고 타자들이 외계인들처럼 홈런을 쳐댔고, 투수가 자주 교체되느라 경기가 길어졌다.

네시 오십분경에 겨우 7회가 왔다. 나는 7회가 빨리 시작되었으면 했는데 그라운드에 기구풍선이 떨어져 정리하느라고 조금 지연되었다. 제발 오늘이었으면 하고 생각했다, 바람이 불고, 날씨가 흐려졌다. 우산도 안 챙겨 왔는데, 라는 걱정과 삼겹살집 출근하기 싫다는 걱정이 솟구쳤다. 하지만 나는 슬슬 자리에서 일어설 준비를 해야 했다. 가방을 손에 들고 가방 속의 휴대폰을 확인하다 짜증이 났다.

— 아, 알바 가기 싫어.

— 저런. 그래도 돼?

어리버리 오빠가 물었을 때, 나는 몹시 슬펐다. 정말 오늘이었으면. 이 지겨운 지구를 떠나 내 별로 돌아갈 수 있다면.

그런데 7회말이 시작되자마자 두 명의 타자가 아웃되고 마지막 타자가 낫아웃 상태로 1루로 뛰어나갔다. 나는 벌떡 일어나 그가 1루에서 세이프 되기를 간절히 바랐다. 공과 거의 동시에 들어오는 것처럼 보였지만, 심판이 세이프를 선언했다.

나는 꺄아아아아, 하고 고함을 질렀다. 생애 두번째로 7회 낫아웃 상황이 왔다. 이틀 연속이다. 난 그 선수가 홈런을 친 것보다 더 좋아했다. 나는 벌떡 일어나 전광판 뒤쪽으로 뛸 수 있게 스탠드 맨 위로 달려갔다. 가파른 계단을 백만 송이 장미를 피우듯 뛰어올라서인지 문이 열리는 순간이 와서인지 모르겠지만 심장이 마구 뛰었다. 나는 내 손에 가방이 제대로 들려 있는지 생각할 수도 없었다. 어제의 'RRRRR RRR' 하는 소리는 오늘의 징후였구나, 라는 생각만 들었다.

기회가 오는 거야? 오늘인 거야? 오늘 드디어 되는 거야? 만약 외계에 가면 거기서도 알바를 해야 할까? 그렇지만 다 똑같다고 해도, 거긴 아빠가 있을 테니, 난 괜찮아.

다음 타자가 초구를 강하게 때렸다. 나는 그 타구가 홈런이 되지 않기를 간절히 빌었다. 그 타구는 오른쪽 폴을 살짝 빗나갔다. 관중석에서 대형 파울을 아쉬워하는 탄성이 펑펑 터졌다. 다음 공은 포수 머리 뒤로 날아가는 파울이었다. 아, 파울 두 개! 그런데 포수가 일어나 그 파울타구를 쫓았다. 하지만 간발의 차로 잡지 못하고 바닥을 나뒹굴었다. 다행이었다. 드디어 왔다. 이제 외계로 가는 문이 열릴 것이다. 순간 쿵쿵쾅쾅 하고 심장이 뛰는 소리가 백만 배나 강해지는 것을 느꼈다.

낫아웃 출루 뒤에 파울 두 개. 짝꿍의 야구선수 아빠가 얘기해줬던 상황이 그대로 재현되고 있었다. 나는 실제로 이런 상황이 오리란 것을 정말 믿고 있었다. 야구장에 올 때마다 한 번도 안 믿은 적이 없었다. 내가 돌아갈 수 있는 날, 문이 열리는 순간을.

심장 뛰는 소리는 너무나 벅차 그 소리만으로도 우주 공간이 열리고 아무도 모르는 새로운 차원의 세계, 사라진 자들의 공간과, 아빠가 있는 곳으로 갈 수 있을 것만 같았다. 투수가 호흡을 한참

가다듬은 뒤 다음 공을 던지려고 했다. 나는 눈을 감았다. 이제 가는 거다. 지구에는 미련이 없다. 슬픔의 별이여, 나의 블랙홀이여, 안녕.

나는 눈을 감고 전광판 쪽으로 달렸다. 룸메이트와 삼겹살집과 야구장과 지구와 슬픔과 고통들과 할머니가 귀밑을 휙휙 스쳐갔다. 까다롭고 고단했던 것들은 모두 작별이었다. 눈물이 나려고 했지만 혹시라도 외계로 가는 추진력이 모자랄까봐 2루로 도루를 하기 위해 막 출발한 선수처럼 죽어라 뛰었다. 어렴풋이 점성을 가진 은빛 똥구멍 같은 문이 보이는 듯했다.

오래 기다렸어. 아, 정말 오래 기다렸어. 그립고 아름다운 내 별나라로. 모두 안녕.

쾅, 하는 소리가 났다.

실제로 났는지는 모르겠지만, 내 머릿속에서는 엄청난 폭발음이 들렸다. 나는 무언가에 부딪힌 듯 몹시 아팠고, 바닥에 쓰러져 있었다. 정신을 수습하려고 애썼다. 눈앞에 사람들이 모여 있는 것 같았다. 인간들의 바지였고 인간들의 다리였다. 그중에서 동호회 어리버리 오빠의 어엿한 카고 바지 실루엣이 보였다.

나는 이게 뭐야, 라고 되물었다.

왜 아직 지구인 거야? 왜 실패한 거야? 이 모든 게 뻥이었던 거야?

그런데 다음 순간 나는 너무나 놀라 소리를 지를 뻔했다. 내가 부닥친 사람에게서 아빠의 냄새가 났던 것이다. 자세히 보려고 눈을 뜨자 아빠의 얼굴이 또렷하게 현실감을 띠며 다가왔다. 나이를 많이 먹은 얼굴이었지만 눈앞에 있는 사람이 내 아빠라는 건 틀림없는 100퍼센트 현실이고 사실이었다. 그리워하던 아빠의 얼굴을 알아보지 못하는 딸이 있을 수는 없다. 그는 정말로 아빠였다.

아빠가 손을 내밀었다.

— 아가씨, 괜찮아요?

나는 아빠의 손을 잡고 일어섰다. 아빠는 아저씨들 같은 말투를 쓰지는 않았다. 그리고 한 손으로는 자기 가슴께를 아픈 듯 주무르고 계셨다. 나는 무한정 기뻤다. 아빠가 있는 외계로 돌아오다니. 드디어 내가 사라져버린 것들, 사라져버린 사람들의 세계에 도착하다니. 그러나 손을 잡고 일어서자, 순간적으로 멈추어 있던 청력이 다시 소리들을 뇌파로 바꿔 뇌에 전달해주었다. 관중들의 환호소리, 안내방송 멘트, 응원가, 막대풍선 탕 탕 부딪치는 소리들이 인식되었다.

나는 야구장에 그대로 있었던 것이다. 나는 순간적으로 으앙, 하고 울먹였다. 내 꿈을 꽃피울 수 없었다. 돌아가지 못했다. 여기가 그냥 여기였던 것이다. 그럽고 아름다운 내 별나라가 아니었다. 사라져 가기만 하고 돌아오지는 않는 이 지긋지긋하고 슬픈 곳이었던 것이다. 그때 아빠가 말을 이었다.

— 아가씨, 괜찮아요? 다쳤어요?

나는 울먹이다 눈을 들어 다시 아빠를 보았다. 다행이었다. 아빠는 놀란 표정을 하며 미간을 좁히고 있었지만 틀림없이 아빠인 채 그대로 있었다. 나는 아빠 품에 안겨 그야말로 아무것도 할 수 없이 헝, 하고 매우 서럽게 울었다.

6 · 춤을 추면 춥지 않아

애인과 헤어졌다. 내가 방귀를 많이 뀌어서 헤어졌다.

춥고 외로웠다. 개다리 춤이 저절로 춰질 만큼 다리가 치를 떨었다. 외로운 사람들은 옆구리가 시리다고 말하지만 나는 다리가 시렸다.

친구들과 오랜만에 만났지만 추위는 가시지 않았다. 아무도 내가 추는 이상한 춤에 관심이 없었다. 반 토막 난 펀드와 삽질정책들만 화제로 삼았다. 그리고 술이 촉촉해지자 서로를 용어 안에 묶으며 말했다. "넌 양비론자야, 넌 중도보수야. 이 낭만주의자 새끼. 너 같은 좌파가 펀드는 왜 샀니?" 등등.

나만 용어로 구분되지 않았다.

"넌 아직도 그러고 있냐?"

대화가 시려서 애인이 그리웠다. 술자리에 오래 있지 않았다. 택시를 탔다. 애인 없이 타는 택시는 지옥으로 가는 수레처럼 난폭하게 달렸다.

애인은 개다리 춤을 추는 여자였다. 나보다 잘 추는 사람을 본 건 성별과 종족과 개체를 떠나 그녀가 처음이었다. 그런데 혼자 남겨지자 다리가 하나 없어진 기분이었다. 그녀와 자주 듣던 음악이 눈치 없는 엠피쓰리 플레이어에서 흐르자 얼음이 녹는 것처럼 눈물이 났다. 그 눈물은 좁은 유빙에 갇힌 북극곰의 콧잔등처럼 차가웠다.

애인과 헤어진 이유는 방귀 때문이었다. 나는 면봉으로 귀를 파면 방귀를 뽕 하고 뀌는 습관이 있다. 왜 면봉으로 귀를 파면 방귀가 나오는 건지 모르겠지만 면봉을 귀에 넣으면 반드시 방귀가 나오는 걸로 보아 분명 면봉에 주술이 걸려 있을 거라고 굳게 믿었다.

우리는 메가데스의 내한공연에 가기 위해 머리를 빗고, 준비 중이었다. 내가 방심하고 귀에 면봉을 넣다가 방귀를 뀌자 그녀는 이렇게 말했다.

"이러기야? 크로마뇽인도 아니고 여자친구 앞에서 어쩜 귀를 팔 때마다 방귀를 뀌니? 나 몰래 파든지. 파지 말든지."

그녀가 그렇게 말하자 몹시 부끄러웠다. 크로마뇽인들은 그녀의 말처럼 방귀를 많이 뀌었을까? 사실 여부를 떠나 현생 인류인 내가 왜 이러는 것일까.

그러나 메가데스 공연이 콧구멍 앞에 있었다. 나는 마음이 급해 그 말을 무시하듯 말했다.

"시간이 없구나. 어서 가자."

나는 귀를 파던 면봉을 버린 다음 사과도 하지 않고 곧장 집을 나서며 재촉했다. 메추리알 쇼라든가 메밀꽃 박람회 같은 것이었다면 아마 그렇게 하지 않았을 테지만 메가데스 공연이었다.

그날 여자 친구는 토라져서 어디론가 가버렸고 공연 시간은 임박해졌는데 나는 고민하다 결국 혼자 가버렸다. 우리의 연애가 그렇게 웃기게 끝날 줄은 몰랐다. 내가 바보였고 내가 병신이었고 내가 방귀를 뀌었다. 방귀를 뀐다는 건 절대적인 믿음을 허락하는 것

임과 동시에 믿음을 완전히 망칠 수 있는 위험한 짓이라는 양면의 얼굴을 가지고 있다는 것을 간과했다.

나는 그녀를 이해한다. 나를 자괴할 뿐이다. 내가 또 한 번 방귀 문제로 나쁜 일을 당하다니.

*

군대 내무반에 스무 명의 소대원이 긴장하고 앉아 있었다. 애인과 헤어지더니 갑자기 '또라이'로 변한 '왕고참'이 모두를 집합시킨 것이었다. 나는 화장실에 가려던 길이었는데 참고 급히 달려가 각을 잡고 앉았다.

'고참'은 한참 긴장감을 조성하다가 이상한 미소를 지으며 이렇게 말했다.

"그동안 내가 너네를 너무 갈궜지?"

그는 우리들을 편하게 앉게 한 뒤 자신이 애인과 헤어지는 바람에 잠시 이성을 잃었다고 고백했다. 이젠 '또라이짓' 그만 하고 졸병들의 사기와 복지를 위해 힘써보겠다는 내용의 건전한 말들이 이어졌다.

그래서 긴장감을 살짝 놓치는 순간, 나도 모르게 뿌웃 하는 방귀 소리를 내고 말았다. 아뿔싸. 내 똥구멍이 미친 걸까. 나는 그 상황을 무마하기 위해 어엇, 하고 짧은 탄성을 뱉었다. 그것은 '고참'의 말을 경청하고 있는데 어떤 놈이 방귀를 뀔 수 있는 거야, 하는 회피 기술이었다. 하지만 어엇, 하고 탄성을 내 뱉는 순간 배에 힘이 들어가면서 짧고 강한 방귀 소리가 빵, 하고 이어져 버렸다. 그 '고참'은 웃고 넘겨야 할지, 화를 내야 할지 잠시 고뇌하다 결심한 표정을 지었다. 나는 그의 결정에 따를 수밖에 없었다.

"이 씨팔, 어떤 새끼야?"

모두가 나를 바라보았다. 나는 관등성명을 대며 튀어나와 내무반 바닥에서 두들겨 맞기 시작했다. 묘한 효과음이 있는 구타였다.

"내가 말하는데 방구를 뀌어." 뽕.

"시정하겠습니다!" 뽕.

"두 번이나?" 뽕.

"시정하겠습니다!" 뽕.

"내가 좋게 말하니까 만만하냐?" 뽕.

"아닙니다!" 뽕.

나는 맞으면서 계속 방귀를 뀌고 있었다.

나는 군대에서도 그렇게 선임병과 나와의 관계를 방귀 때문에 망쳤다. 그가 전역할 때까지 내 군 생활은 몹시 피곤했다.

*

메탈음악 밴드인 메가데스는 리더 데이브 머스테인이 찡그릴 때의 반달눈과 불만이 가득 찬 듯한 찌그러진 목소리, 살짝 두터운

광대뼈 뒤로 흔들리는 꼬불꼬불한 금발 머리카락이 멋있어서 나와 애인이 몹시 좋아했다. 그들의 음악은 세련된 비웃음 같았고 매너를 갖춘 소란 같았다.

애인이 가버려서 혼자 봐야만 했던 그들의 서울 공연 때 나는 라이브를 들으며 미친 사람처럼 개다리 춤을 췄었다. 진정한 개다리 춤이란, 나를 대변해주는 아티스트에게 보낼 수 있는 최선의 찬사라는 것을 그때 깨달았다. 구토를 하거나 똥을 싸거나 병원에 실려 가는 것으로 표현하는 찬사는 추하다. 환호나 박수갈채 같은 것은 지루해 죽을 만큼 상투적이다.

그래서 공연 내내 힘들었지만 나는 개다리 춤을 멈추지 않았다. 그것이 방귀를 뀐 나를 체벌하는 방법이자 함께 오지 못한 애인 몫의 환호를 전달하는 유일한 길이라고 생각했다.

다음 날 관절에 무리가 간 듯 무릎이 몹시 시큰거렸고 함께 춤추지 못한 애인과 연락이 되지 않아 피눈물을 흘렸지만 나는 삶과 죽음의 빈틈 속에서 춘 그때의 개다리 춤이 준 느낌을 간직했다.

*

개다리 춤이란 누구나 출 수 있는 춤이다. 다리만 흔들면 된다. 그러나 추는 모습이 조금 저질스럽거나 코믹하게 보여서 사람들은 이 춤을 꺼린다. 특히 우아한 여자들은 몹시 회피한다. 또 무리하다

간 고양이라고 해도 무릎 관절염에 걸리게 할 수 있는데다 높은 난이도는 너무나도 적극적으로 어려워서 사람들에게 잘 이해받지 못한다. 그런 개떡 같은 춤이다. 그래서 개다리 춤을 추는 여자를 애인으로 만날 확률은 정말 낮다. 그렇지만 내겐 그 특징들이 너무나 좋았다. 난이도는 깊이이고 관절염은 숙명이고 여자는 한 명만 사랑하면 되니까.

우리는 누가 처음으로 개다리 춤을 췄는지 알 수 없다. 만약 기원을 찾아 올라가는 일에 평생을 건다고 해도 누가 처음인지 모를 것이다. 당연히 크로마뇽인부터 췄겠지, 라는 게 내 짐작이다.

이란 서부 자그로스 산맥의 암벽에 새겨진 '베히스툰(Behistun)의 비문' 일부에 페르시아의 왕 다리우스 1세가 속국의 결속을 위해 개다리 춤을 췄다고 밝혀져.

이와 같은 명료한 문헌은 국립중앙도서관이나 인터넷을 다 뒤져도 찾을 수 없었다. 왕의 이름으로 봐선 제일 유력한데 아무도 연구하지 않으니 확인할 수가 없었다. 세상에 개다리 춤의 기원을 연구하는 학자란 없으니까 세상이 그나마 정상으로 돌아가고 있는 것인지도 모르겠다.

여하간 내 생각에 개다리 춤이란 개와 인류가 동거해온 역사와 함께하는 춤일 것이다. 개가 사람을 보고 반가워서 앞발을 들고 서려고 할 때의 뒷다리 모양이 개다리 춤의 시작이라고 생각한다. 누가 가장 먼저 췄든, 다리우스 왕이 개다리였건 아니었건 그런 건 중요하지 않은 것이다. 그 누군가를 반기는 태도의 순수함이 중요하다.

순수한 사람들이나 아이들은 개다리 춤을 보면 본능적으로 따라한다. 그래서 나는 개다리 춤을 출 줄 아는 사람이라면 최소한 나쁜 사람은 아닐 거라고 항상 생각한다. 히틀러나 전두환이 개다리 춤을 췄을 리는 없을 테니까.

*

내가 개다리 춤을 그냥 웃기려고 추는 춤이 아니라 예술의 한 갈래로 인식하기 시작한 것은 루벤 곤잘레스(Ruben Gonzalez) 라는 아티스트를 만나고 나서부터였다. 그 할아버지는 인간의 뼈다귀가 부서지기 직전에 낼 수 있는 가장 아름다운 소리를 냈다. 〈부에나 비스타 소셜클럽〉에서 그가 나부끼는 손가락들로 연주했던 피아노 소리를 듣자마자 나는 그것이 바로 개다리 춤이 추구해야 하는 것이며 거기에 생과 사의 입장을 연결하는 환희가 있음을 깨달았다. 그 할아버지의 굽은 어깨와 검버섯 핀 손가락들은 끝나가는 생명도 세상 속에 멋진 다리를 놓을 수 있음을 당당하게 과시하고 있었기 때문이었다.

"이래봬도 이 손가락이 한 것들은 영원히 남는단다, 얘야."

나는 그 할아버지를 만났던 날부터 나만의 개다리 춤을 각성하기 위해 정력을 소진했다. 이십 대의 손가락은 이미 수많은 타성에 젖어버렸으니 그나마 걷는 것과 서 있는 것 말고는 별다른 타성에 젖어 있지 않은 다리를 이용하기로 했다. 이 다리가 뼈다귀 작대기가 되기 전에 내 다리가 한 것들을 영원히 남기고 싶었다. 그것이 아름다움 쪽에 다리를 놓을 수 있는 길 같았다.

*

개다리 춤에는 천재라는 게 없다. 오로지 연습량. 훌륭한 연습량이 훌륭한 개다리 춤을 낳는다.

역사상 가장 개다리 춤을 잘 췄던 사람은 배삼룡도, 김정렬도 아니고, 마돈나도 아니고 엘비스 프레슬리였다. 엘비스가 춘 춤은 외설적인 골반 흔들기, 즉 입식 후배위로 섹스 할 때의 자세와 유사한 춤이라고 보는 변태들도 많지만 내가 보기엔 난이도 높은 변형 개다리 춤이다. 무릎을 흔드는 수준에서 허리와 골반 전체를 흔드는 수준으로 개다리 춤의 하체 혁명을 해낸 것이라고 나는 생각한다. 그가 능력자가 되기 위해 얼마나 연습을 많이 했을지는 상상만 해도 아찔하다.

그러나 개다리 춤을 너무 어렵게 볼 필요도 없다. 내재된 본능이기도 하니까. 수많은 락 그루피들이 공연장에서 자유롭게 슬램 댄스를 출 때, 잘 보이진 않지만 마구 떠밀리는 다리는 본능적으로 개다리 스텝을 밟고 있다.

*

나는 마포에서 '한개'라는 멋대가리 없는 술집을 하고 있다. 한 잔 마시고 개다리 춤, 이라는 뜻이지만 손님들은 그냥 안주가 한 개밖에 없다고만 알고 있다. 손님이 음식을 맛있어 하면 주인이 개다리 춤을 추는 가게라고, 별로 팔리지 않는 잡지에 소개된 적이 있었을 뿐이다. 가게는 작고, 내가 요리하는 주방과 붙어 있는 바에 놓은 의자 일곱 개, 구석에 연통 달린 난로 하나가 있을 뿐인 공간이다. 메뉴는 없다. 손님은 그냥 내가 만드는 것을 먹어야 한다.

가게는 밥줄이자 내 개다리 춤 연구실이다. 대충 안 굶을 만큼만 벌고 스래시메탈을 들으면서 개다리 춤을 고안하며 사는 게 내 인생이다.

언젠가 애인이 세련된 하이힐과 짧은 스커트 차림으로 가게에 왔다. 덩굴무늬 망사 스타킹은 그녀의 다리에 도마뱀이 감겨 있는 듯한 느낌을 냈다. 나는 그 스타킹 때문에 비싼 곳에서 춤을 추고 싶은 기분이 되었고 가게 문을 닫고 강남에 갔다.

주말의 강남 클럽엔 사람이 너무 많았고 제각기 춤을 추고 싶어

못 견뎌 하며 떠밀리고 있었다. 우린 스테이지 한쪽에 간신히 자리 잡고 나름대로 개다리 춤을 열심히 췄다. 그날 도전해보고 싶었던 건 꿈의 32비트였다.

개다리 춤의 가장 기본이 되는 무릎의 반복 운동을 일 초에 양다리로 네 번 왔다 갔다 하는 게 기본 4비트다. 그걸 다시 두 배로 빨리 움직이면 8비트, 그걸 다시 두 배로 돌리면 16비트. 궁극의 속도는 32비트였다. 우리는 그 비트의 춤을 그레이하운드라고 불렀다.

우리는 한 번도 그레이하운드를 성공해보지 못했지만 그날 열심히 도전해보았다. 귀가 이상해질 만큼 음악이 쿵쾅거리는 클럽에서라면 고무될 것 같았고, 우리는 솔직히 사람들의 시선을 완전히 사로잡을 수 있을 거라고 생각했다. 우리의 개다리 춤이 세상에 알려져 춤의 역사에 남을 순간이 오길 바랐던 것이다.

하지만 아쉽게도 우리는 32비트를 성공하지 못했다. 분위기가 아니었다. 사람들의 춤이 획일적으로 똑같았다. 최신 유행 '개나리 춤'이었다. 우리들만 그 춤을 출 줄 몰랐고 한 구석의 우리는 뜬금없어 보였다.

"무슨 개성이 고려의 수도인 줄로만 알아."

애인은 클럽에서 나오며 화를 냈다.

나와 애인은 32비트의 실패가 아쉬워서 섹스를 많이 했다. 섹스는 사랑의 표현이기도 하지만 뜻대로 되지 않는 삶을 서로 위로하는 것이기도 했다. 그리고 맘껏 소란스러워도 되는 이상한 나의 집에서 음악을 틀어놓고 쿵쾅거리며 춤을 췄다.

우리들의 개다리 춤은 지루한 것들의 뿌리를 뒤흔들어 다시는 끈이 닿지 않게 하려는 종류의 것이었다.

*

내가 사는 삼성동의 한 음산한 원룸 건물에 사는 사람들은 문을 쾅쾅 닫으면서 집에 드나드는 것을 즐겼다. 201호에서 문을 처닫는 소리가 503호에 사는 내 침대 위에 작렬할 정도였다. 서울의 부가 집중되어 있는 강남이라고 다 세련된 것은 아니었다. 특히 이웃 사이의 매너는 강남 쪽이 더욱 세련되지 못하다는 표본이 되는 집이었다.

문 열어 놓고 TV를 크게 틀어 놓는 재미를 보는 집도 있었다. 당연히 그 소리는 마초들이 여자를 대하는 태도처럼 복도를 쩌렁쩌렁 윽박질렀다. 새벽에 괴기스러운 비명을 질러대는 집, 접시 깨지는 소리와 이어지는 울음소리를 매일 낼 수 있는 신기한 집, 스물네 시간 내내 짖을 수 있는 목 튼튼한 미친개를 기르는 집도 있었다.

건물 전체에 매너라곤 없었는데 내가 그 원룸을 보러갔을 때 기적적으로 딱 한 번 조용했을 뿐이었다.

집을 죽어라 잘못 구했다는 심정이었지만, 나름대로 이런 개판인 집도 나쁘지 않았다. 나도 마음껏 큰 볼륨으로 음악을 듣고 춤을 추는 데 거리낌 없게 되었으니까.

*

집에서 면봉으로 귀를 파다 보니 또 방귀가 나왔다. 나는 면봉 케이스를 집어던지고 면봉을 다 꺾어서 부러뜨려 놓았다. 그리고는 자빠져 있다 벌떡 일어나 개다리 춤을 조금 추었다. 새로운 창작 춤을 만들 수 있을 것 같아서였다. 하지만 조금 해보자 몹시 불쌍하다는 것을 깨닫게 되었다. '애인도 없이, 쏟아진 면봉들 옆에서 개다리 춤을 춘다네……' 따위의 제목을 붙여야 할 것 같아서였다.

이별이란 내가 아무리 개다리 춤을 새로 만들어도 개구리 춤을 추고 있다고 오해받는 것과 같은 억울함을 선사했다. 아, 어디서 개다리 춤을 추는 여자를 또 만난단 말인가. 애인이 착한지, 예쁜지, 돈이 많은지, 나는 그런 것에는 통 관심이 없었다. 개다리 춤만 출 수 있다면 딱 내 스타일이었다. 더구나 헤어진 애인은 여자들의 평균보다 조금은 생기 있어 보이고 착하게 반짝이는 눈빛을 가졌고, 매끈한 다리 라인을 가졌고, 강남보다는 홍대 쪽에 어울릴 것 같은 패션 감각을 가진 여자였다.

나는 연애에 대한 이해력 부족을 후회했다. 애인과 방귀를 트기도 전에 방귀를 뀌는 건 매너 없는 짓이다. 그런 건 개다리 춤을 추는 사람이라면 해서는 안 되는 행동이었다. 개다리 춤을 추는 사람이 자칫하면 놓치기 쉬운 진지하고 바른 태도가 몸에 배어 있던 애인이 몹시 그리웠다. 그녀는 시럽을 묻히지 않은 와플을 좋아했다. 그녀는 1945년 8월의 일본을 좋아했다. 그녀는 둥가다가당당 하는 리프를 좋아했다. 그리고 나와 함께 추는 개다리 춤을 좋아했다.

*

나는 애인이 왜 개다리 춤을 추는 사람이 되었는지 너무 궁금해서 물어본 적이 있었다.

"난 어릴 때부터 알코올중독자인 어머니와 보수적이고 근엄한 아버지와 가난하고 못생긴 여대생 언니와 살면서 그런 가족 관계를 탈출할 수 있는 방법이 없을까 고민했었어. 그러던 어느 날 나는 어떤 마법사를 만났는데 그 마법사가 내게 시디플레이어를 하나 주는 거야."

"마법사라니?"

"마법사 몰라? 한 번도 못 봤어?"

"……계속 얘기해 봐."

"마법사가 준 시디플레이어를 귀에 꽂는 순간 무척이나 그리웠다는 듯한 바이올린 소리가 흘러나왔고 누구의 곡인지도 알 수 없었지만 나는 다리를 흐느적거리며 춤을 추기 시작했어. 음악을 귀에 꽂고 다리를 움직이며 추는 춤이 나는 너무나도 좋았어. 나는 마법사에게 고맙다고 말하려고 했지만 마법사는 사라지고 없었어. 그런 게 마법사니까. 나는 어떻게 시디플레이어를 돌려주지? 라고 고민하며 집까지 다리를 흐느적거리며 왔어. 그리고 가족들 앞에서 여전히 춤을 추었어. 그랬더니 가족들이 내게 말했어. 넌 왜 여자애가 개다리 춤을 추는 거야! 엄마는 술병을 내던졌고 아빠는 방문을 잠근 채 침묵에 빠졌고 언니는 내 뺨을 때리며 이 웃기는 년, 이라고 말했어. 그래서야. 난 개다리 춤이 나와 가족과의 관계를 단절할 수 있는 유일한 방법임을 알게 되었어."

그녀의 이야기를 듣자 그녀와 내가 왜 어울리는지를 알 수 있었다. 나는 가족과 단절하고 싶었던 누군가와 꼭 연결되고 싶었다.

나는 방귀 때문에 병원에 간 적이 있었다. 그녀는 마법사를 만났지만 나는 의사를 만났다. 의사는 내 항문에 내시경을 쑤셔 넣었다.

"아아, 전 왜 이렇게 방귀를 많이 뀌는 건가요?"

검사 결과를 기다리는 내게 의사는 다리를 떨며 이렇게 말했다.

"삶이 쓸쓸하고 고달픈 것이라서 그렇습니다."

내가 어이없어하자 그는 다시 말했다.

"네, 그렇습니다. 농담입니다. 대장엔 이상이 없구요, 제 소견으로는 척추의 만곡에 의한 만성방귀 증상으로 보이는데요, 섭식을 조절하면서 외과적으로 치료해보는 게 좋겠습니다."

의사는 내 척추가 약간 구부정한 게 문제일 수 있다며 교정을 권했다. 나는 교정을 거부했다. 척추라니, 지금껏 개다리 춤만 잘 추고 살아왔는데. 반듯한 건 재미없었다. 비뚤어지고 흔들리는 게 더 끌렸다.

*

다음 날 나는 지하철에서 방귀를 몹시 참고 있었다. 가게로 가는 길이었는데 맥이 빠져 음악이 몹시 듣고 싶었지만 시끄러운 음악을 듣고 있으면 주변 사람들을 인식하지 못해서 자기도 모르게 나오는 방귀 소리를 듣지 못하고 창피를 당하게 된다. 나와 상관있는 사람들 사이도 방귀 때문에 망쳤는데 상관없는 사람들에게는 더 조심해야 한다. 부끄러운 짓이기도 하지만 개다리 춤을 추는 사람이 그런 만행을 저지르면 개다리 춤 인구 증가에 도움이 안 된다.

나는 지하철에서 방귀를 참느라 너무 견딘 나머지 탈진할 것 같아 가게에 도착하자마자 화장실에 들어가 환풍기를 틀고 변기에 앉아 혼자 방귀를 뀌었다. 외로움에 숨이 막혔다. 그리고 지겨웠다.

애인이 없다는 게 지겹고 출근해봐야 가게 화장실에서 방귀나 꿔어야 한다는 것도 지겨웠다. 그 감정이 확장되자 카운터 겸 주방에서 술안주나 구우며 하나의 술안주가 되기 위한 식 재료 같은 것이 되어야 하는 것도 지겨웠다.

애인이 없는 오픈은 너무 쓸쓸했다. 애인은 항상 나와 같이 출근했으며 나와 함께 가게를 청소했고 내 팔약근에 힘이 꽉 들어갈 만큼 내 옆에 찰싹 붙어서 부드러운 샴푸 냄새를 풍겼으며 손님이 없을 땐 새로운 개다리 춤의 설계도를 봐주었다. 우주 여행과 무중력 상태에서의 개다리 춤에 대한 내 꿈같은 소원도 경청해주었다.

결국 담배를 많이 빨았다. 개다리 춤을 위한 폐활량에 도움이 되지 않아 헤어졌던 담배인데 뭐든 다시 만나고 싶은 심정이었다.

*

밤이 깊도록 가게는 썰렁했다. 새로 개발한 코커 스패니얼 개다리 춤 스텝을 밟아보며 앉아 있었다. 빌어먹을 불경기 탓인지 손님도 없고, 춤을 추고 싶은 기분은 아니었지만 난로에 태울 탄이 배달되지 않아서 다리라도 떨고 싶었다.

그때 손님이 와서 스텝을 중단했다. 브라운 톤의 머플러를 두른 여자와 그레이 톤의 머플러를 두른 두 명의 여자였다. 단골손님이었다. 가게가 추워서 그녀들은 앉자마자 다리를 떨었다. 개다리 춤

같았다. 기대를 하고 자세히 보았으나 그건 그냥 떠는 것이었다.

"추우십니까?"

내가 물었다.

"조금요."

"바깥 날씨를 원망하세요."

"난로 고장 났어요?"

"춤을 추면 춥지 않아요."

"네? 뭐래요. 오늘의 안주는 뭐죠?"

그녀들은 춤에는 관심이 없는지 메뉴를 물어보았다.

"조개 관자입니다."

"어, 그제랑 똑같네. 메뉴 좀 다양하게 해봐요. 언니는 오늘 안 나왔어요?"

나는 고개를 끄덕이며 관자를 꺼내와 빨간 고추장 양념을 발라 굽기 시작했다. 일주일 메뉴를 다 짜주던 애인이 몹시 그리웠다.

소주를 마시며 '그러니까 그 남자가!'로 시작하는 말을 2백 번쯤 서로 교환한 두 명의 여자 손님이 '그러니까 이 관자는 자주 먹어도 맛있네요'라고 만족한 얼굴로 말한 뒤 일어섰다. 자정이 가까웠다. 나는 메가데스의 음악을 틀었다.

그때 헤어진 내 애인이 가게 문을 열고 나타났다. 이건 무슨 메가데스의 축복인가 싶어 몹시 반가웠지만 그녀는 나와 아무런 관계가 없는 척 가장 구석 자리에 앉았다. 단골손님 두 명이 내 애인이었던 여자에게 인사하고 나갔다. 그녀도 반갑게 그들을 아는 체했다. 하지만 손님처럼 그녀는 꼿꼿이 나를 외면하고 앉아서 책을 꺼냈다.

나는 잔뜩 긴장해서 골든 리트리버 스텝을 밟았다. 단순하고 충직한 스텝을 반복하는 춤이다. 하지만 그녀는 내 스텝을 보고 있지 않았다.

사람 사이의 사랑이 좀 쉬운 것이면 좋겠다. 그러면 크로마뇽인들도 아직 번식 중일 것이고 메가데스에서 기타 치던 마티 프리드만도 빠지지 않았을 것이다.

"이봐요, 난로 좀 피워요."

애인은 추위를 느꼈는지 남처럼 내게 말했다. 나는 그녀의 목소리가 너무 반가웠다. 춤 췄니? 잘 되니? 이건 왜 이렇게 커졌니? 하고 다정하게 묻던 그 목소리.

"땔감이 떨어졌어. 배달도 안 해주네. 바깥 날씨를 원망해."

21세기에 온풍기도, 전기 라디에이터도, 가스난로도 아닌 화석연료를 때는 난로라니. 클래식해 보이려고 한 건데 내 난로는 북극의 얼음들에게 방귀를 뀌고 있는 셈일 거다. 북극에 대한 나의 평

판도 이것 때문에 나빠지고 있겠지.

나는 골든 리트리버 스텝을 멈추고 그녀를 위해 가게 난로에 내가 가진 책을 집어넣었다.

내가 난로에 던진 책은 내가 아는 한 가장 따듯한 이야기를 하고 있는 책이었다. 한 고아 소년이 다른 고아 소녀를 위해 보일러 수리공으로 일하면서 살아가는 내용이었다. 고아 소녀의 집은 매일 보일러가 고장 나고, 보일러 수리공은 매일 그녀의 집에 가서 보일러를 고친다. 소녀는 시내에서 벽난로를 파는 일을 하는데 하루에 한 대도 팔지 못해서 벽난로 가게 주인에게 따귀를 한 대 맞고 빰이 난로처럼 된다. 소년은 빰이 난로처럼 되어 울고 있는 그녀가 불쌍해서 집 보일러를 너무 완벽하게 고쳐버린 나머지 다시 그녀의 집에 갈 수 없게 된다. 그러나 소녀가 소년의 보일러 수리센터에 나타나 그동안 고마웠다며 따듯한 포옹을 해주면서 야릇한 분위기로 이어지는 부분까지 읽었다.

그 다음은 안 읽어도 뻔하다. 둘이 레스토랑에서 와인을 곁들인 식사를 하고 열정에 들뜬 듯 호텔에 가고 소녀가 가방에서 수갑을 꺼내 소년에게 채우고 허리띠로 때리다가 차례를 바꿀 때쯤 그만하면 안 돼? 라고 소녀가 말하며 끝나겠지.

난로 속에서 신음 소리 같은 춤을 추며 타들어가던 책은 그다지 열을 많이 내지 못했다. 잠깐 열을 내는 듯하다 금방 사라져버렸다. 미처 읽지 못한 이야기의 결론이 내가 생각한 것보다 시시한 것일지도 모르겠다.

나는 식어가는 난로 앞에서 애인에게 어떻게 사과해야할지 고민했다. '똥꼬를 꿰맬 테니 지난 방귀는 잊고 개다리 춤 한번 추시겠습니까?' 정도의 어수선한 표현밖에 생각나지 않고 있을 때 그녀가 벌떡 일어나 읽고 있던 책을 신경질적으로 난로에 던졌다. 『돌아온 여자』라는 제목이 얼핏 보였다.

"거지같이 왜 자꾸 여자가 돌아와!"

애인이 입을 열었다. 내 쪽은 바라보고 있지도 않았다. 하지만 그 자태와 목소리는 너무나도 아름다웠다. 나는 문득 팔뚝이 욱신거렸다. 내 애인은 종종 나를 사랑해서 어떤 표식을 남기고 싶다고 했다. 그건 팔뚝을 물어뜯는 것. 내 팔뚝엔 아직 그녀의 이빨 자국이 있을 것만 같다.

팔뚝 하니까 생각나는데, 커플 개다리 춤은 정말이지 아름답다. 남자는 여자의 어깨를 감싸고 한 손은 계속 머리를 넘기는 동작을 하고 여자는 남자가 자신의 어깨에 올린 한쪽 손을 잡고 한 손으론 머리를 넘기는 것 같은 동작을 하며 다리를 흔든다. 그건 섹스보다 관능적이다. 너무 관능적이라 팔뚝을 물어뜯기기도 한다는 점만 참을 수 있다면.

그때 내 착한 애인이 난로 앞에서 개다리 춤을 추기 시작했다.

그녀가 새로 개발한 춤 같았다. 비글이나 포메라니안처럼 정말 귀여운 춤이었다. 근엄한 걸로 유명한 세계 각지의 성자나 권위주의자도 그 춤을 보면 따라서 췄을 것이다. 그리고 한 사이클이 끝나자 얼굴이 빨갛게 상기된 그녀가 숨을 헐떡였다.

"이건 춤을 추면 춥지 않아, 라는 춤이야. 새로 만들었는데 보여줄 사람이 없잖아."

나는 너무나도 좋아서 가게에 흐르는 메가데스의 음악을 높였다. 그리고 무릎을 있는 힘껏 꺾어대며 다가가 양손으로 머리를 마구 넘기며 다리를 흔들었다. 그녀는 내게 '춤을 추면 춥지 않아'를 설명해주었다. 그 춤은 따라 추기 어려웠지만 그녀가 스텝과 자세를 다정하게 가르쳐주자 금방 몸에 붙었다. 아름다운 춤이었다. 가게에 있는 모든 조개 관자가 그 아름다움에 경도되어 조개 뚜껑을 여닫는 흉내를 낼 것만 같았다.

우리는 이어서 한 쌍의 생선이 함께 바닷 속을 산책하는 모습처럼 유려하게 커플 개다리 춤을 추었다.

그녀의 하얀 이가 내 팔뚝에 와 닿았다.

내가 고개를 끄덕이자 팔뚝에서 아찔한 통증이 밀려왔다. 치아 자국이 선명하게 남을 만큼 그녀가 세게 물어버렸다. 방귀가 나오려다 쏙 들어갔다.

"머스테인 혼자 춤을 출 수는 없어. 아무리 새로운 앨범이 계속 나와도 못 견디겠어. 마티 프리드만이랑 같이 출 때가 좋았어."

나는 그녀에게 내가 만든 춤도 보여주고 싶다고 했다. 내가 얼마나 슬펐는지 알려주고 싶었다. 하지만 가게에는 면봉이 없어 가게 문을 닫고 그녀를 집으로 데리고 왔다. 2만 원밖에 벌지 못했지만 그런 건 상관없었다. 슬픔은 그만 작곡하고 지옥에서 돌아와야 했다.

*

집은 의외로 조용했다. 온갖 업소의 선수들로 구성되어 있어 새벽이 가장 시끄러웠던 집에서 어쩐 일인지 아무런 소리도 나지 않았다. 또 누가 집을 보러 온 건가, 라고 생각하며 내 방 문을 열고 평소처럼 음악을 틀자, 고요가 쨍강 깨졌다.

'뭐가 달라진 거지?'라고 생각했지만 나는 신경 쓰지 않았다. 그리고 면봉을 방바닥에 쏟아 놓고 애인에게 새로운 개다리 춤을 춰 보였다. '나는 애인도 없이 쏟아진 면봉들 옆에서 혼자 개다리 춤을 춘다네'라는 그 춤이었다. **그것은 모든 사랑에 따라오는, 벌처럼 쏘는 고통스러움을, 뒤흔들어 몸에 달라붙지 않게 하려는 종류의 몸짓이었다.**

애인은 그 춤을 보더니 갑자기 눈물을 터뜨렸다. 그리고는 울면서 내 스텝을 따라했다. 나도 뜨거운 눈물이 흐르려고 했다. 그런데 갑자기 벨이 울리고 아랫집 여자가 나타났다. 여자에게선 술 냄새가 뜨겁게 흐르고 있었다.

"새벽 한시라구! 이런 시간에 음악을 틀고 쿵쿵거리면 어떡해?"

"죄송합니다."

"인생이 서러워. 다 죽었음 좋겠어. 절망과 좌절뿐이야. 너네만 좋아라고 놀면 다야? 혹시 방에서 춤이라도 춰? 쿵쿵거리는 소리가 눈꼴 시려. 밑에서 들어봐. 천장이 녹겠어. 밑에서 누군가는 혼자 외로워 죽어가고 있다구. 알겠어?"

그녀의 말투는 몹시 차가웠고 남자친구와 헤어진 지 몇 초밖에 안 된 여자처럼 보여 몹시 측은했다.

"그럼 함께 춤춰봐요."

불쑥 내 애인이 말했다. 그리고 춤을 추면 춥지 않아, 라는 춤을 추기 시작했다.

*

그 춤은 모든 좋아하는 것들의 해체와 파편을 총체적으로 흡인하는 종류의 동그라미였다. 무릎의 움직임은 공기를 진동시키며 복도의 벽과 문과 창에 부딪쳐 굴절되고 다시 튀어 오르며 32비트의 속도를 보일만큼 마력적이었다. 그것은 스래시메탈처럼 강력해서 윙윙거리며 복도를 가득 채웠다. 비트의 입자들이 날뛰어 비트의 덩어리가 되어갔고 둔탁한 철근 콘크리트 건물을 물렁물렁한 기운으로 뒤덮는 듯했다. 징징징징, 하고 다리에서 엄청난 비트의 바람 소리가 쏟아져나오며 그녀는 궁극의 속도에 도달해버렸다.

그러자 아래층 여자가 갑자기 양손으로 머리를 쓸어 넘기는 동작을 하며 흐느적거렸다. 아, 개다리 춤이었다. 그녀는 춤을 추며 고통이 빠져나가는 것 같은 소리를 질러댔다.

"아아아!"

그러자 기다렸다는 듯 다른 집들의 문이 벌컥 벌컥 열렸다.

"대체 뭐하는 짓이야!"

다른 집에서 나온 사람들은 금발의 데이브 머스테인, 그리고 꼬불꼬불한 흑발의 마티 프리드만이었다.

나는 그들을 보고 즉시 개다리 춤을 돌리기 시작했다. 내가 여태 췄던 개다리 춤 중에서도 가장 신랄하게 환희에 가까운 춤이었다. 다리에서 압도적으로 웅, 웅 하는 소리가 났다. 온갖 개다리 살사, 개다리 탱고, 개다리 윈드밀, 개다리 앙디올, 개다리 토마스가 다 통합되었다. 순간, 나 역시 궁극의 속도를 돌파해버렸다. 놀랍게도 다리 사이로 공기의 밀도조차 느껴지지 않았고 몸이 가볍게 떠오른다는 느낌이 났다.

머스테인과 프리드만은 처음에 우리들의 춤을 어이없이 바라보다가 아랫집 여자가 술 냄새를 풍기며 다가가자 돌연 생각났다는 듯 기타를 들고 나와 다리를 흔들며 열정적으로 연주했다.

더할 나위 없이 시끄러워진 원룸 다세대 주택의 503호 앞 복도에서 우리들은 32비트 개다리 춤을 완성해버렸다. 무릎 관절과 골반이 꿈을 꾸는 것 같았다. 그 순간 세상의 모든 어두운 관계가 흔들리며 현실 세계를 떠나갔고 당장 꿈 같은 것들이 흡인되어 왔다.

다리우스 1세, 엘비스 프레슬리, 배삼룡, 김정렬 씨도 위아래층에서 마구 뛰쳐나와 춤췄다. 마법사를 태운 커다란 그레이하운드 한 마리도 어디선가 튀어나와 앞발을 들었다.

우리들은 술에 취하지도 않았고 마약을 하지도 않았다. 다만 다시 사랑하게 되었고 춤을 추었다. 나타난 사람들은 모두 우리가 좋아하는 사람들이었고 그들과 동그랗게 모여 춤을 추었다. 그 복도에서 우리들이 미쳐버린 건지도 몰랐다. 아무래도 상관없었다. 우리들은 춥지 않았다. 기분은 천국의 댄스파티에서 나이키 프리즈[1]를 하는 북극곰의 하얀 털처럼 황홀했다.

그녀의 이가 팔뚝에 닿는 게 느껴졌다. 팔뚝 살점이 떨어지더라

1 물구나무 서는 자세로 멋지게 멈춰, 다리 모양을 나이키 로고처럼 만드는 비보이 댄스 기술

도 그녀와는 다시 떨어지고 싶지 않았다. 우리의 춤은 세상 끝까지 이어질 것처럼 보였다. 난 내 애인이 너무 꽉 깨물어서, 너무 좋아서, 척추가 완전 펴졌고,

방귀가 쏙 들어갔다. 그건 정말 멋진 일이었다.

7 · 가지고 있는 시(詩) 다 내놔

이면지에 볼펜으로 '사직서'라고 작렬하듯 갈겨쓴 뒤 사원번호와 이름을 써서 집어 던지고 나는 비장하게 회사를 나섰다. 앞면에는 내가 프리젠테이션 자료를 만들다 실패한 파워포인트 도표가 인쇄되어 있었다. 당차게 박차고 나가는 뒷모습에 다른 직원들의 냉정한 시선이 닿는 게 느껴지자 내가 무슨 짓을 하고 있는지 두려워했다. 나름대로 '욱' 하지 않는 차분한 성격을 가졌다고 생각했는데 오늘은 이상한 날이었다. 이상한 날이라는 건 살다보면 언제나 온다. 오늘은 좀 심한 날일 뿐이다.

땡, 하고 내 앞에 엘리베이터가 도착했다. 마치 땡, 하고 내가 '퇴사경연대회'에서 실격당하는 소리 같았다. 예술성 빵점. 난이도 미달. 정당성 마이너스.

주차장에서 차에 시동을 걸자 딩동, 하고 내비게이션이 자동으로 작동했다.

'목적지를 입력해주세요.'

내비게이션의 과장된 예쁜 목소리가 전혀 반갑지 않았고, 내겐 목적지가 없었으므로 울적한 표정으로 내비게이션을 꺼버렸다.

한참 달리다보니 나는 자연스럽게 차를 집 쪽으로 몰아가고 있었다. 그걸 느끼는 순간 길가에 차를 세웠다. 빨지 않은 양말과 설거지를 미뤄놓은 개수대뿐인 내 원룸 방에 돌아갈 이유가 없다.

담배를 한 대 물고 찬찬히 창밖의 세계를 관찰해보니 회사가 아닌 일상의 공간들은 낯선 여행지 같았다. 나는 거리를 잠시 감상했다.

회사를 때려치운다면 뭘 할까 미리 생각해두지 않았다는 것을 아쉬워했다. 할 수 없었다. 나는 영화를 한 편 보기로 했다. 그동안 바빠서 미뤄둔 영화가 많았던 건 아니지만 영화, 라는 단어가 문득 제시되자 그게 대안이 되었다.

나는 자동차의 쓸쓸한 대시보드 위에 엉뚱한 포즈로 매달린 내비게이션을 다시 켰다.

'목적지를 입력해주세요.'

제기랄, 나는 아무렇게나 생각나는 극장 이름을 입력했다.

'파라다이스 시네마'

하지만 이럴 때 목적지가 극장뿐인 놈이었단 말이냐, 하고 자학하듯 입력해서 철자를 두 번이나 틀렸다.

엔터를 누르자 내비게이션이 길 안내를 시작했다. 매일 정해진 곳으로 출근해야 하는 회사에서 기껏 정해지지 않은 곳으로 나왔는데, 이게 뭐냐, 싶어서 급발진 하듯 가속페달을 밟았다. 전방 3백미터에서 우회전하고 다음은 좌회전해주세요, 하면서 내비게이션은 열심히 길 안내를 했다. 입력된 여자 목소리가 갑자기 예쁘다고 생각했다. 평소에 듣던 내비게이션의 목소리와 조금 달랐다. 어쩐지 약간 콧소리 같아서 기분이 살짝 좋아졌다. 내가 그렇게 느끼는 순간 신호등에 걸렸는데 횡단보도를 가로지르는 한 이십 대 여자가 보였다. 오, 이런! 스타킹 모델이 아닐까 의심될 만큼 멋진 다리를 가진 여자였다. 나는 시선을 다리에서 거두지 못하며 감탄했다.

'회사를 때려치우고 나니, 일진이 좋아지려는 거로군.'

나는 다리로 점을 본다. 예쁜 다리를 보면 좋은 일이 생긴다고 믿는 것이다. 그래, 잘 되겠지, 라는 생각으로 나는 음악을 틀었다.

하지만 내비게이션이 안내하는 길은 조금 이상했다. 서울을 벗어나는 것 같기도 했고 아닌 것 같기도 했다. 대가리에 털 나고 처음 와보는 동네였다. 매일 다니는 곳의 지리도 어두운 편인 나는 그저 내비게이션이 시키는 대로만 차를 몰았다.

살짝 길이 막히기 시작했다. 앞을 보니 한 남자가 도로 한복판에 석유통을 들고 서 있는 광경이 보였다. 내가 놀라려는 순간 그는 막 자기 몸에 석유를 부어버렸다. 훅 하고 석유 냄새가 콧구멍까지 끼쳐오는 듯한 강렬한 몸짓이었다. 그 사람 때문에 도로가 막혀 있었고 양 옆으로는 남자를 피해 차들이 빠져나가는 줄이 생겨 있었다. 나는 대한민국 현대사의 분신정국 때 자주 보던 풍경을 떠올리곤, 차를 줄 쪽으로 몰아 비켜 나갔다. 다시는 인간의 몸이 강렬한 언어의 불꽃이 되는 걸 보고 싶지 않았다. 자기 몸을 불태울 만큼 절실한 것은 이제 빙산뿐인 세기다. 룸미러로 본 그 남자는 인화성 액체에 잔뜩 젖은 채 춤을 추고 있었다. 끔찍한 광경을 볼까봐 나는 빨리 그곳을 벗어났다. 바로 앞은 터널이었고 나는 캄캄한 터널 속으로 달아나듯 빨려 들어갔다.

'목적지에 도착했습니다.'

내비게이션이 말했다. 도착한 곳은 꽤 이상했다. 서울에 이런 곳이 있었던가, 싶을 만큼 조용하고 낭만적인 주택가가 나왔다. 도대체 극장 같은 게 있을 리 없는 곳이었다. 이곳이 외국인지 서울인지 구분이 안 갈 만큼 특이한 집들이 가지런히 나열되어 있었고, 가로수들과 정원에 심어진 꽃들과 불어오는 바람이 평화로웠다. 그러고 보니 좀 전엔 날씨가 맑았던 것 같은데 이곳만은 날씨가 몹시 흐렸다.

이게 어떻게 된 시추에이션이지? 라고 독백하며 나는 내비게이션 화면을 바라보았다.

내비게이션은 현재 내 위치를 표시하고 있었다. 파라다이스 극장. 무슨 극장이 이래?

이곳의 냄새는 옛날 오락실 같았고 질감은 거대한 면봉 케이스 같기도 했지만 여긴 도심의 멀티플렉스가 아니라 단지 주택가잖아.

길은 몹시 조용했다. 나는 지금 몹시 비현실적인 공기를 들이마시고 있다고 생각했다. 나는 내비게이션 회사에 항의를 해야겠다는 생각이 들었다. 기계 주제에 인간을 이런 부적절한 곳으로 안내하다니. 나는 휴대폰을 꺼내 내비게이션 회사에 전화를 걸었다. 하지만 전화는 아예 꺼져 있었다. 어제 밤새 충전했는데, 희한하게 배터리가 없었다.

나는 차를 세우고 내려 조금 걸었다. 거리는 말랑말랑한 촉감의 물질로 포장되어 있었다. 한 번도 느껴본 적 없는 신비한 소재였다.

그때 갑자기 비가 내리기 시작했다. 신기하게도 온천수처럼 뜨거운 비였다. 나는 근처의 빨간 공중전화 부스로 일단 몸을 피했다. 대찬 소낙비였다.

공중전화 부스 안에 서서 머리카락의 물기를 털고 있을 때 검은 모자를 쓴 남자가 비를 맞으며 잰걸음으로 다가왔고 그는 서슴없이 내가 있는 부스 문을 열어젖혔다. 나는 남자도 비를 피하려 한다고 생각하며 조금 자리를 비켜주었다. 그런데 그는 다짜고짜 주머니에서 뾰족하고 번뜩이는 칼을 꺼냈다. 주방용 식칼 정도 되는 왕성한 크기였다.

제기랄, 강도인가? 나는 강도를 만났을 때의 기본 매뉴얼처럼 번쩍 손을 들었다. 좁은 공중전화 부스 안에선 피할 곳도 마땅찮았다.

"가지고 있는 시(詩) 다 내놔!"

그가 말했다. 가지고 있는 시라니. 돈을 잘못 말하는 거 아냐? 내가 잘못 들은 건가.

"응?"

그는 더 큰 목소리로 "가지고 있는 시 다 내놓으라구!"라고 말했다. 이게 무슨 소리일까. 나는 이해할 수 없어서 무서워졌다.

"없…… 없는데."

"없어?"

사내의 가난하고 처절한 눈빛이 파르르 떨렸다. 아니 대한민국의 21세기를 사는 인간이 시를 가지고 다니기는 어렵잖아. 1980년대도 아니고 요즘 누가 시를 끼고 다닌단 말인가. 강도인 주제에 정신병까지 걸려버린 듯한 사내와 좁은 공중전화 부스에서 마주치는 건 대단한 불운이다. 문득 무서운 소름이 돋았다.

"그럼 지금 써."

나는 사내의 말에 난감해졌다. 이게 대체 무슨 일이지? 라는 생각만 들었다. 그때 칼이 내 배에 이미 2밀리미터 정도 박히기 시작했다. 강도의 의지는 광화문 네거리에 서 있는 이순신 동상보다도 확고해 보였다.

"잠깐, 잠깐만. 대체 어디다 써?"

그러자 남자는 입가에 쓰디쓴 주름이 생기도록 이를 꽉 깨물었다. 그의 찢어진 눈빛은 내 배 쪽의 칼날보다 더 날카롭게 느껴졌다.

"양복 입은 새끼가! 필기도구도 안 들고 다녀?"

강도의 말이 도저히 이해되지 않았지만, 내게 펜도 종이도 없다는 사실이 우선 무척 잘못된 것이라는 생각이 들었다.

그는 한 손으로 칼을 들이댄 채 능숙하게 뒷주머니에서 수첩을 꺼냈다. 그것은 접이식 지갑처럼 보였다. 그리고 안주머니에서 펜촉이 날카로운 만년필을 꺼내 내게 건넸다.

'난 시 못 쓰는데…….'

사내에게 말을 하려 했으나 그의 날카로운 눈빛과 배 쪽의 날카로운 금속이 그 예기(銳氣)를 한층 더했기 때문에 차마 내뱉지 못했다. 무조건 써야 한다는 생각이 정신을 지배해버렸다.

"지금 쓸 테니. 칼 좀 치워줄래요?"

사내는 칼을 살며시 옆으로 거두고, 눈빛은 그대로 두었다. 누렇게 색이 바랜 수첩이었다. 나는 참고하기 위해 몇 장을 살짝 훑어보았으나 그 안에 적힌 건 아무것도 없었다. 나는 대체 뭐라고 써야 할지 감을 잡을 수 없었다. 차라리 날카로운 만년필로 남자의 목을 찌르고 달아날까 생각하고 있는데 사내가 카악 하고 위협적으로 바닥에 가래침을 뱉었다. 그것은 내 구두 옆을 살짝 비껴갔다.

"비가 오구 지랄이야!"

음산한 목소리였다. 나는 뭉그적거리다 사내에게 '저기, 무엇에 대해 쓸까?'라고 말하려 했으나 사내의 음산한 목소리에 묻혀버렸다. 하지만 정말 뭐라고 써야 할지 전혀 감이 잡히질 않았다. 사내가 돌연 내 머리를 힘껏 후려갈겼다.

"이 새끼야, 시간 없어!"

나는 머리 쪽에서 느껴진 통증에 얼굴을 앞으로 숙였다가 공중전화 부스 밖, 땅 위에 떨어지는 비를 보았다. 빗줄기는 죽죽 선을 그으며 떨어져 내리고 있었다. 문득 누가 썼던 것인지 모를 문장 몇 줄이 생각났다.

비가내린다
비가창살처럼내린다
내리는비가감옥을만든다
치마아래예쁜다리는감옥의열쇠

나는 단숨에 한 연을 써내려갔다. 사내는 내가 쓴 글을 바라보다 무거운 목소리로 말했다.

"세번째 줄, '내리는'은 빼. 비가 올라가기도 하냐?"

나는 사내의 말대로 '내리는'이라고 쓴 부분에 줄줄 죽죽 그었다.

"확실히 지워, 새끼야."

그때 멀리서 경찰차 사이렌 소리가 들려오기 시작했다. 다행이었다. 이상한 곳이지만 경찰은 있는 모양이었다. 사내는 흠칫 긴장하면서 수첩을 낚아채고 내게 날카로운 눈빛을 잠시 흘렸다. 그는 또박또박 말했다.

"씨팔, 네번째 행은 완전 개판이야. 갑자기 예쁜 다리가 뭐? 아우 씨팔."

그리고 그는 빗속을 뚫고 달아났다. 사내의 발바닥이 땅에 닿을 때마다 빗물들이 위로 튀어 올랐다. 나는 '저것 봐, 비가 위로 올라가기도 하잖아'라고 중얼거렸다. 사내의 젖어버린 어깨선이 공포심 같은 실루엣을 남기며 사라져갔다.

그런데 경찰 사이렌 소리는 내 앞을 그냥 스쳐 지나갔다. 멀리 사내가 달아난 방향으로도 가지 않았다. 제기랄, 나는 경찰에게 정신병자 강도를 만난 사실을 이야기하고 이 이상한 공간에 대한 설명을 들을 수도 없게 되었다. 사내가 사라지고 나서 나는 내가 몸을 부들부들 떨고 있다는 것을 알았다. 강도라는 직업을 가진 사람은 처음 만나보는 것이었다. 나는 떨림을 멈추기 위해 비를 맞으며 자동차 안으로 돌아왔다. 휴대폰을 다시 열어보았지만 전원 버튼을 아무리 눌러도 휴대폰은 다시 켜지지 않았다. 나는 내비게이션을 켜보았다. 내비게이션 역시 작동하지 않았다. 나는 손수건으로 비에 젖은 머리를 닦다가 대뜸 소리쳤다.

"회사도 때려치웠는데 무슨 일진이 이래!"

담배가 피우고 싶어졌다. 주머니를 뒤져보았지만 빈 갑만 나왔다. 차에 시동을 걸어보았다. 다행히 자동차의 엔진은 작동했다. 빗속을 헤치며 가다 보니 불 밝힌 편의점이 하나 있었다. 편의점 앞에는 젊은 점원이 담배를 피우며 사색에 잠겨 있었다. 그는 내가 들어서려는 것조차 모르고 있었다.

"좀 들어갑시다."

젊은 점원은 그제야 어깨를 비키며 문을 열어주었다.

"원(One) 한 갑요."

"응? 그런 담배는 없어요."

"아무 담배나 줘요, 그럼."

점원이 내민 담배에는 '오감도'라고 적혀 있었다. 담배 이름 하고는. 점원은 담배를 건네주고 눈을 감더니 귀를 쫑긋 세웠다. 나는 주머니에서 돈을 꺼냈다. 점원은 한참 눈을 감고 있다가 뜨더니 돈을 보고 화들짝 놀랐다.

"그게 뭐죠?"

"돈이잖아요."

"장난쳐요? 어서 시를 읊어주세요."

아 이곳은 도대체 어떻게 되어먹은 곳이냐. 시를 읊어달라니. 강도가 시를 내놓으라고 하고 편의점에서 시를 읊어야 물건을 준다니. 나는 이게 무슨 어메이징 스토리, 기묘한 이야기, 환상특급 시리즈 짝퉁 같은 짓이냐 라는 혼란에 사로잡혔다. 하나도 재미없었다.

하지만 담배가 너무 피우고 싶었다. 나는 간신히 학창시절에 읽었던 시의 한 구절을 떠올렸다. 누가 썼는지 그런 건 기억나지도 않았다.

"나는 한 여자를 사랑했네. 물푸레나무 한 잎같이 쬐그만 여자."[1]

1 오규원 시 「한 잎의 여자」 중에서

편의점 점원은 한참 듣고 있더니 계산기를 눌렀다. 마이크와 모니터가 달린 희한한 계산기였다.

"아, 지금 그만한 거스름이 없는데."

10만 원짜리 수표라도 받은 듯 그가 말했다. 나는 어서 담배를 피우고 싶었다.

"어쩌라고?"

"잔돈을 좀."

그래서 어떡해야 담배를 피울 수 있지? 라고 막연하게 생각하다 아까 강도의 수첩에 써주었던 구절이 생각났다. 좀 불안했지만 나는 실험적으로 그걸 읊어보았다. 그런 낭독은 처음 하는 것이라 감정 없이 메마른 목소리가 나왔다.

"비가 내린다. 비가 창살처럼 내린다……."

"아, 그 정도 비유면 좋아요. 안녕히 가세요."

점원은 계산기에서 영수증을 뽑아 주었다. 영수증에는 내가 말한 시 구절과 날짜와 담배 이름이 찍혀 있었다.

편의점의 처마 밑에서 담배를 피우는 동안 비가 뚝 그쳤다. 비가 그치자 환희처럼 햇살이 비치며 아름다운 도시가 아름답게 활짝 피어올랐다. 하지만 아무리 아름다워도 확실히 이곳은 이상한 곳이었다.

지나가던 남자가 내 차를 보더니 '이 차는 시 몇 편짜리요?'라고 물어오는가 하면 근처의 옷 가게에선 한 부인이 손에 실크 재질의 원피스를 들고 황홀한 표정으로 시를 길게 읊고 있었고 점원은 하나 팔았다는 표정으로 만족스럽게 그 시를 듣고 있었다.

오. 설마. 여기선 시가 화폐인 건가? 어떻게 그런 게 가능한 거야? 이런 건 꿈이나 고단위로 농축된 조롱이 아닐까? 하지만 나는 아까 강도에게 맞은 머리가 아직 아프다는 걸 느끼며 분명히 꿈은 아니라고 생각했다. 휴대폰이 꺼져 있으니 도무지 시간도 알 수 없었다. 나는 인간이 이런 이상한 곳에 올 수도 있다는 집요한 경이로움에 시달렸다. 버뮤다 삼각지대도 이런 식은 아닐 텐데.

나는 한쪽 구석에서 구두 수선집을 발견하고 여기가 어딘지 물어보려고 다가갔다. 구두 수선집의 남자는 놀랍게도 대낮인데 버젓이 포르노를 보고 있었다.

"말씀 좀 물을게요. 지금 여기가 어디에요?"

남자는 내 말에 아무 대꾸도 없이 포르노에 몰입해 있었다. 소라 아오이라는 'A/V' 배우가 남자의 허벅지 위에서 머리채를 뒤로 늘어뜨린 채 신음하고 있었다. 나도 본 적이 있어서 아는 배우였다.

"어, 소라 아오이다."

나는 물어보는 것을 포기하고 잠시 서서, 말을 타고 늘어뜨린 듯한 그녀의 다리 선과 발목의 잘록함을 감상했다. 정말 예쁜 다리였다. 잠시 후 그녀가 절정에 달했는지 발가락 끝을 오므렸다. 나는 잠시 그 발가락의 묘미를 탐닉했다.

"저리 꺼져. 시상이 안 떠오르잖아."

사내가 뒤도 돌아보지 않고 갑자기 내게 외쳤다. 나는 깜짝 놀라 물러섰다. 목소리에 묘한 울림이 있었다. 그것은 난데없이 시를 갈망하는 처절한 울림 같다고 느껴졌다.

자동차에 돌아와 나는 라디오를 켜보았다. 뭔가 세상이 통째 잘못 되어가고 있다는 긴급 뉴스라도 나오고 있을 것 같았기 때문이었다. 라디오는 주파수가 조금 흔들리긴 했지만 뭔가 지지직거리며 작동했다. 나는 라디오가 나온다는 사실이 신기했다. 이곳이 영 희한한 곳만은 아니구나, 라는 생각을 했다. 라디오에선 뒹구는 경제는 언제 잠 깨는가, 라는 프로그램이 흘러나왔다.

"안녕. 경제 전망을 짚어보는 순서야. 오늘은 K건설의 CEO, H씨를 모시고 이야기 나눠보겠어."

그는 내가 일하던 인터넷서점 주문리스트에서 가끔 본 책의 저자라는 기억이 났다.

"H씨가 짓는 시들은 머리털 나고 처음 보는 비유들이 작열하고 있고 여러 명의 자아가 출연하기도 하는 등 실험성이 대박이거든. 게다가 아름다운 언어들이 마력적이면서도 지겹지 않은 구조를 형성하고 있다고 봐. 하지만 이 시들은 아직 알아먹기 매우 불편한 지경인데 어떻게 보고 있어?"

"이봐, 내 시에 대해 내가 말해야 돼?"

"아차, 미안. 우리들 스스로 시를 느끼지 못하고 있었다니. 경제

프로그램을 진행하는 진행자로서 부끄러운 질문이었어."

나는 라디오에서 나오는 대화를 이해할 수 없었다. 뭐가 부끄럽고 뭐가, 말하면 안 되는 건지도 모르는 알 수 없는 세계에 대해 자기들끼리만 공감하고 있었다. 더구나 방송에서 다들 반말이었다. 다만 시, 라는 강렬한 단어는 내 가슴속 어디에선가 가느다랗게 존재하는 실눈을 자극하는 듯했다.

나는 라디오 채널을 마구 스캔해서 돌려보았다.

"젊은 벤처사업가 K가 최근에 발명한 이 세상에 없는 계절은 …… 지지직, 주가 동향 안내다. 키스철강이 상한가를 …… 지지직, 기억 이동 장치와 저녁의 기원을 표절하려던 쓰레기 같은 위조지폐단이 오늘 오후 경찰의 작전으로 검거되어 …… 지지직, 내일 날씨는 슬픔이 없는 십오 초 …… 죽어 있는 알쏭달쏭소녀를 깨울 정도로 …… 요즘 날씨가 좋지 않으니 우리는 매일매일 뽈랑공원에서 산책을 즐겨보는 건 어때……."

나는 라디오 방송 중에 뉴스 속보 같은 건 하나도 잡히지 않는다는 사실을 눈치 챘다. 음악 방송도 잡히지 않았다. 음악조차 그 원형은 시라는 듯 주파수를 돌리는 데마다 라디오는 계속 시만 우겼다.

나는 지금 이곳이 어떤 곳인지 그제야 눈치를 챘다. 이런 말도 안 되는 곳이 있다니! 최소한 지난 십 년간 '시라는 건 무슨 개 풀 뜯는 소리냐'라고 생각하며 살아왔었는데 이 세상에 아직 시를 쓰는 사람이 있는 것도 모자라, 시의 마을이 있다는 건 비밀스런 음모 같았다.

나는 대학시절 친구와 듣던 시 수업을 떠올렸다. 시에 대해 생각해본 건 딱 그때뿐이었다. 그나마 시 수업을 열심히 듣고 있는 친구를 조롱하느라 시 가지고 장난쳤던 것밖엔 떠오르지 않았다. 그것은 이런 식이었다.

> 나무 의자 밑에는 버려진 소주병들이 가득했다. 은행나무의 숲은 깊고 아름다웠지만 그곳에는 은행잎조차 술안주로 사용되었다. 그 아름다운 숲에 이르면 청년들은 결심한 듯 '원샷'을 하고 지나갔다, 돌층계 위에서 나는 플레이보이를 읽었다, 그때마다 오바이트 소리가 울렸다. 목련철이 오면 친구들은 군대와 병원으로 흩어졌고 시를 쓰던 후배는 자신이 동성연애자라고 털어놓았다. 존경하는 교수가 있었으나 그분은 원체 학점을 안 줬다. 몇 번의 겨울이 지나자 나는 알코올중독자가 되었다. 그리고 유급이었다, 대학에 남기가 두려웠다.[2]

나는 이런 패러디나 하며 즐거워했지만 그때의 친구는 몹시 진지하게 화를 냈다.

"임마. 시가 장난인 줄 알아?"

그 친구는 최근의 술자리에서도 내게 그런 말을 했던 것 같다. 나는 그 친구에게 전화를 걸어보려고 했다. 하지만 전화는 아예 고

2 기형도 시 「대학시절」 패러디

래 뱃속처럼 먹통이었다. 공중전화에 들어가 동전을 꺼냈지만 수화기를 들고 시 제목 하나를 대야만 신호음이 갔다. 하지만 누구에게 걸어도 그건 없는 국번이야, 라는 얘기만 계속 나왔다.

나는 어떻게든 이곳에서 벗어나 보려고 자동차를 몰고 달렸다. 부조리를 탈피하는 방법은 스피드뿐이다. 막 달려가야만 한다. 차창을 스치는 풍경들은 여느 도시와 다를 바가 없었다. 가로수가 있고 신호등과 횡단보도가 있고 거리를 걷는 사람들이 있었다. 그리고 좀 전엔 강도도 있었고. 젠장.

나는 조금 가다 은행을 발견했다. 은행을 보는 순간 문득 이 이상한 세계에서 그때의 내 장난이 통할까 라고 생각하며 실험을 해보고 싶어졌다. 회전문을 밀고 들어서자 사람들이 수두룩했다. '메롱' 하는 자세로 나와 있는 번호표를 뽑고 기다리는 동안, 차례가 된 사람들이 각자의 시를 읊어대는 것을 보았다. 나는 이상하게도 그 풍경이 말할 수 없이 아름답다고 느꼈다.

죽도록 기다리다 내 차례가 되자 나는 아쿠아 블루 톤의 시원한 제복을 입은 여자 은행원 앞에서 문득 생각나는 현대시 하나를 패러디해서 읊었다.

나는 전생에 사람이 아니라 소주였다 그리고 지금 내가 가장 좋아하는 소주는 비오는 날 삼겹살에 마시는 그 소주다 나는 현세에 술꾼으로 환생한 것이다 까닭에 나는 소주를 마실 때마다 전생을 거듭 마시고 있는 것이며 나의 소주는 피와 같다 나는 오늘도 격렬히 취해가는 것이다 나는 이 이야기를 부끄러워한다[3]

창구의 여직원은 듣다가 입을 막고 웃으며 의자를 뒤로 젖혔다. 잠시 허벅지 위로 올라간 스커트 선이 보였는데 다리가 예쁜 여자였다. 그녀는 거의 실신할 듯 웃다가 간신히 냉정을 되찾고 내게 말했다.

"세상은 아름답고 진지한 곳이잖아요. 몹시 미안한 말이지만 예금은 될 수 없을 것 같구, 그 패러디는 복권 한 장이랑 바꿔줄 수 있는데 괜찮겠어요?"

나는 조금 부끄러운 표정으로 괜찮다고 대답했다.

"행운을 빌어요."

은행 직원은 상냥한 표정으로 내가 마이크 가까이에 대고 말한 패러디 시에 대해 무언가를 재빨리 타이핑하더니 기계음을 내며 출력된 즉석복권을 한 장 내밀었다. 즉석복권이 무슨 A4용지만 했다. 나는 입맛을 다시며 자동차로 돌아왔다. 빌어먹을, 그런데 은행 앞 노란 실선 구간에 세워둔 내 차에는 주차위반 딱지가 붙어 있었다.

3 김경주 시 「비정성시」 중에서 한 연 패러디

과태료 부과 대상 자동차

벌금: 위반을 노래한 현대시 5편

제기랄, 왜 이런 곳에도 딱지가 있어!

나는 그 상황을 이해할 수 없어 문을 쾅 닫고 차에 올랐다. 그리고 의자에 기대 이런 일은 내가 무슨 잘못을 저질렀기에 일어나는 건가 고민했다. 그 고민에 대한 답은 양자역학을 통째 이해하는 것보다 어려웠다.

나는 할 수 없이 복권부터 긁어보기로 했다. 뒷자리에서 브리프케이스를 집어 그 위에 커다란 A4용지만 한 복권이라는 걸 올려놓고 동전으로 긁어보았다. 긁으면 은박 껍질이 벗겨지는, 그야말로 즉석복권이었다. 윗부분을 긁을 때 시 제목이 먼저 보였다.

'버스정거장에서'

내가 모르는 시였다. 사실 내가 아는 시는 별로 없다. 국문학을 전공했다는 사람 중에서도 나만큼 문학을 잘 모르는 사람도 흔하지 않을 것이다. 문득 나는 이 세계에서 얼마나 가난한가, 라는 쓸쓸한 생각이 밀려들었다. 나는 관성에 의해 복권을 계속 긁었다.

노점의 빈 의자를 그냥 / 시라고 하면 안 되나 / 노점을 지키는 저 여자를 / 버스를 타려고 뛰는 저 남자의 엉덩이를 / 시라고 하면 안 되나 / 나는 내가 무거워 / 시가 무거워 배운 / 작시법을 버리고 / 버스 정거장에서 견딘다 / 경찰의 불심검문에 내미는 / 내 주민등록증을 시라고 / 하면 안 되나 / 주민등록번호를 시라고 / 하면 안 되나 / 안 된다면 안 되는 모두를 / 시라고 하면 안 되나 / 나는 어리석은 독자를 / 배반하는 방법을 / 오늘도 궁리하고 있다 / 내가 버스를 기다리며 / 오지 않는 버스를 / 시라고 하면 안 되나 / 시를 모르는 사람들을 / 시라고 하면 안 되나 / 배반을 모르는 시가 / 있다면 말해보라 / 의미하는 모든 것은 / 배반을 안다 시대의 / 시가 배반을 알 때까지 / 쮸쮸바를 빨고 있는 / 저 여자의 입술을 / 시라고 하면 안 되나[4]

나는 복권을 한 자 한 자 긁어나가면서 무언가가 가슴속에서 벗겨지며 떨어져나가는 미묘한 행태를 느꼈다. 그것들은 묘하게 눈물샘을 자극하는 매운 기운처럼 작열했다. 순간적으로 내 눈에서 이상한 것이 똑 똑 떨어지기 시작했다. 그것은 눈물이 아니었다. 눈물 같지만 눈물이 아니고 창문 같지만 별밤이 아니었다. 그것은 열정적인 노래이자 매끈한 파괴력을 가진 다리이자 상냥한 꽃병 같은 것이었다. 그것은, 그것은 말할 수 없는 그 무엇이었다. 또 그것은 인간이라면 느낄 수 있고, 느껴야만 하는 그 무엇이었다.

나는 자동차로 돌아와 눈에서 그 뭐가 뭔지 알 수 없는 것들을 한참 흘리고 있다가 차를 몰고 막 달렸다. 달리는 수밖에 없는 기분이었다. 한참 달리다, 눈물 때문에 운전이 안 되겠다는 판단을 하고 멈춰 섰다. 거리 한 구석에 다리 두 쪽이 없는 거지가 엎드려 구걸을 하고 있는 게 보였다. 나는 차에서 내려 그의 깡통에 방금 긁

4 오규원 시 「버스 정거장에서」

은 복권을 무심히 던져 넣었다. 그래야만 할 것 같았다. 혼란스러운 기분을, 그 A4용지 크기 마분지 쪽지를, 그 파괴력을, 그 아름다움을 어떻게 할 수 없었다.

거지는 당장 손을 집어넣어 그걸 꺼냈고 읽어보았다. 그는 뒤돌아서 가려는 나를 갑자기 불러 세웠다. 그는 말이 잘 떨어지지 않는지 입술을 우물거리다 마구 떨며 '이것은, 이것은……' 하고 목메는 소리로 말을 꺽꺽 꺾었다. 그러다 갑자기 내게 마구 절하며 이렇게 말했다.

"열심히 살게요. 고맙습니다. 정말 고맙습니다."

그 자리에 서 있으면 백 번 넘게 고맙습니다, 란 소리를 들어야 할 것 같아 머쓱해진 나는 손수건으로 눈가를 닦고 다시 차를 몰고 출발했다. 어디로 가야 할지 도대체 알 수 없었다. 이 나이에 눈물이란 걸 흘리다니, 아 쪽팔려, 하고 생각하고 있을 때 내비게이션이 버럭 다시 켜져 심장이 떨어질 뻔했다.

'오, 미안. 저기 백 미터 앞에서 유턴하세요.'

이제야 이게 다시 작동하는군, 하고 나는 유턴을 했다. 차를 돌리자 지나올 땐 전혀 보이지 않았던 터널이 다시 나타나 신기했지만 이젠 어떤 신기한 일도 전혀 신기하지 않은 일로 느껴졌다. 내비게이션에서 나온 오, 미안, 이라는 말조차.

나는 캄캄한 터널 속으로 빨려 들어가듯 가속페달을 밟았다.

터널을 빠져나오자 조금은 익숙한 길들이 눈앞에 나타났다. 물론 지리감각결핍증을 앓고 있어 어딘지는 여전히 알 수 없지만 내가 살던 곳이 아닌 것은 분명했다. 이곳은 어떤 중간지점 같았다. 현재 서울과 비슷하기도 하고 좀 전의 장소를 닮기도 했다.

조금 더 달려가자 햇살이 반쯤 구름에 가려 있는 거리에서 나는 온몸에 휘발유를 끼얹고 있던 남자를 다시 보았다. 저 남자, 아직도 저러고 있나, 하는 생각을 하는 순간 그는 빙글빙글 돌던 춤을 멈추고 하늘을 향해 양 팔을 들며 '꿔어어!' 하고 큰 소리로 고함을 질렀다. 아무도 그를 말리려 하지 않고 있었고 경찰이나 구급대원도 보이지 않았다. 사람들만 잔뜩 구경하고 있었다. 나는 경찰에 연락하려고 휴대폰을 꺼냈다. 그건 이제 켜져 있었다. 하지만 안테나가 한 칸밖에 들어와 있지 않았다. 그 순간 남자가 급기야 들고 있던 라이터에 불을 켠 뒤 자신의 몸에 빨갛게 꽃피는 불을 가져다 댔다. 그것은 라이터 불을 켜는 것과 거의 동시였다. 나는 어어! 하고 비명을 지르며 차를 세우고 내려섰다. 확, 하고 열정적인 불꽃이 그의 온몸에서 뜨겁게 피어올랐고 그 사이로 그가 몸부림치며 외치는 고함 소리가 울려 퍼졌다.

"제발 시 좀 읽어라! 이 대가리에 똥만 든 새끼들아!"

아아 나는 마음이 무너지는 이상한 파괴력에 또 눈물을 흘릴 것 같아 차에 올라 막 빨리 몰았다. 내 머릿속에 똥이 가득 차 있는 이미지가 집요하게 달라붙었다. 방금 본 것이 현실이 아니기만을 나는 간절히 빌었다. 나는 내비게이션에서 나오는 경로 이탈, 경로 이탈, 하는 경고음을 무시하고 막 달렸다.

그리고 한참을 달려 어느 아담한 빌딩 앞에 차를 세웠다.

주위를 둘러보니 파라다이스 서점이라는 작고 초라한 간판이 보였다. 현실과 비현실이 마구 뒤섞인 기분으로 차에서 내리려 하는데 누군가가 내 차창을 두드렸다. 여대생 정도로 보이는 여자였다. 나는 차창을 내렸다. 그녀는 옆구리에 두껍고 색 바랜 『현대시 작법』이라는 책을 끼고 있었다. 척 보기에도 완벽한 다리를 가진 여자였다. 그 다리 자체가 시(詩)라고 해도 무방할 정도였다. 그녀는 짧은 플레어스커트를 나풀거리며 내게 길을 물었다.

"저기요, 이 근처에서 파라다이스 서점 못 봤나요?"

잠시 생각하다, 저도 마침 그 서점에 가려는 중이에요, 라고 대답하며 나는 천천히 차에서 내렸다.

8 · 체면 좀 세워줘

"그 카메라로 날 찍으면 프라이드 치킨을 맨손으로 먹은 다음에 빼로 렌즈를 긁어버릴 거야."

백현 씨가 가운데 손가락을 세우면서 말했다.

"찍기로 해놓고 왜 이래?"

그를 취재하러 온 수습 신문기자 이원식 씨는 어색하게 불편한 표정을 지어보았다.

"너희 신문이랑은 안 해. 나에 대해서 쓰고 싶은 대로 조작할 거 아냐?"

"그걸 겨우 위협이라고 하고 있는 건가? 이봐 좀 부끄러워해봐. 쥐새끼들이나 부끄러움을 모르는 거야. 대체 무슨 체면으로 바바리맨이 이렇게 까다로운 거야?"

"아직 내 체면이 뭔지 모르고 있군. 오 마이 갓. 나를 인터뷰 하러 왔는데 정작 내 체면을 모른다?"

이원식 씨는 갈라파고스 땅 거북처럼 한숨을 길게 뽑았다.

"무슨 체면인데?"

"나는 바바리맨이지만 대한민국을 대표하는 박찬호의 체면을 가지고 있다."

"쳇, 겨우 그 정도 가지고 건방을 떨었단 말인가? 우리 신문은 원조 간장게장 골목에 본사가 있다구."

"하아! 하아! 하아!"

백현 씨는 주성치 영화에 나오는 주성치처럼 어깨를 들썩이며 웃었다.

"그런 농담을 하면 부끄럽지 않나? 찌질한 논조나 가진 밥 도둑놈 같으니라고. 난 훨씬 더 논리적이란 말이야. 가서 여자 연예인이 똥 싸는 순간이나 찍어. 너 따위랑 놀면 체면이 안 서."

"무슨 말을 그렇게 해? 기자에겐 체면도 없는 줄 알아?"

이원식 씨는 기분이 상해 유치장 창살을 거칠게 붙잡았다. 하지만 백현 씨는 마운드에 선 뜨거운 열정의 투수처럼 만질 수 없다는 표정을 짓고 있었다.

"박찬호는 고결한 존재라구. 뜨거운 강속구를 뿌리며 야구팬들의 시선을 감당하느라 정작 자신의 삶을 뜨겁게 꿈꿔본 적이 없어서 호감이 가는 존재란 말이야."

"넌 고결하지 않잖아! 왜 자꾸 박찬호랑 연결지어?"

"어설픈 뭔가를 벗어던지는 것은 어설프지 않은 것을 던지는 것들을 좀더 영화롭게 하지."

백현 씨는 창살 너머에서 먼 외야 그라운드를 바라보는 듯한 표정을 지었다. 외야, 뭉게구름이 떠 있는 파란 하늘, 푸른 잔디, 늠름한 유니폼을 입고 서 있는 외야수들. 이원식 씨는 그 표정에 경도되어 그만 야구를 상상하고 말았다.

"아차, 박찬호 어떻게 되었지? 오늘 등판했잖아."

백현 씨는 표정을 바꾸고 이원식 씨의 말을 한껏 비웃었다.

"내가 오늘 왜 잡혀왔는지 몰라? 난 박찬호가 못 던질 때마다 옷을 벗기 시작했어."

"젠장. 그게 무슨 소리야? 박찬호 때문에 바바리맨이 되었다고?”

“우리에겐 따듯한 빛이 필요하지만 늘 검고 차가운 커튼만 드리워져 있어. 커튼은 모든 악의 친구이자 모든 빛의 적이자 모든 뜨겁고 강렬한 꿈의 적이다. 알겠어?”

“왜 갑자기 커튼 얘기야?”

“너희 신문이 그렇잖아. 못 알아듣겠으면 저리 꺼져.”

이원식 씨는 속이 더부룩해져 백현 씨에게 사정을 하기로 했다.

“좋아, 알았으니까, 한 컷만 찍자. 나는 네 사진이 꼭 필요해. 자넨 봉천동 일대에서 가장 유명한 바바리맨이잖아.”

“박찬호 20승! 대한민국 체면 좀 세워줘! 박찬호 20승!”

백현 씨가 갑자기 창살 앞으로 다가와 울부짖자 놀란 이원식 기자는 그만 카메라를 떨어뜨렸다. 유치장 창문으로 불어 들어오는 봄의 라일락 향기를 뒤흔들며 떨어지는 카메라의 낙하 궤적. 유려한 만유인력. 부끄러움의 극치를 종용하는 이성의 이탈. 바바리맨 백현 씨는 두 팔을 퍼덕이며 카메라를 떨어뜨린 그를 도발했다. 이원식 씨는 렌즈가 깨진 카메라를 쓰디쓴 표정으로 감싸 안았다. 배가 고파온다고 느꼈다. 수습기자의 체면 없는 월급이 그를 비웃었다. 아아, 돈 없는데 카메라가 깨져버렸네. 회사에 뭐라고 하지. 이원식 씨가 울먹였다. 그는 갑자기 간장게장이 몹시 먹고 싶다고 생각했다.

*

“회사 잘렸다며? 방 값은 내고 다니냐?”

“당연히 못 내지. 돈 좀 있어?”

“설마. 나도 백순데 돈이 있을 리가 없지. 상실감이라면 잔뜩 있지만.”

“너도 먹고 살기 힘들겠군.”

“괜찮아. 부모님이 밥 먹을 때 숟가락 하나 들고 쓰윽 다가가는 거지. 한 두 해가 아니니 부모님이 그것을 위협이라고 생각하지도 않고 나 역시 부끄러워하지도 않는 경지가 되었어. 그치만 언제까지일까 두려워.”

“이봐, 넌 박사학위라도 있잖아.”

“그딴 걸로 뭘 해먹어. 청소부 면접에서도 떨어졌는데.”

“월세를 내지 않는 자는 쫓겨나는 것을 두려워해선 안 된다.”

“누가 그렇게 무서운 말을 했지?”

“어제 집주인아저씨가. 비정규직은 재계약을 하지 않는다는 문자 메시지를 받았을 때처럼 겁나더군. 벌써 석 달째 못 내고 있으니 공포심이 생겨. 더구나 주인아저씨가 돌아서며 던진 말이 가슴을 흔들고 말았어.”

“뭐라고 했지?”

“집주인 체면 좀 세워줘~ 라고. 줘어~ 하면서 발음을 길게 끄니까 더 무섭더군.”

"무한의 영원이 커튼처럼 드리워질 때 아름다운 미소들은 커튼을 원망하지 않았다."

"그게 무슨 말이지?"

"알아들을 수 없는 말이야."

"왜 그런 말을 하고 있나?"

"꼭 알아들을 수 있는 말만 해야 해? 이 사회에 알아들을 수 있는 말이 뭐가 있어? 내겐 체면이고 뭐고 없어. 경제난, 막장 정치, 비열한 언론, 더러운 재벌, 에라 이젠 막 살 거야. 도대체 체면이 뭔데? 지키면 취직이 돼? 어차피 잃을 체면도 없는 나는 마음껏 무한을 즐길 수 있어."

"집에 가자. 너 취한 것 같아."

"친구, 세상엔 셀 수 없이 많은 염려가 있어. 그중에서 가장 바보 같은 건 '어떻게 하면 체면을 세우면서 살 수 있을까' 같은 것이라는 생각이 들어. 어릴 때부터 지금까지 나는 자넬 별로 좋아하지 않았지. 자넨 인상도 좋지 않고 정력도 약한데다 의미 있는 일이라곤 한 번도 한 적이 없었잖아. 촛불집회조차 한 번 안 나갔지? 자네와 같이 다니면 내 체면에 손상이 갈지도 모른다는 생각을 아침마다 해왔어. 오늘은 나 같은 백수에게 술을 사라고 전화까지 했어. 너 때문에 '내년부터 독립할 테니 우선, 2만 원만 꿔주세요'라고 엄마한테 사정한 거야? 그 순간 내 학위가 가진 남은 체면이 똥을 싸며 날아가버리더군. 내가 대체 너 땜에 이래도 되는 건지 모르겠어. 내가 애초에 자네와 친구가 되기로 마음먹은 때가 내 인생에서 가장 뇌를 사용하지 않은 순간이었지."

"그럼 여기 술값은 네가 내라. 자네에겐 2만 원이 있고 난 2백 원뿐이라네."

"어떻게 사람이 2백 원밖에 없을 때까지 일을 못 구했나?"

"일? 나는 열심히 일했어. 비록 연봉이 없는 야구팀이지만, 나는 지난 석 달간 꼬박꼬박 일요일마다 등판해서 공을 던지는 일을 했고, 팀을 위해 이 한 몸을 희생해왔다네."

"너희는 테니스 공으로 야구한다며? 테니스 공으로 야구하는 것은 테니스와 야구의 체면을 동시에 무시하는 짓인 거야."

"무식하긴, 테니스공으로 야구하면 얼마나 무서운데? 아무리 위협구를 던져도 타자들이 꿈쩍도 안 한단 말이야. 그런 경기에선 머리를 향해 던지는 빠른 빈 볼, 타자가 움찔할 만큼 몸 쪽으로 꽉 차게 던지는 빠른 직구, 같은 건 던져보지도 못해. 다들 맞고 나가거나 꿈쩍없이 기다렸다가 때려내거든. 차포 떼고 야구하는 거지. 훨씬 수준이 높은 거야."

"그러니까, 일은 안 하고 동네야구나 하면서 놀고 있는 실업자란 얘기 아냐?"

"아니라니까! 날 위협하는 거야? 백수끼리 왜 이래? 우리 리그에서 지금 내가 14.87로 방어율 2위를 달리고 있어. 1위 녀석은 사람도 아니야. 무려 9.88이라니. 어떻게 야구에서 선발 투수가 10점도 안 줄 수가 있지? 그 녀석 때문에 숙면을 취하지 못해서 컨디션을 조절하기가 힘들 지경이지만 어쨌든 난 열심히 산다구. 싸구려 염려로 내 인생을 위협하지 마."

"좋아. 알았으니까, 그만 나가자. 우리 부모님이 전화를 걸어 귀가 시간을 위협할 시간이라는 염려가 되는군."

"하지만 회비를 못 내서 이제 야구를 못할지도 몰라. 돈 좀 꿔 줘."

"돈 없어. 형, 여기 얼마예요?"

"2만 천 원이다."

"네? 2만 원 아니었어요?"

"삼겹살 2인분에 소주 두 병, 콜라 한 병이다."

"근데 왜 반말해요. 동네 사람이니까 콜라는 서비스?"

"너희가 먼저 형이라고 불렀잖아. 장사도 안 되는데 나이도 나보다 많아 보이면서. 어림없다. 천 원 더 내."

"에이, 잘 먹었어요. 또 올게요."

"이봐, 나는 땅 파서 콜라를 갖다 놓는 줄 알아? 어서 천 원 더 내."

"참 나. 뭐가 되려고 이렇게 불친절해?"

"계산할 땐 친절할 필요가 없다."

"여기 왜 이래. 사람이 무슨 천 원에 목숨을 거냐. 고기도 냉동인 데다가 좀 익으니까 퍽퍽해지는 게 딱 수입산이드만."

"나는 국산이라고 얘기한 적 없었다."

"아나, 이것 참 외롭고 웃긴 가게네. 무슨 수입산을 1인분에 7천

원이나 받는 거야?"

"그럼 너희가 장사하고 1인분에 5백 원 받든지. 나도 횡포 좀 부려보자. 여기 철거한다고 2천만 원 준다더라. 내가 여기 8천만 원 빚내서 열었거든? 난 지금 원금 회수는커녕 완전 거지되게 생긴 거지 같은 기분이라고."

"아, 여기 재개발 한다더니 불쌍하네. 천 원 내고 가자. 천 원짜리 하나 줘봐."

"대단히 염려스럽지만 난 2백 원뿐이라네, 친구."

"에라, 그럼 째자."

튀었다. 문을 열자마자 뛰어나온 두 남자가 천 원 모자란 속도로 튀었다. 조잔조잔한 이마를 가진 가게주인이 그 뒤를 급하게 따라갔다. 남자가 도대체 왜 천 원 때문에 이래야 하느냐고 사색하다 한 명이 체면 없게 자빠졌다. 가게주인이 자빠진 그를 덮쳤다. 야. 짜식, 야구한다는 새끼가 뛰다 자빠지냐. 남자 하나가 자기 친구를 원망하며 돌아와 가게주인을 확 밀쳤다. 작열하는 가로등 아래에서 밀쳐진 가게주인이 퇴근하고 우울한 표정으로 간장게장을 들고 가던 이원식 씨와 정통으로 부딪혔다. 이원식 씨의 간장게장 봉지는 그 충격에 땅에 떨어지며 찢어져버렸고, 알이 꽉 찬 꽃게들이 길바닥에 팽개쳐졌다. 이원식 씨가 에이 씨, 내 간장게장! 이라고 울부짖으며 닥치는 대로 남자들을 패기 시작했다. 세 남자의 몸부림은 네 남자의 몸부림이 되었다.

*

"어떻게 자기 노래를 이렇게 못 부르니? 열정이 없잖아."

노래방 주인 장갑식 씨는 대중가요 가수인 친구 이시용이 자기 앨범의 히트송을 부르고 마이크를 내려놓는 순간 그렇게 말했다.

"열정 얘기 지겹지도 않냐? 하루 이틀도 아니고 십 년째 같은 얘기로 염려하는 건 바보 같은 짓이잖냐. 21세기에 그런 바보 같은 가죽옷을 입고 있는 것도 마찬가지고. 맥주나 좀더 갖고 와."

이시용은 거만한 표정으로 다리를 꼬고 앉으며 친구의 말에 대꾸했다.

"돈은 댄스가수가 더 열정적으로 벌잖니. 어째서 내가 맥주를 갖다 바쳐야 해?"

"술값 낼게. 염려 마. 그리고 내 사인 한 장 해줄 테니 문 앞에 딱 코팅 해서 붙여봐. 중딩, 고딩들이 그때부터 아주 열정적으로 줄을 서는 거야. 여기 이시용이 다녀간 노래방이다! 하고 광고하는 거잖냐. 이 노래방은 그때부터 염려 끝. 대박 시작이지."

"미쳤냐? '락 스피릿(Rock Spirit) 노래방' 입구에 댄스가수 사인이 걸려 있으면 내 체면이 말이 되니?"

"자꾸 댄스가수라고 그러지 마. 아티스트잖냐, 아티스트. 어떻게 친구의 체면을 막 위협하냐? 게다가 락 스피릿 좋아하네. 높디높은 락을 제대로 부를 줄 아는 인간들이 훨씬 이상한 방식으로 세상을 겁주는 거지. 게다가 이런 노래방에서 저질 반주, 저질 마이크, 최고 저질인 밀실을 파는 새끼에게 음악성 얘길 들어야 되겠냐? 맥주나 언능 더 갖고 와라."

"뭔가 잘못됐어. 어떻게 음악에 대한 열정도 없는 인간이 가수라고 TV에 나오니?"

"또, 또, 또! 지겨운 얘기 한다. 나는 가수가 아니라, 친구를 보겠다는 열정으로 여기 온 거야. 스케줄이 바쁘지만, 씨발 십 년째 부랄친구가 노래방 열었대서 축하하러 왔잖냐. 그런데 자꾸 빈정거리기만 할 거냐?"

"야, 우리 졸라 열정적인 락밴드가 될 수 있었잖니. 내 기타에 네 보컬이면 아주 끓어넘쳤지. 왜 배신한 거니? 돈 되는 일이 그렇게 좋든? 음악이 비즈니스야? 너 땜에 우리가 젊음을 바친 락의 체면이 바닥에 널브러져버렸잖아."

"락의 체면이라고? 21세기에 그런 걸 염려해야 돼?"

"해야 돼. 부끄러움도, 돈도, 여자도 절대 아무것도 아니던 때가 있었잖아. 우리는 파멸을 열정적으로 기다려왔었다고. 그런 락의 체면을 네가 똥 버리듯 팽개쳤어."

"그런 마이너 정서로 노래방을 경영하다니 못 먹고 살까봐 몹시 염려되는데."

"오랜만에 만나서 싸우고 싶지는 않아."

"나도 널 때릴까봐 염려스러운 거잖냐."

"염려라는 말 좀 그만 씨부릴래. 이 배반자 새끼야."

"뭐? 배반자?"

*

"하이 에브리원!"

"안녕하세요. 선생님, 왜 영어로 인사하세요? 샘 영어 잘하세요? 샘 문학 선생 아니었어요? 샘 우리말 싫어해요? 샘 면도 안 하고 나왔죠? 샘 늦잠 잤죠? 샘 양말이 짝짝이에요. 웃겨요 샘."

"시끄러워! 이건 영어몰입교육이야."

"선생님 여중생이 어떻게 안 시끄러워요? 샘 오늘 소설의 갈등 배울 차례 아닌가요? 샘 임신을 했는데 낳기도 싫고 떼기도 싫으면 그게 갈등이에요? 샘 어제 술 마셨죠? 샘 매일 술 마시죠? 샘 어제 술 마시고 여자랑 잤죠? 샘 어제 하다가 콘돔이 찢어졌죠? 샘 어제 못 생긴 여자가 덜컥 임신했죠? 얼굴에 다 써 있어요."

"닥치거라 이놈들! 그런 건 하루 만에 결정 나지 않아. 그리고 너희는 지금 선생님의 권위에 도전하고 있어."

"샘 왜 옛날 말투를 쓰세요? 닥치거라, 할 때 순간적으로 사극인 줄 알았어요. 교육이 거꾸로 가면 사극이 되나요? 샘 우린 다 여중생인데 이놈들은 틀린 표현 아닌가요? 샘은 왜 하필 문학을 가르치세요? 학교에서 이런 거 배워봐야 이따 학원가서 돈 내고 다시 배워야 되거든요? 학교는 뭐하러 다니는지 모르겠어요. 샘도 반항해봤어요? 안 해봤죠? 샘 같은 남자는 매력이 없어서 가난하고, 순종적이라서 매력이 없어요. 샘 우리들은 샘이 아무리 자자고 해도 안 잘걸요? 샘은 왜 샘이에요? 딴 거 할 것 없어요? 샘은 시키는 대로

만 하는데, 왜 우리까지 샘이 시키는 대로만 해야 돼요? 샘은 장동건이랑 동갑인데 왜 안 멋있어요?”

“장동건이 이상한 거야! 이제 그만 떠들어라. 나는 너희들을 조용히 교육해야 한다.”

“샘 그러면 수업해요. 샘 진짜 문학이 뭐에요? 샘 시가 뭔지도 까먹었어요. 샘 문학을 왜 배워야 돼요? 그게 어떻게 시험 문제에요? 어떻게 그걸로 대학에 가요? 왜 문학이 수단이에요? 샘 저는 그런 걸 배우느니 에로배우가 되고 싶어요. 대딸방 도우미가 되고 싶어요. 강남 텐프로 룸살롱 연예인급 선수가 되고 싶어요. 샘 여중생에겐 겁나는 것도 체면 같은 것도 없어요. 샘 문학을 하는 사람들은 툭하면 굶어 죽는다던데 이 시대에 이런 걸 왜 가르쳐요?”

“너희들 왜 교육을 무시하는 거냐? 교육제도에 체면도 없는 줄 알아? 교육받는 게 얼마나 축복인 줄 알아?”

“샘 오늘 아침엔 밥이 질게 되어서 밥을 안 먹고 나왔더니 체면이 안 섰던 엄마가 그건 다 내가 국문과밖에 못나온 문학소녀였기 때문이야 라고 자학했어요. 졸라 웃겼어요. 샘! 선생들은 왜 다 고리타분해요? 샘 왜 여선생은 1등 신부감 이에요? 샘 지금 교육에 도대체 무슨 체면이 있어요? 샘 옆 반 선생님은 일제고사 거부했다고 잘렸는데 샘은 왜 가만있어요? 샘은 성추행도 했잖아요. 샘 우린 왜 여기 앉아서 학생 체면이고 뭐고 부조리나 배우고 있어야 하나요? 우릴 통조림 같은 바보로 만들자는 거예요? 그러면 좋아요? 네? 샘?”

"조용히 해! 시끄러워서 칠판이 찢어지겠어. 모든 건 다 내 잘못이다. 내가 모든 교육적 책임을 지겠다. 잘못 가르친 나에겐 체면이고 뭐고 없다. 자 이제부턴 진짜 교육이 뭔지 보여줄 테니 1번부터 나와서 이걸 빨아라."

학생들은 갑자기 숙연해졌다. 그리고 휴대폰들을 손에 쥐었다.

"내 말이 농담 같아? 모두 X 빠는 소리를 하고 있잖아! 실제로 빨면 어때!"

선생의 말이 농담이 아닌 것 같자, 당장 휴대폰을 치켜든 학생들과 깜짝 놀라는 선생의 표정이 겹친다.

"샘 신고했어요. 샘 동영상도 저장했어요. 샘은 이제 끝났어요."

선생은 표정을 일그러뜨린다.

"뭐든 마음대로 할 수 있다고 생각하면 안 돼. 너흰 너희 맘대로, 윗사람은 윗사람 맘대로 하려고 하잖아! 모든 게 개판이야. 그럼 나도 내 맘대로 해볼 테다. 어서 나와 1번! 빨리 순서대로 나와서 줄 서!"

선생은 비장한 표정으로 바지 지퍼를 내린다.

"거기 너. 공부 잘하는 애! 넌 내 똥꼬를 빨아! 너 같은 애가 앞으로 권력의 똥구멍이나 빨 거 아냐."

학생들은 비명을 지르며 교실에서 뛰쳐나간다. 한 학생이 선생의 빰을 후려치고 달아난다.

"가서 너부터 교육감 똥구멍이나 빨아. 이 변태새끼!"

그 애를 뒤따르던 몇몇이 선생의 바지를 찢어 놓고 달아난다.

*

"또 이 라면집이군. 너하고 술 마시면 이게 안 좋은 거다."

"해장은 잘 되니까 염려하지 않아도 괜찮습니다, 선배."

"형이 이 나이에 네 쪽방에서 잔 것도 모자라 라면으로 해장해야 해? 형이 다 너를 생각해서 하는 말이다."

"라면에게도 체면이 있습니다."

"체면? 도대체 그게 뭐지? 새로 나온 라면의 종류냐?"

"선배, 벌써 라면을 잊었어요? 라면이 얼마나 고귀한지. 우리가 라면 때문에 어떻게 생존해왔는지. 라면은 스스로의 체면을 포기함으로써 위대한 음식이 되었어요. 나 같은 자취생이 자취방에서 라면을 끓여 먹고 살아가지 않으면 세상의 모든 부자들이 고급 레스토랑에서 스테이크를 썰 체면을 잃었을 거라구요. 천 원도 안 되는 한 끼 식사를 위해 라면은 음식으로서의 체면을 버렸고, '내가 라면으로 보여?' '돈 없으면 집에 가서 라면이나 끓여먹고 딸딸이나 쳐' 같은 위협적인 언어들에게 당당히 대응하며 지금까지 살아남았어요. 그게 위대한 라면님의 체면이죠. 불기 전에 어서 드세요."

"에이, 글러 먹었어. 라면이 위대하다는 건 맞다고 쳐. 근데 자장면이나 피자, 돈까스처럼 더 위대한 음식들을 놔두고 왜 하필이면 라면으로 해장을 해야 돼? 상투성이 얼마나 지겨운 건지 잘 알면서 매번 이 맵기만 한 '빨계떡 라면'이냐? 우리 인생은 상투성과의 전쟁이다, 라고 내가 위액이 식도를 녹일 만큼 설명했잖아. 너 학교 다닐 때 공부 못했지?"

"선배, 콧물 나왔어요."

"야. 휴지, 휴지 좀!"

"냅킨이라고 좀 해요, 선배."

"이것 참, 아무래도 내가 추구해온 고상한 인생과는 거리가 있는 해장이야. 형은 얼굴도 잘 생겼지만 인생도 늘 깔끔하게 하고 다녔다. 정치적으로도 열심히 투쟁해왔다. 그런데 지금 대접이 이게 뭐냐."

"선배, 고상한 사람이 우리 집 욕실에 어제 한 짓은 뭡니까? 이따 청소해놓고 가셔야 합니다. 고상하다고 뻥을 치지 말든지."

"그런 사실은 기억이 안 나."

"모르쇠로 나오면 답니까. 선배도 그 사람들 닮아가요? 선배는 만날 술버릇이 오바이트예요. 진화가 안 돼요."

"너 바보구나. 형이 어제 술 마시면서 그렇게 설명을 했잖아. 망해가는 인류에게 체면이 남아 있냐? 인간이 더 이상 진화할 수 있다고 생각하나? 진화 자체가 글러먹은 이론인 거다. 조낸 말이 돼야지. 원숭이는 백날 원숭이고 인간은 백날 원숭이만도 못하잖아. 술 마시고 오바이트를 하는 건 정치인들이 벌이는 온갖 수줍은 엽기 행각들에 비하면 아무것도 아니야. 그래서 나 역시 술도 끊을 줄 모르고, 담배는 하루에 세 갑씩 피워 대고 게다가 돈은 하나도 벌고 있지 않는 거다. 술도 후배한테 얻어 마시고 해장도 후배에게 신세를 지면서 메뉴 타령을 하고 있지. 내가 그러는 건 다 생존하는 법에 애정이 있기 때문이다. 어제 알아듣게 설명했잖아."

"무슨 설명이요?"

"쥐새끼 말이야. 쥐새끼가 왜 지금까지 멸종하지 않고 살아가는지 얘기했잖아? 그렇게 박멸하려고 모든 인류가 고민하는데? 그건 쥐새끼들에겐 체면이 조금도 없기 때문이다."

"에이 썅! 내가 뭐 먹을 때 쥐 얘기하지 말랬잖아요."

"너 형한테 썅이라고 했냐? 따라 나와. 너 오늘 조낸 맞는 거다."

*

"여기 쟁반자장면 하나에 소주 한 병 주문하고, 제발 야구 중계 좀 틀어 달라 그래."

"어째서 경찰서 유치장에서 그런 걸 주문하는 건가. 난 2백 원뿐이라니까 친구."

"어차피 이런 신세에 돈도 없고 더 이상 지킬 체면도 없다는 것 알잖아. 이젠 무시할 거야. 낼 돈도 없고 있어도 안 낼 거야. 막 살 거야."

그들이 잡담을 하고 있는 사이에 흥분한 두 남자가 유치장에 들어섰다.

합의를 보면 되잖아요. 어째서 우리가 처벌까지 받아야 하느냐고, 같은 고성이 오가다 끝내 무시당한 두 남자가 유치장 안에 떠밀려 들어왔다.

"선배, 이런 괴이한 짓이 대체 뭐죠? 길에서 좀 싸웠다고 경찰서 유치장 한쪽 구석에 쑤셔 박히는 것은 집 한쪽 구석에서 야구 중계를 보면서 치킨을 먹는 것에 비하면 정말 체면 안 서는 일이군요. 우리는 퇴화되고 있나 봐요."

"네가 형보고 막말하는 게 퇴화다. 형의 사회적 체면이 너에겐 우스운 거다. 내가 이 나라를 위해 얼마나 많은 희생을 했는데 이상한 라면이나 먹이고."

"아 씨발. 라면 좀 그만 무시해요! 선배만 옳아요? 말하는 것도 잘못이에요?"

"유치장에 왔으면 조용히 좀 해주시겠습니까? 체통을 지켜주시면 고맙겠습니다."

당직경찰 김 경장이 조용히 충고했다. 그때 형사계 유치장에 뛰어 들어온 육십 대 남자가 유치장 구석에 있는 젊은 남자를 황급히 가리켰다.

"바로 저자입니다. 저자가 몇 달째 집세도 내지 않고 내 집에 살았단 말입니다. 억울하고 원통해서 살 수가 없습니다. 나는 심각한 권리 침해를 받았습니다."

"집주인은 집도 있으면서 뭐가 그렇게 억울하고 원통해. 나 같은 비정규직 실업자도 가만히 있는데."

젊은 남자의 친구가 못마땅하다는 표정으로 혼잣말처럼 대꾸했습니다. 그때 문이 열리고 또다시 들어선 육십 대 부부가 걱정 근심이 가득한 표정으로 한 남자를 지목했다.

"저기 저 녀석이 우리가 밥 먹을 때마다 숟가락을 들고 식탁에 끼어 앉는 게 아니겠소. 우리가 뼈 빠지도록 일해서 학비를 대줬는데 어제는 내년에 독립할 테니 우선 2만 원만 꿔 달라고 위협했소. 그런 말을 할 때조차 전혀 두려움이 없는 것 같아 우리처럼 성실하게 묵묵히 살아온 사람들은 심한 두려움을 느끼고 말았소. 어떻게든 꼭 처벌해주시오."

당직경찰 김 경장은 친절한 웃음을 지으며 민원인들에게 자신의 의견을 피력했다.

"오늘따라 유치장이 번화하군요. 기쁘게도 경찰의 체면이 서는군요. 저희가 잘 처리할 테니 부디 경찰을 믿어주세요."

유치장 안의 어떤 남자가 삼겹살 냄새를 풍기며 중얼거렸다.

"난 억울하다. 먹고살고 싶었다. 그런데 충분히 먹고사는 놈들이 나를 못 먹고살게 한다. 다 처벌해야 한다. 돈 천 원도 없는 사람들이 삼겹살을 먹으러 올까봐 장사도 못하겠고, 몇 백 억이 있는 사람들이 내 8천만 원을 휴지로 만들고!"

"그래서였군. 돈 때문에 목숨 거는 건 비슷하지만, 정말 애석해.”

창살 안에서 좀 전의 그 젊은이가 어둡게 중얼거렸다.

“맞소. 원칙이 틀렸는데 서로 뒤집을 힘도 없으면서 왜 나만 가두는 거요? 우리나라 체면이 이것밖에는 안 되는 거요?”

깔끔하게 양복을 차려 입었지만 바지 지퍼가 찢어져 있는 남자가 그 말에 동의했다.

“너무 시끄럽군. 박찬호 체면 좀 세워 주면 안 되나? 메이저리그에서 100승도 넘게 했는데.”

한 구석에 조용히 있던 백현 씨가 바바리코트를 잘 여미며 말했다.

“아 그 체면 좀 세워 달라는 얘기 지겨워서 살 수가 없어요. 죽도록 잡아 조져도 또 발가락을 무는 모기도 신물이 나고 징그러운 쥐새끼들도 미친듯이 지겹게 자기들 생존의 체면을 세워달라는 게 꼴사나워 죽겠는데 인간마저 이러깁니까?”

라면집 앞에서 싸우다 잡혀온 후배가 말했다.

“어이 자꾸 설명하게 만드는데 쥐새끼에겐 체면이 없는 거다. 살아남는 게 전부라 나머지 가치를 모두 버리는 거야. 너도 좀더 세상을 알면 조낸 그럴 걸?”

라면집 앞에서 싸우다 잡혀온 선배가 말했다.

“나처럼 까! 뭐가 그렇게 불투명해. 꿀리는 게 있으니까 숨기는 거 아냐?”

바바리맨으로 잡혀온 백현 씨가 바바리코트 깃을 세우며 말했다.

“살아가는 일이 이렇게 허무해도 되는 거니? 다 떠나서 락을 추구하며 산다는 것이 이렇게 웃기기만 해도 되는 거니?”

눈빛이 번뜩이고 있었지만 아무 말이 없던 가죽옷의 사내가 6옥타브로 말했다.

“아흑 내 간장게장!”

“이원식! 너는 왜 잡혀왔어? 조작이나 해 대더니 꼴좋다.”

바바리맨 백현 씨가 말했다.

“다들 조용히 해주시오. 우리들은 훌륭하게 무시당하고 있는 것이오. 보면 모르겠소? 역사를 공부하면서 뭘 배웠소? 권력은 언제나 인생을 무시했소. 인간을 끊임없이 위협해야만 자기 체면이 세워진다고 생각하는 거요. 내 말이 이해가 되오?”

“누구세요?”

“나는 학생들에게 체면을 교육하다 잡혀온 선생이오. 우리 미래의 체면은 몹시 어둡소.”

“당신, 애들에게 X 꺼내놓고 빨라고 그랬다며. 당신 같은 선생들이 대학 가라고, 성공이 전부라고 X 까면 나 같은 전문가는 뭘 까? 그게 교육이야?”

백현 씨가 따졌다.

“유치해서 유치장에 못 있겠소. 이래서 좋은 유치원에서 교육받아야 되는 거요.”

선생이 냉소했다.

그 대화를 지켜보던 육십 대 남자가 창살 밖에서 흥분하며 경찰에게 제보했다.

"경찰, 이것 봐. 이 새끼들 말장난 하고 있어. 이게 무슨 박상소설 같은 짓이야."

"우린 말장난 안 했는데. 대한민국이 세계적으로 인권이 유린되는 나라라는 게 말장난이지."

남자 하나가 또 어둡게 말했다.

"빠시오. 그러면 체면이 설 것이오."

선생이 참견하듯 교육했다.

"X 빠는 소리 하고 있네."

가죽옷의 노래방 주인 장갑식 씨가 구석에서 말했다.

"조용히들 해라. 경찰서 완투 번 오냐? 나는 박찬호와 운명의 궤적을 같이 해왔어. 그를 사랑해서 그랬다. 그가 잘나갈 때 회사에 잘나갔고, 그가 결혼할 때 나도 아무 여자랑 결혼했고, 그가 못 던질 때 나가서 옷을 벗었다. 당신들은 박찬호를 위해 무엇을 했냐고……."

빡, 둔탁한 타격음이 들렸다. 당직경찰 김 경장이 유치장 문을 열고 들어와 바바리맨 백현 씨의 뒤통수를 때린 후 데리고 나갔다. 바바리 맨 백현 씨는 만루홈런을 맞은 박찬호 같은 표정을 지었다.

"씨팔, 강아지 같은 경찰에게 맞다니, 오래간만에 피의자 체면이 말이 아니군."

"저 사람 바바리맨이다! 집 앞에서 본 적 있어. 우리 마누라가 얼마나 놀랜 줄 알아? 저런 건 때리자, 때려누이자. 바람보다도 더 빠르게 풀을 죽이자."

유치장 바깥의 중년 남자가 소스라치며 시를 읊듯 말했다.

"한국에는 21세기가 없어!"

이원식 기자가 소리 질렀다.

"내 간장게장! 서민이 간장게장 한 번 사먹겠다는데 왜 이렇게 폭력적이야? 이게 한국 사회의 체면이냐?"

"흥, 네가 서민을 대변하는 기사를 쓴 적이나 있어?"

백현 씨가 뒤통수를 감싸며 한마디 했다.

*

"당직 누구야! 여기가 학교 짱 쟁탈전이 열리는 초등학교 쓰레기 소각장 앞인가? 어떻게 피의자들이 이렇게 떠들도록 당직경찰이 내버려 두는가? 경찰 조직의 체면은 결코 국가나 제복이 세워주는 것이 아니라 경찰 스스로가 세워나가야 하는 것이다."

"네?"

"라는 감명 깊은 청장님 훈시를 잊고 있나?"라고 귀밑머리에 새치가 희끗한 경찰서장이 들어서며 훈시했다.

"그때 청장님 코털이 삐져나와 있어서……."

김 경장은 들이닥친 서장에게 경례하며 변명했다.

"김 경장. 늘 강조했듯 조직에는 일관된 체면이 있어야 해. 당장 사유서부터 제출해. 저 피의자들은 왜 저렇게 한꺼번에 들어왔나? 경찰서가 무슨 관광 명소인가?"

"무조건 잡아들이라면서요? 무전취식, 단순 폭력, 과다노출 등입니다."

"그럼 빨리 조서 꾸며서 즉심에 넘기도록."

"사유서부터 쓸까요? 아님 즉결심판 청구서부터 쓸까요?"

김 경장은 의문점을 질문했다.

"자네, 옷 벗고 싶나?"

"아닙니다. 입고 있겠습니다. 저 많은 피의자들을 좀 보십시오. 도구로서의 짭새 체면이 서시지 않으십니까?"

김 경장은 솔직한 심정을 토로했다. 경찰서장은 뒷짐을 진 자세로 호모파베르? 라고 혼자말로 반복하다 잠시 얼굴이 붉어졌다가 다시 푸르게 변하더니 감정 조절을 하기 위해 호흡을 좀 가다듬다 갑자기 기침을 하며 무너지듯 말했다.

"이런 사람들 잡아 놓으면 체면이 서는가? 나는 솔직히 말해 아침에 고추가 안 선다. 내 체면은 뭔가? 내 체면은? 경찰서장 하면 뭘 하나. 강력범이나 정치인이나 깡패나 재벌들은 잡아넣지도 못하는데. 이런 사람들 잡아넣고 있으면 뭐해. 나는 아침에도 고추가 안 선다고, 고추가!"

"서장님, 갑자기 왜 그러십니까. 체면을 좀."

그때 유치장 안에 가수 이시용이 노래와 댄스를 하며 들어섰다.

"지루하고 지루한 논리가 인생을 때리는 건 지겹지 않냐, 우후!"

경찰서장은 가수 이시용에게 사인을 받아 딸에게 줘야겠다고 생각했다. 가수 이시용은 그가 내민 종이를 보자마자 구겨서 집어 던졌다.

"내가 하는 일을 우습게 생각해선 안 돼. 당신들은 TV에 나와서 춤추면서 노래 부르는 가수의 고초에 대해 조금도 알지 못하잖냐. 그냥 난 잘생겼는데 왜 노래도 하고 춤도 춰야 되는 거야? 왜 날 가만히 내버려두지 않아! 이 세상의 수많은 여중고생들 체면이나 세워주려고 아이돌 스타 따위를 하고 있어야 하는 게 얼마나 자존심 상하는 일인 줄 알아? 왜 그냥 가만히 잘생기면 안 돼? 그리고 어쩔 도리가 없다는 게 더 기분 나빠. 그 여중고생들은 하루가 멀다 하고 위협을 하잖냐. 내가 미친듯이 좋아할 만한 대상을 내놔라. 그렇지 않으면 뚱땡이가 되거나 바지만 입고 다니거나 두꺼운 안경을 쓰고 공부만 하겠다고 아우성이잖냐. 그렇게 되면 십대 취향의 아저씨들을 상대로 영업하는 가게들은 모조리 문을 닫아 경제가 파탄 나고 대학은 공부를 하려는 미친년들로 미어터지고 치마는 남고생이나 야구선수들이 입고 다녀야 할 판이잖냐. 나는 내 의지와는 상관없이 위협에 굴복당할까봐 염려하면서 하루하루를 살아갈 뿐인 존재인 거야."

김 경장은 가수 이시용이 내던진 종이를 주워 들며 되물었다.

"그게 무슨 뜻입니까?"

"빨리 저 노래방 주인을 처벌해. 일이 작아지는 걸 원하지 않아. 노래방에서 술까지 팔았다구. 내가 그렇게 염려해준 친구가 나를 똥처럼 취급해버리지 않았냐."

경찰서장은 갑자기 가수 이시용의 뒤통수를 후려갈겼다.

"자네 왜 경찰한테 반말하나? 내가 안 선다고 무시하나? 아이돌 가수면 다야? 경찰의 권위가 립싱크로 보이나?"

가수 이시용은 잠시 인상을 구겼다. 그리고 서장에게 말했다.

"어이, 내가 누군지 알아? 나보다 돈 많아? 나보다 유명해? 나보다 인맥 있어? 난 대기업 전속이야. 넌 자꾸 바뀌는 정권에 전속 되었지만 나는 영원한 권력에 속해 있다고."

"잠깐만, 너 똥은 싸고 다니니?"

그의 친구인 노래방 주인 장갑식 씨가 창살 밖으로 넌지시 말했다.

"똥이 아깝다. 이 새끼야."

*

"인류의 체면은 에덴동산에서 쫓겨나는 순간 땅바닥에 내팽개쳐진 것이오. 신은 우리를 몹시 좋아하지 않는 것이오. 인류를 만든 신의 체면이 손상되고 말았기 때문이오."

학교 선생이 말했다.

"조용히 좀 지냈으면 좋겠어. 갈라파고스에서 이구아나로 살아가고 싶어. 선인장 꽃이나 따 먹으면서 햇볕이나 쬐는 게, 인간으로 살아가는 것보다는 체면이 서겠어."

이원식 씨가 말했다.

"우리나라에선 도대체 스스로 체면을 세울 수가 없소."

다시 선생이 힘없는 목소리로 찢어진 바지를 애써 여미며 말했다.

"우리들이 무기력하고 아무것도 할 수 없는 존재라는 것을 모른단 말이니. 우리는 파멸해가고 있어. 지속될 체면이 없는 종(種)이야."

가죽옷이 반쯤 찢어진 노래방 주인이 말했다.

구석의 친구 둘이 낮게 속삭였다.

"친구, 여긴 좀 시끄러운 곳이군. 인간이 체면을 세우면 뭐가 좋지?"

"위협받지 않는다는 것. 돈 천 원에게도, 사소한 싸움에게도, 밥벌이에게도, 민주주의에게도, 세계에게도, 우주에게도, 신에게도. 위협받지 않으면 염려하지 않아도 되잖아."

"자네가 그런 생각을 가지고 있었다니 걱정스럽군. 무한의 영원이 미소처럼 드리워질 때 상실감들은 아름다움을 그토록 원망했다."

"그게 무슨 말이지?"

"알아들을 수 없는 말이야."

"안됐군. 정말 체면을 세우긴 글러 먹었어."

두 사람은 잠시 후 거의 동시에 말했다.

"아, 체면 좀 세워 줘~"

9 · 짝짝이 구두와 고양이와 하드락

그는 수퍼에 들렀다가 고양이 한 마리를 본다. 커다란 고양이다. 라면박스 위에 등을 곧게 펴고 앉아 있는 자세가 표범을 떠올리게 한다. 그는 참치 캔 작은 것 없어요? 라고 물으며 고양이의 눈부시게 흰 털을 본다. 쓰다듬고 싶어서 다가갈 때, 수퍼 주인이 작은 참치 캔을 꺼내 흔든다. 고양이의 털을 쓰다듬으려 하자 고양이가 정면으로 그의 눈을 마주본다. 고양이는 그의 눈 속을 읽는 듯하다. 그리고 내 털을 만지면 가만히 있지 않겠다는 식의 당당한 태도를 취한다. 그는 고양이에게 몰입되고 매료된다. 등이 곧은 고양이는 긴 앞다리를 라면박스 위에 도도하게 지탱하고 있다. 그는 참치 캔을 하나 더 달라고 한다. 수퍼마켓 주인은 그런 그를 한 번 훑어본다. 1.5초 정도의 시간이 잠깐 멈칫하며 지나간다. 작은 고양이 한 마리가 한쪽에서 소리를 낸다. 아 저 골치 아픈 것. 수퍼 주인이 미간에 선을 두 개 긋는다. 작은 고양이는 과자가 쌓인 선반 위에서 초코칩 쿠키를 떨어뜨린다. 등이 곧은 큰 고양이가 짧게 0.5초 정도 운다. 작은 고양이가 날듯이 큰 고양이에게 다가와 얼굴을 비빈다. 그는 참치 캔 값을 내고 문을 열려다, 이 고양이 새끼예요? 라고 묻는다. 수퍼 주인은 그를 똑바로 쳐다본다. 관심 있어요? 그는 새끼도 어미를 닮았다고 생각한다. 도도한 면, 약간 삐딱하게 고개를 돌려 사람을 쳐다보는 면. 하얗고 윤기 있는 털. 3.5초 정도의 시간을 둔 후, 예쁜 고양이네요, 라고 말한다. 그는 새끼의 머리를 쓸어 올리듯 만져본다. 어미가 다시 그의 눈을 똑바로 쳐다본다. 고양이의 눈에는 지적인 감흥이 있다. 최초의 라면박스 위에서 1밀리미터도

움직이지 않은 도도한 태도다. 괜찮다면 가져가서 기르시겠다고 말해도 저는 상관없습니다만. 이번에는 그가 수퍼 주인의 눈을 바라본다. 그는 2.5초 후 고개를 살짝 끄덕인다. 새끼 고양이가 다급히 울기 시작한다. 어미 고양이는 새끼를 데려가는 그를 가만히 응시한다. 그러나 3초 뒤 결심한 듯 고개를 돌리고 앞발을 핥는다. 그가 고양이를 데려가기 위해 소모한 시간은 도합 11초였다. 나는 고양이 이름을 '시빌'이라고 짓기로 했다.

그는 고양이를 킬러 레옹이 들고 다니는 화초처럼 잘 안는다. 참치 캔을 따서 절반을 고양이에게 내미는 그를 보고도 울음을 그치지 않던 고양이는 참치 캔을 두고 멀찍이 떨어지자 다가온다. 그는 구석에서 절반의 참치를 밥에 비벼 먹기 시작한다. 그의 옥탑 작은 방안에서 고양이와 그가 나란히 참치를 먹는다. 고양이는 수염에 묻은 참치 기름을 털기 위해 고개를 흔든다. 그는 그 모습을 흉내 내어 본다. 작은 고양이와 그의 눈이 처음으로 맞부딪힌다. 그는 밥공기를 놓고 손가락 하나를 조심스럽게 뻗어 고양이의 머리를 만져준다. 손가락 하나를 뻗어 무언가를 만진다는 건, 눈물을 닦을 때나 쓰는 방법이었다, 라고 그는 생각한다. 그는 기분이 좋아지지 않는 스스로를 질책한다.

그는 고양이를 위해 놀이터에서 모래를 퍼 온다. 박스를 잘라 비닐을 대고 스카치테이프로 고정한 어설픈 화장실이 완성된다.

그는 옥탑방 현관 앞에 그것을 설치한다. 고양이가 다가와 모래 냄새를 맡는다. 고양이의 얼굴에서 불안에 떨던 부분이 물을 탄 듯 희미하게 엷어진다. 그도 희미하게 히죽거린다.

그는 현관에 놓인 검은 구두를 본다. 며칠 전 그는 이 방에서 한 여자를 떠나보냈다. 현관 앞의 구두는 그 여자가 빠뜨리고 간 것이었다. 검은색 구두다. 그는 구두를 붙잡는다. 이상하게도 한쪽밖에 없는 짝짝이다. 쓰레기통에 던져 넣으려다 그는 구두를 든 채 현관 문턱에 주저앉는다. 있음으로 없음을 증명하는 것, 눈에 보이기 때문에 눈에 보이지 않는 것을 불러내는 것들은 슬프다. 검은 구두는 그의 가슴속에서 한숨을 호출해낸다. 그는 잠시 눈물을 흘리려다 관둔다. 코 아래까지 올라왔으나 눈물은 그가 강하게 다문 이빨 사이에 끼어 매끈하게 잘린다. 검은 구두는 쓰레기 봉지 속으로 당장 들어간다. 그는 다 채워지지도 않은 쓰레기 봉지를 바깥에 내어놓는다. 그러나 머리를 숙이지 않으면 난간에 부딪치게 되어 있는 옥탑 계단에서 그는 머리를 세게 부딪친다.

제기랄 잊어버려! 잊어버려! 잊어버려! 라고 그는 고함을 지른다. 옥탑 마당에 드러누워 머리를 싸맨 그에게 고양이가 살짝 울면서 다가온다. 고양이는 그의 얼굴 앞에서 서성거린다. 그는 고양이를 번쩍 든다. 암컷이다.

다음 날 그는 여느 때처럼 출근한다. 똑같은 자리에서 똑같은 생닭을 싣는다. 그는 고속도로를 달려 생닭을 배달하는 일을 하고 있다. 어떤 종류의 물건이든, 이쪽에서 저쪽으로 옮겨질 필요가 있는 한 배달의 세계는 존재한다. 배달이라는 직업은 한곳에 머물기 싫어하는 방랑 근성이 있는 사람의 적성에 부합되는 존재 형식인 셈이다. 그의 트럭에서는 비탈리의 샤콘느가 흐른다. 비탈길을 올라가고 있는데 그의 전화가 비탈리의 샤콘느 사이를 비집고 울린다. 그는 둘 중에 하나를 선택한다. 샤콘느.

그는 샤콘느를 들으며 중얼거렸다. 중얼거리는 것은 그의 습관이다. 끊임없이 무언가에게 말을 건넨다. 대상은 트럭 앞 유리창이든, 도로의 신호등이든 상관없다.

— 짝짝이 여자 구두 한 켤레가 놓여 있다. 짝짝이 코끝에 영롱한 스포트라이트의 구두 발자국.[1]

짝짝이 구두. 짝짝이 구두. 그는 대학 시절 읽었던 시를 중얼거린다. 그는 대학 시절로 돌아가고 싶어 한다. 닭 배달하는 자신의 모습이 몸에 배인 닭 비린내처럼 역겹다고 생각한다. 짝짝이 구두라는 말이 머리를 떠나지 않는다. 그는 입을 다물어버린다. 길이 갑자기 막힌다. 에어컨을 한 칸 높인다. 한쪽 구두를 잃어버린 것 같은 기분이 에어컨으로는 시원해지지 않는다고 그는 생각한다. 차창을 열고 담배를 한 대 문다.

막히는 길 위의 승용차 안에서 키스하는 남녀가 보인다. 그의

1 오규원의 시 「가끔은 주목받는 생이고 싶다」 중에서 인용

높은 트럭에선 그들이 보이지만 그들에겐 그가 보이지 않는다. 그는 담배꽁초를 멀리 튕긴다. 샤콘느를 끄고 라디오를 켜자 널 사랑하겠어, 언제까지나 널 사랑하겠어 라는 음악이 흐른다. 그는 의자 뒤에 손을 넣어 손에 집히는 대로 더듬더듬 시디를 꺼내 든다. 딥퍼플이다. 사랑 노래를 가능한 빨리 멈추기 위해 그는 시디를 집어넣는다. 딥 퍼플의 〈Child in time〉 라이브가 스피커 속에서 입을 크게 벌린다. 보컬 이언 길런의 목소리는 시원하게 귀를 뚫는다. 그러나 길은 뚫리지 않는다. 그는 약속시간에 늦겠다고 생각한다.

— 늦어서 미안하다. 길이 완전 변비야.

— 괜찮아.

그의 친구들은 모두 머리가 길다. 그들은 한쪽 구석에 악기들을 세워놓고 자신들도 악기처럼 기대어 서 있다. 그의 친구들은 그에게 술을 따라준다. 그는 계획을 묻는다.

— 공연 안 하냐?

— 보컬만 있으면 하지.

— 여기 있잖아.

그가 자기 가슴을 치며 말하자 친구들이 그를 향해 웃는다.

— 짜식! 돌아온 거야? 넌 항상 우리 멤버야. 우린 세상의 모든 권위를 바싹 밀어버릴 하드락바리깡 밴드야! 네가 없으면 전기면도기 밴드밖에 안 돼.

— 비유 수준 열라 구려.

모두가 웃는다. 그와 친구들은 술을 털어 넣는다. 그는 친구들이 고맙다고 생각한다. 그와 그의 친구들은 음악을 한다. 알아주지 않는 밴드지만 정기적으로 공연도 한다. 이번엔 거리문화축제에서 공연 제의를 받았다고 한다. 꽤 유명한 밴드 앞에 나와 오프닝을 해달라는 제의였다고 한다. 그는 무대에 서고 싶어 한다. 무대에 서면 짝짝이 구두 따윈 잊을 수 있을 것 같다.

— 제기랄 근데 자작곡은 안 된대. 그냥 분위기 띄울 락 넘버들 좀 불러 달래.

그의 친구 중에서 가장 머리가 긴, 기타 치는 친구가 머리카락을 한 번 뒤로 넘기며 말한다.

— 분위기 띄우는 곡이 뭔데?

드럼 치는 여자애가 구석에서 말한다.

— 뭐 〈Reason〉이나 〈The Great Escape〉 같은 것 아니겠어?

베이스 치는 뚱뚱한 친구가 대답한다.

— 곡은 좋은데, 난 그런 거 부르기 싫어.

보컬인 그가 말한다. 우리도 싫어. 하드락이 아니잖아. 친구들이 말한다. 그는 딥 퍼플의 〈Child in time〉을 제안한다. 친구들이 묘한 표정이 된다.

— 응? 요즘 누가 그런 노랠 공연하니? 좀 말랑말랑한 걸 해야 되는 것 아냐? 우리 뒤에 나올 친구들도 무슨 모던 락 밴드라던데? 게다가 그 곡 소화할 수 있냐? 상태 좋을 때도 간신히 올리던 걸 닭 배달이나 하면서 올릴 수 있겠어?

그는 갑자기 눈을 부라린다.

— 제기랄, 우리는 하드락 밴드잖아. 하드락 밴드가 하드락을 부르는 건 식빵으로 토스트를 만드는 것보다 당연한 거야.

오늘 트럭에서 들었던 〈Child in time〉의 머리카락이 쭈뼛거릴 정도의 강렬한 느낌을 그는 친구들에게 설법한다.

— 난 내지르고 싶어, 소릴 질러야겠어, 얌전히는 못하겠어. 알겠지?

드럼 치는 여자애가 흥분하는 그를 보며 잠깐 웃는다.

그는 여자애를 본다. 여자애의 풀려가는 레게파마 머리와 귀의 피어싱을 바라본다. 언뜻, 그가 헤어진 여자와 닮아 보인다.

— 그래서 뭔가를 잊을 수 있다면 하지 뭐. 우리도 잊고 싶은 게 많거든.

베이스 치는 뚱뚱한 친구가 말한다. 그는 술을 털어 넣는다.

— 근데 그 곡은 키보드가 있어야 되잖아.

머릿속에 갑자기 필름이 좌르르륵 감기며 돌아간다. 그것은 통, 하고 튀어 오르듯 그의 머릿속에서 급격하게 재생되었다. 그는 헤어진 여자의 얼굴이 몇 만 가지 표정으로 변하고 그녀의 몸짓들이 떠올랐다 가라앉았다 하는 것을 본다.

어느 날 그의 자취방에 왔다가 어느 날 사라져 가버린 여자의 얼굴. 비염 때문에 코를 푸는 모습, 자유분방해 보이던 내추럴 웨이브 파마, 햇빛을 피해 모로 눕던 여자의 몸, 윗니만 드러나게 웃는

웃음, 은은하던 시트러스 향기. 우리와 함께 키보드를 연주할 때의 담배를 문 무표정하던 얼굴.

그는 벌떡 일어난다.

— 키보드 때문에 안 되겠어. 그거 하지 말자.

친구들이 그를 안됐다는 듯이 쳐다본다.

— 우리 집에서 더 마실래? 귀여운 고양이가 생겼어. 보여줄게.

그의 친구들은 고양이라는 말에 그를 다시 쳐다본다.

— 너하구 좀 어울리는 걸 길러라. 고양이를 기르느니 나 같으면 머리를 기르겠다. 그렇게 짧아가지고 하드락 밴드 보컬이야? 축구장 잔디인 줄 알겠어.

— 인마, 잔디란 얘기는 하지 마. 어서 우리 집에 가자구.

그는 친구들에게 부탁한다. 그와 헤어진 여자의 닉네임이 잔디였다.

그는 친구들과 자취방에 온다. 고양이가 달려 나와 그의 다리 사이로 몸을 부비다 낯선 이들을 경계한다. 하루 만에 친근해진 고양이에 대해 그는 신기해한다. 그러나 그의 친구들이 붙잡으려 하자 고양이는 책장 위로 올라가 내려오지 않는다. 그는 남은 참치캔을 뜯어 책장 위에 올려준다. 친구들과 그는 밤새 마시기로 한다.

— 뭐 편하게 입고 있을 거 없어?

드럼 치는 여자애가 말한다. 드럼 치는 애가 치마를 입고 있는 모습은 처음 본다. 그는 옷장을 연다. 그의 추리닝을 꺼내려고 했으나 여자용 반바지와 딸기 색 티셔츠가 한쪽 구석에 있는 게 보인다. 드럼 치는 여자애는 그것을 입는다. 마치 그녀 같다. 그는 또 머릿속에서 필름들이 한꺼번에 촤르르륵, 감기려는 것을 있는 힘껏 떨쳐낸다. 그는 술잔을 촤르르륵, 입안에 털어 넣는다.

다음 날 그는 술 냄새를 풍기며 운전하고 있다. 어깨에 딱따구리가 백 마리쯤 앉아 부리가 닳을 때까지 계속 머리를 쪼아 대는 듯한 숙취를 느끼고 있다. 그는 차를 세우고 해장국을 먹는다. 고양이에게 아침을 주지 않았다는 생각이 들어 아직 그의 집에서 자고 있을 친구들에게 전화한다.

– 우리 시빌 밥 좀 챙겨줘.

– 젠장, 고양이 따위의 밥을 주라구? 고양이가 네 새로운 애인이냐?

– 씨발, 시끄러워.

– 야, 여기 계속 있을 테니까 이따 올 때 닭 좀 싸 갖고 와.

친구들과의 전화를 끊는다. 그는 해장국을 먹고도 술이 안 깬다. 새로운 애인? 그는 내일 출근할 때는 고양이를 태우고 와야겠다는 생각을 한다.

다시 운전하며 그는 〈Child in time〉을 불러본다.

"Sweet Child in time you'll see the line……"

가공할 고음이 시작되기 전 허밍 부분에서 그는 노래를 멈춘다.

앞 차가 갑자기 멈추었기 때문이다. 그는 하마터면 추돌사고를 낼 뻔했다. 그는 갑자기 멈춘 앞차의 운전자에게 내려서 따진다. 뭘 잘못했냐는 듯이 꼿꼿이 쳐다보는 여자는 휴대폰을 받고 있다. 단지 휴대폰이 왔기 때문에 도로 한복판에서 멈췄단 말인가? 화가 머리끝까지 솟아올라 에베레스트 산을 능가할 듯한 높이가 된다.

— 이런! 제기랄! 받을 뻔했잖아. 넌 안 다칠지 몰라도 트럭에 탄 난 튕겨나간다구! 운전면허는 있는 거야?

그는 과도하게 화를 내다 입에서 아직 술 냄새가 난다는 사실을 떠올린다. 그는 아스팔트 위에 침을 탁 뱉고 트럭으로 돌아간다. 그는 이 일이 하기 싫어진다. 그나마 일하면서 음악을 들을 수 있고 돌아다니기 좋아하는 애인과 쉬는 날 놀러 다니기 위해 선택한 직업이었는데 이젠 그럴 필요가 없다. 기본적으로 도로라는 곳에서 흐르는 각종 짜증이 악질 상사 같다. 인생의 공간은 어디든 짜증스럽다는 사실이 매우 짜증스럽다. 하지만 그는 이 일이라도 하고 월급 백만 원을 받지 않으면 안 된다. 그 돈이 없으면 월세를 낼 수 없어서 잘 곳을 잃고 밥을 먹을 수 없어서 생존을 잃어야 하고 합주비가 없어서 음악을 잃어야 한다. 그는 올라오는 울화를 발로 꾹 밟는다. 트럭이 거칠게 전진한다. 그는 딥 퍼플의 〈Child in time〉의 고음 부분을 소리 지른다. Ah Ah Ah! 소리는 전면 유리창에 부딪혀 반사되며 그의 귀를 아프게 한다. 창문을 모두 연다. 그래도 소리가 올라가다 막히고, 시원스럽게 공간을 지배하지 못한다. 훌륭한 보컬이란 자기 앞의 모든 공간과 시간을 장악해야 한다고 생각한다.

이런 트럭 안에서는 그걸 연습할 수 없다.

그는 튀긴 닭을 조금 들고 옥탑방에 돌아온다. 고양이가 그를 변함없이 반기고 친구들은 모두 사라져 있다. 그는 고양이를 꼭 껴안는다. 고양이는 그의 앞에서 귀엽게 사뿐거리다가 그를 핥는다. 그에게 갖은 신의를 보낸다. 그는 튀긴 닭을 뜯어서 고양이와 나눠 먹는다. 그는 고양이의 화장실 모래를 갈아준다. 냄새가 심하지만 개의치 않는다. 그는 냄새 때문에 평소에 고양이를 별로 좋아하지 않았다는 것을 떠올린다. 그러나 지금은 아무렇지도 않다고 생각하는 스스로에 대해 놀란다. 그는 머릿속의 여자가 조금씩 고양이의 이미지에 덮여가는 것을 느끼며 기뻐한다. 사람들이 짐승을 기르는 건 외롭기 때문이야 라고 생각한다. 적어도 여자보단 이런 고양이가 훨씬 나아. 그는 고양이에게 입을 맞춘다. 고양이와 꼬리잡기 놀이를 한다. 크게 웃는다. 고양이를 앉혀놓고 중얼거린다.

— 짝짝이 코끝에 영롱한 스포트라이트의 구두 발자국…….

버릇처럼 말해놓고 그는 머리를 탈탈 털며 후회한다. 그는 고양이를 껴안은 채 좋아하는 시를 바꿔야겠어, 라고 다짐하며 잠들어 버린다.

합주실에 도착하자 친구들은 차례를 기다리고 있다. 먼저 연습을 하고 있는 밴드를 구경하며 주눅이 들어 있다. 그는 트럭 열쇠를 손가락에 끼워 돌리며 합주실에 등장한다.

— 고양이 밥은 줬나, 닭대가리?

목소리에 힘이 없다. 그는 일부러 과장된 말투를 쓴다.

— 난 닭대가리가 아니고 트럭 운전수야. 엘비스 프레슬리도 트럭 운전수였지.

기분이 좋다. 짝짝이 구두? 잔디? 잊을 수 있을 것 같다.

하지만 친구들의 주눅이 풀리지 않는다. 11호실 안에서 연습하고 있는 밴드는 꽤 유명한 펑크 밴드였다. 하나같이 머리를 세우고 신나게 펑크에 몰입해 있었다. 펑크정신과 펑크 실력을 겸비한 친구들이군, 하고 그는 생각한다. 그 역시 그들이 하는 하드락이 왠지 늙어빠진 것인 듯 주눅이 든다. 하지만 그는 단지 하드락이 좋아서 함께 뭉쳤다는 것을 떠올린다. 그는 가지고 온 닭을 멤버들에게 돌린다.

— 오, 닭대가리, 닭 먹으면 손에 기름 묻어서 어떻게 연주하냐?

그의 친구들은 그렇게 말하면서도 신나게 프라이드치킨을 먹는다. 그는 합주실 아저씨에게도 닭을 권하고 2만 원을 낸다.

— 난 자네들이 참 마음에 들어. 자네는 우리 시대의 정서를 알아.

합주실 아저씨는 윙스틱 부분을 입에 물고, 2만 원을 서랍에 넣으며 그에게 말을 건다. 저 펑크 하는 애들, 얼마나 갈 것 같아? 펑크정신도 락정신의 기본기 중에 하나지, 그러나 락정신의 영혼을 애무할 만한 것은 못 돼. 자네들은 내 가슴속의 정통적인 락정신을 매만져주는 몇 안 되는 친구들이지.

— 고마워요, 하지만 이젠 하드락이 별로 재미가 없어요. 마치 짝

짝이 구두를 신고 있는 것 같아요. 거기 스포트라이트가 비춰져봤자. 구두 발자국은 짝짝이인.

– 이봐, 음악을 재미로 하나? 하드락이라는 건, 락 중에서도 가장 순수한 축에 속해. 순수는 곧 진실이지. 진실은 통하게 되어 있어. 쓰루 이즈 바이러스!

그는 순수, 진실 같은 단어에 대해 거북한 느낌이 든다. 그리고 'The Truth is The Virus'라는걸 쓰루 이즈 바이러스 라고 잘못 말하는 것도 싫다. 그는 정말 순수하게 여자를 사랑했고, 진심으로 여자를 대했다. 그러나 그 사랑은 끝나버렸다. 아저씨가 키보드 치던 여자애는 안 보이네, 라는 말을 하자 그는 바깥으로 나와 담배를 문다.

여자는 나의 무엇을 싫어했던 것일까, 라고 그는 고민한다. 사실 여자가 싫어할 만한 것은 많았다. 양말을 잘 갈아 신지 않는다는 것, 방을 쓰레기장으로 만든다는 것, 술을 많이 마신다는 것, 술값 외상이 많이 깔렸다는 것, 툭하면 일하다 때려치운다는 것, 미래가 보이지 않는다는 것, 꿈만 꾸고 있다는 것, 그는 스스로 생각해봐도 그런 것들이 지겹다. 여자는 가난했고, 본질적으로 가난에 대해 공포심을 가지고 있었다. 그는 그런 여자의 공포심을 조금도 채워주지 못했다. 여자는 월세 내기 하루 전까지도 대책 없이 술만 마시고 있는 그를 무서워했고, 빚을 지고도 걱정하지 않는 그의 경제관념을 타박했고, 꿈만 꾸는 그의 가슴속을 연민했고, 보이지 않는 미래를 저주했다. 여자는 그를 떠나기로 결심했다. 그는 떠나기로 결심한 여자 앞에서 아무것도 할 수 없는 존재였다.

여자는 어느 햇살이 급류처럼 떠밀려오던 며칠 전, 중형차를 끌고 나타난 어떤 남자의 차에 키보드와 옷들과, 거울과, 화장품들을 실었다. 중형차를 타고 나타난 남자는 나에게 무거운 목소리로 미안하다고 말했다.

— 당신은 절대 잔디를 행복하게 할 수 없을 것 같아. 미안해. 이봐, 이 세상에 영원한 사랑 따윈 없다는 것 알지? 그리고 이런 얘긴 좀 그렇지만, 잔디에게 듣자하니 좀 현실에 길들여져야겠더군. 이제 곧 서른이라며.

그와 그의 여자가 마음으로부터 서로 깊이 분리되어 있던 때라 그는 가만히 듣고만 있었다. 가만히 있든 난동을 피우든 달라질 것은 아무것도 없다는 것을 이미 알고 있었다.

사람과 사람의 관계는 몸과 마음의 관계다. 마음이든 몸이든 한 쪽만이라도 떠나면 그 관계는 위태로워진다. 여자는 그에게 몸과 마음 모두를 거둬들였다.

그는 친구들과 연주를 시작한다. 우선 목을 푼다. 있는 힘껏 목소리를 질러 올린다. 배가 후들거릴 때쯤 목에 힘을 뺀다. 그가 미소를 지으며 사인을 내자 연주가 시작된다. 그들의 자작곡인 〈하드락바리깡〉이다. 드럼 치는 여자애가 인상을 긁으며 거의 스내어 드럼이 부서질 듯 파워 있게 7연음을 때리자 기타와 베이스가 튀어

나간다. 합주실 안에 그의 목소리가 가득 울린다. 펑크 하던 친구들이 바깥에서 땀을 닦고 있다. 그들이 연습하고 나간 자리에선 땀 냄새가 많이 난다. 그들의 눈빛은 짭짤한 락정신의 냄새를 풍겨 대고 있다. 그는 한참 노래를 부르다 이상하리만치 무릎이 결린다는 것을 느낀다. 그들의 음악과 지금 그가 부르고 있는 음악 사이엔 갭이 있다. 만약에 저 친구들과 우리가 같이 걸어간다면 분명, 절뚝거리게 될 것이다, 라고 그는 생각한다. 그는 그런 생각이 들자마자 무시한다. 애써 무시할 수 있어서 다행이라고 생각한다.

〈Child in time〉의 연습이 시작된다. 전주가 시작되고 키보드 대신에 기타 치는 친구가 디지털 이펙터[2] 로 키보드 소리와 흡사한 느낌을 주며 연주를 시작한다. 그는 기타 치는 친구에게 고마움을 느낀다. 그가 씩 한 번 웃는다.

고음이 시작되는 부분에서 그는 어깨에 무거운 추가 달린 듯한 심정을 느낀다. 빌어먹을 하루 종일 운전대를 잡고 있기 때문이야, 라고 그는 생각한다. 결국 고음의 끝이 갈라진다. 연주가 중단된다.

— 마, 새를 날려? 평소 하던 대로 해. 날리지 말고 견뎌. 인생은 날아가기 위한 몸부림이 아니라 견디기 위한 투쟁이야.

베이스 치는 뚱뚱한 친구가 땀을 흘리며 말한다.

— 미안.

그는 다시 시도해본다. 다시 끝이 갈라지지만 어느 정도 힘이

2 기타 소리를 변조해주는 장치

실린다.

— VDT증후군 같습니다. 컴퓨터를 많이 쓰시나요?

의사는 그에게 묻는다. 아니오, 운전 일을 하는데요. 그렇군요.

의사는 물리치료를 권한다. 그는 물리치료비로 나가는 병원비가 아깝다는 생각을 한다. 하지만 운전대를 잡고 있기가 힘들 정도로 어깨가 아파 병원을 찾았다. 그는 물리치료실에 누워서 배송 담당 과장에 대한 생각을 한다.

— 박상혁 씨, 와 면도를 안 하노? 집에 면도기 없나? 내가 어제 면도하라 캤나 안 캤나.

배송 담당 과장은 사투리를 쓰며 그를 윽박질렀다. 사투리를 쓰는 사람과 표준어를 쓰는 사람이 섞여 사는 서울은 짝짝이 도시다. 영어를 쓰는 사람과 파푸아뉴기니어를 쓰는 사람이 섞여 사는 지구 역시, 짝짝이 별이다, 라고 그는 생각했다.

— 제가 영업사원도 아니고 차 안에 틀어박혀 닭이나 나르는 놈이 무슨 면돕니까. 그냥 되는 대로 살게 내버려두세요.

— 니는 말하면 그냥 네 하고 듣는 벱이 없노? 당장 보기 싫으니까 그카는데 시키는 대로 하면 될 거 아이가?

— 시키는 대로 하면 여기가 군댑니까? 말이 되는 걸 트집 잡으셔야죠.

그는 이상하게도 더욱 대꾸하고 만다. 모든 것이 짝짝이인 게 불만이다.

— 트집? 트집이라 캤나? 이 새끼 당장 면도하고 온나!

그는 사무실에서 뛰쳐나온다. 그와 친한 동료가 그를 따라 나온다.

— 상혁아, 참아라. 나한테 일회용 면도기 있어. 저 사람이랑 상대를 하면 시간 낭비잖아. 딴 일에 신경 쓰기에도 인생은 짧아. 잠깐 면도하는 시간은 이 짧은 인생에 있어서 그렇게 긴 시간이라고 볼 수 없어.

그는 그대로 계단을 내려가버리려다 동료의 말을 듣는다. 이 짧은 인생에 있어서, 식의 말투가 웃기다.

— 저 새끼 말이 아니라, 네 말을 듣는 거다.

그는 면도를 하고 과장 앞에 선다.

— 면도했습니다. 배송표 주세요.

— 니 나한테 그런 식으로 얘기해도 괘안타고 생각했나? 내가 만만해 뵈는 갑지?

그는 배송표를 낚아채 들고 나가버린다. 어 저 새끼 봐라, 라는 소리가 뒤통수에 꽂힌다. 얼마나 할 일이 없으면 저 나이에 저기 앉아서 저러고 있는 거야! 그는 화가 난다. 하지만 다음 순간 쓸쓸해진다. 짝짝이 코끝에 영롱한 스포트라이트의 구두 발자국.

핸들을 잡고 시동을 걸자 어깨가 너무 아팠다. 사실 그의 큰 키에 비하면 트럭 운전석은 너무 좁았다. 쓸쓸함이 어깨 통증을 가속했다. 또 일을 때려치울 때가 된 건가. 그는 가속 페달을 세게 밟아

차를 급출발했다.

그는 또 술을 마시고 있다. 고양이가 그의 술자리 맞은편에 앉아 있다. 고양이는 쓸쓸해하는 그의 무릎 위로 다가온다. 야 시빌, 저리가. 그는 고양이를 귀찮아한다.

시빌, 너랑 놀아줄 기분 아냐. 고양이는 하지만 숫제 그의 무릎 위에서 얼굴을 내리깔고 잠이 든다. 그는 고양이를 집어 던져버리려다가 고양이라는 포근한 체온을 가진 동물이 자신의 삶에 기대어 드는 것을 느끼고는 숙연해졌다. 고양이의 털들, 아니 온몸에선 유연성을 겸비한 카리스마가 발출된다고 그는 느꼈다. 머리부터 꼬리까지 쓰다듬어본다. 고양이가 기분 좋게 그르렁대는 소리가 허벅지 안쪽으로 전달되어온다. 고양이의 삶은 얼마나 걱정 없고 편안한 것인가 하고 그는 생각한다. 그리고 그 편안함이 유연한 카리스마에서 나온다는 것을 깨닫는다.

그는 고양이를 무릎에 누인 채로 기타를 든다. 줄을 고르고 〈Try To Remember〉라는 음악을 연주한다. 그가 여자에게 늘 불러주던 음악이다. 그는 기타를 치며 그녀와의 기억을 떠올린다. 짧은 기억은 추억처럼 남을 것이다. 아등바등 살면 추억을 남기지 못한다. 인생이 끝날 때 추억할 것이 없는 사람들은 불쌍할 것이다. 스스로를 아주 불쌍해하며 후회할 것이다. 그는 계속 술을 마신다. 내가 선택한 건 하루하루가 추억인 보람찬 인생이란 말야. 안 그래? 고양이는 대답하지 않는다. 추억이 있어서 짝짝이 구두의 기억에도 짝이 맞는다구. 고양이는 여전히 대답하지 않는다.

— 닭대가리, 딱 걸렸어.

기타 치는 친구가 찾아온다. 내 옥탑은 아무나 들락거릴 수 있는 공간이란 점에서 결코 돈 있는 자들이 살 수 없는 곳이다. 그는 기타리스트를 반갑게 맞는다.

— 혼자 소주 까고 있냐. 회사에서 좆 같은 일이라도 있었냐?

— 아냐, 어깨가 아파서.

— 어깨? 노래를 어깨로 하냐? 자 마시고 죽자.

기타리스트는 수주가 들어 있는 비닐봉지를 흔들며 오토바이 헬멧을 벗는다.

— 야. 때려 쳐 때려 쳐. 그거 얼마나 준다고 달라붙어 있어?

기타리스트는 그를 위로한답시고 말한다. 별로 위로가 되지 않는다.

— 너희들 중에 한 새끼라도 돈 벌면 당장 때려치운다.

— 에이 우리는 머리가 길어서 일 못해. 머리 깎느니 안 하고 말지. 너나 되니까 머리 깎고 돈 버는 거야.

— 시빌 잔다. 살살 말해라.

— 그 고양이가 설마 그 잔디라고 생각하는 거 아냐? 끔찍이 위하는데?

기타리스트는 그를 놀린다. 그는 다시 고양이를 쓰다듬는다. 술이 좀 취한 그는 “Sweet Child in time……” 하고 낮게 노래를 부른다.

— 그래, 어린 시절은 달콤했었지. 달콤했었어. 지금은 쓰디쓰고. 이럴 줄 알았으면 어른이 되지 않는 거였는데 내가 잘못 생각했어.

빨리 어른이 되고 싶어서 설날에 괜히 떡국 두 그릇씩 먹었던 게 후회되네.

그는 술주정처럼 중얼댄다. 고양이가 그 소리에 깨어 이불 더미가 쌓인 곳으로 자리를 옮겨간다. 고양이는 그 위에서 다리를 곧게 펴고 앉는다. 그 모습을 보고 그는 조금 쓸쓸해진다. 그의 곁에 있던 것들이 떨어져나가는 것을 쓸쓸해한다. 하지만 그의 곁에는 친구 기타리스트가 있다. 그는 기타리스트의 노래에 맞춰 기타를 치는 시늉을 해준다.

— 이 새끼 기타도 꽤 치네?

— 내가 기타치고 네가 보컬 할래?

— 좋아. 뭐든 어때? 끝내주는 하드락만 하는 거야. 쟤는 키보드를 시키자구.

그는 고양이를 가리키며 씩 한 번 웃어준다. 그와 동시에 노래를 크게 부르고 싶어진다.

— 야 오토바이 키 좀 줘라. 한강 좀 갔다 올게. 가서 노래 좀 해야겠어.

— 지랄하네! 술 마셨잖아, 안 돼.

그는 기타리스트에게 사정한다. 안 취했어, 안 취했단 말야. 금방 가서 목만 좀 풀고 올게. 못 믿겠으면 같이 가든가.

— 에이 씨팔. 몰라. 너 뒈지면 죽여버린다.

기타리스트는 주섬주섬 바지 주머니에서 열쇠를 꺼내준다. 술이 약한 그는 열쇠를 꺼내주고 고양이 옆에 쓰러져 눕는다. 그는 기타리스트의 오토바이를 타고 한강으로 간다. 킥 스타터로 시동을 걸고 그립을 당기자, 귀 옆을 스치는 바람이 기분 좋다고 느낀다. 눈앞에 펼쳐지는 사물들이 휙휙 뒤로 날려가는 것이 복수 같아서 재미있다고 느낀다.

그는 경쾌한 속도감에 취한 채 한강에 도착했다. 강을 바라보니 객석을 가득 메운 팬들 같다. 강은 인간을 위로하는 법을 안다. 그는 노래를 부르기 시작한다. 〈Child in time〉의 고음 부분이 저절로 올라간다. 그는 희열에 차 'Ah Ah Ah' 하고 괴성에 가까운 소리를 11초 동안 낸다. 그와 하드락이 11 자 모양으로 나란히 선다. 한강을 바라보던 야밤의 아베크족들이 그를 비껴간다. 그는 그의 소리가 멀리 뻗어나가는 것을 느낀다. 한강 건너편에서도 그의 목소리를 들을 수 있을 듯한 충만감에 휩싸인다. 락정신이 발끝에서부터 머리끝까지 뻗치며 창궐한다. 그는 공간을 장악해가고 시간까지 장악해간다. 목소리가 시공을 초월하면서 완벽한 절정에 다다른다. 인간의 삶도 없고, 짝짝이 구두도 없고, 잊혀지지 않는 여자의 얼굴도 없고 사투리를 쓰는 배송과장도 없다. 오로지 자기 자신만이 있을 뿐. 무겁게 퍼지는 하드락처럼 도도하게 존재할 뿐.

그는 노래를 다 부르고 난 후 한강 가에 걸터앉는다. 담배를 피우려다, 슈퍼의 라면박스 위에서 보았던 어미 고양이의 도도한 매력이 넘치던 자세가 떠올린다.

그도 등을 곧게 펴고 표범처럼 앉아본다. 기분 좋은 웃음이 잠깐 그의 심장 박동에 감흥을 싣는다. 바람이 그의 머리를 스치며 날아간다.

해설 · 유머의 정치성과 사랑의 경제

박진(문학평론가)

1. 웃어도 좋아

박상 소설은 웃기고 황당하다. 타격 폼이 너무 웃겨서 상대 투수의 컨트롤을 사정없이 흔들어 놓는 타자 이야기(「이원식 씨의 타격 폼」), 개다리 춤을 고안하는 일에 인생의 의미를 두고 '커플 개다리 춤'으로 사랑을 확인하는 연인 이야기(「춤을 추면 춥지 않아」), 무전취식으로 들어간 유치장에서 '〈락정신의 죽음〉 제1장 C단조'를 퍼포먼스 하는 락커 이야기(「치통, 락소년, 꽃나무」) 등등. 심하게 코믹하고 장난스러운 박상 소설은 마치 문학은 "진지한 자세로 해야 한다는 통념을 허무는, 아예 세상을 진지하게 살아가는 태도 자체를 허무는"(「이원식 씨의 타격 폼」) 소설처럼 보이기도 한다.

박상 소설을 읽으려면 이런 인상에서 비롯되는 불편함을 잠시 접고 스스럼없이 웃을 준비가 되어 있어야 한다. 무엇보다도 우선, 소설을 읽는 동안 끊임없이 마주치게 되는 허탈한 유머와 말장난들을 기꺼이 즐길 수 있어야 한다. 이를테면 "주루코치와 배터리코치에겐 화를 내지 말아야 한다. 주루코치는 달린다는 것의 허실을 깨달은 사람이고, 배터리코치는 오직 공 배합하는 데 인생을 바치느라 몸이 허약하거든"이라는 감독님의 말 뒤에 "네 아버진 달리기선수였고 어머니는 배터리 공장에서 일했었단다"(「홈런왕 B」)라는 할머니의 말이 딸려 나올 때, 애써 웃음을 참을 필요는 없다는 거다. 신나게 커플로 개다리 춤을 추듯이 그렇게 이 웃음에 빠져들다 보면, 뜻밖에도 박상 소설에서 "민망하지만 부끄럽지 않고 작지만 질량이 큰 그 무엇인가"(「이원식 씨의 타격 폼」)를 발견하게 될지 모른다. 그건 뭐랄까, 아마도 '이원식 씨의 타격 폼' 같은 것, 말하자면 "부조리한 세상을 웃기려는 몸부림이거나" 고통으로 가득한 이 "세상을 어떻게든 벗어나 보려는 바로 그 자세"가 아닐까.

2. 하드락정신으로 양파를 까다

박상 소설의 코믹함과 장난기가 실은 '먹고사는' 일에 손발이 묶여 '하고 싶은' 일을 할 수가 없는 고통에서부터 시작된 것임을 기억한다면, 이 웃음의 '포텐셜'을 더 잘 이해할 수 있을 것이다. 등단작인 「짝짝이 구두와 고양이와 하드락」은 "세상의 모든 권위를 바싹 밀어버릴 하드락바리깡 밴드"의 보컬이었다가 돈을 벌기 위해 고속도로를 달려 생닭을 배달하는 일을 하게 된 남자의 상황을 그리고 있다. 하드락 밴드를 떠나 트럭 운전을 해야 하는 지금의 처지가 그는 끔찍하게 짜증스럽다. "하지만 그는 이 일이라도 하고 월급 백만 원을 받지 않으면 안 된다. 그 돈이 없으면 월세를 낼 수 없어서 잘 곳을 잃고 밥을 먹을 수 없어서 생존을 잃어야 하고 합주비가 없어서 음악을 잃어야 한다." 그에게 "인생은 날아가기 위한 몸부림이 아니라. 견디기 위한 투쟁이다".

게다가 돈을 버는 일은 끊임없이 굴욕을 참아내는 일이기도 하다. 배달 일을 하기 위해 긴 머리를 잘랐지만 배송과장은 또 면도를 하라고 요구한다. 실랑이 끝에 면도를 하고 나타난 그에게 배송과장은 버릇없이 대들었다는 이유로 배송표를 주지 않는다. 그는 다시 밴드로 돌아왔지만, 그의 삶이 고통의 악순환에서 벗어날 수 있는 길은 보이지 않는다. 오토바이를 타고 한강에 도착해서 그가 내지르는 괴성에 가까운 소리는 "이 모든 부조리들에 대한 터질 듯한 불만의 폭발"(「이원식 씨의 타격 폼」)일 것이다.

「짝짝이 구두와 고양이와 하드락」은 "락정신이 발끝부터 머리끝까지 창궐"하는 이 한 순간을 위해 바쳐지지만, 그것은 고통스러운 현실을 잠시 지우는 '11초' 동안의 '절정'으로 끝나기 쉽다. 그 희열의 순간은 '짝짝이 구두'(가난에 대한 공포 때문에 그를 떠나간 여자가 남긴)도 없고 배송과장도 없고 "인간의 삶도 없"이 "오로지 자기 자신만이 있"는 도취와 망각의 순간일지 모르기 때문이다. 그가 꿈꾸는 '고양이'처럼 도도한 '하드락정신'의 카리스마는 굴욕적인 현실 앞에서 초라하게 무너져 내릴 수 있다.

이 같은 절망과 암담함은 이후 박상 소설에서 다양한 방식으로 표출된다. 「체면 좀 세워줘」에는 "파멸을 열정적으로 기다려왔"던 "락의 체면을" "똥 버리듯 팽개"치고 아이돌 스타와 노래방 주인이 된 두 친구가 등장하는데, 결국 이 소설은 "살아남는 게 전부라 나머지 가치를 모두 버리는" 인간을 '쥐새끼'에 비유하고 "지속될 체면이 없는 종(種)"이라 규정하는 독설과 자포자기로 마무리된다. 한편 「외계로 사라질 테다」에서 부모 없이 할머니와 함께 지독히 빡빡한 삶을 견뎌온 '사차원 야구소녀'는 아예 "딴 우주로 이민

가고" 싶어 한다. 야구장에서 '외계로 가는 문'이 열리는 징후(7회말 투아웃 이후 '스트라이크아웃 낫아웃' 상황이 온 뒤, 다음 타자가 파울 두 개를 치고 투 스트라이크로 몰렸을 때 투수가 공을 던지는 바로 그 순간)만을 기다리는 소녀의 모습은 코믹하기보다는 차라리 안쓰러워 보인다. 징후를 포착하고 달려간 외야 전광판 앞에서 부딪힌 남자를 아빠(자기를 버리고 외계로 떠났던)라고 믿는 장면도 그렇지만, "만약 외계로 가면 외계에서도 알바를 해야 할까?"라고 중얼거리는 한 대목은 이 꿈조차 소녀에게 안온한 도피처가 될 수 없음을 씁쓸하게 일깨우는 듯하다.

「외계로 사라질 테다」에서 소녀의 상처와 고통의 암담함을 그나마 견딜 만하게 만들어주는 것이 황당한 유머와 경쾌한 말장난들이다. 이런 측면은 너무 웃긴 허무개그와도 같은 「홈런왕 B」에서도 확인할 수 있다. 물론 이 소설은 '양파 까기'같이 허탈한 말장난들의 "매너를 갖춘 소란"(「춤을 추면 춥지 않아」) 그 자체로도 충분히 사랑스러운 소설이다.

"자네는 내가 본 중에 가장 훌륭한 벤치워머였어. 자네는 기본적으로 엉덩이가 크고, 한 번도 벤치에 앉아 있는 자세를 흐트러뜨린 적이 없지. 다른 팀의 잘 나간다는 벤치워머들도 7회쯤 되면 어깨를 뒤틀고 허리를 한 번씩 돌려주는 습관이 있지. 그런 습관은 참 고치기 힘들어. 체력이 바탕이 되어주지 않는 한.

내가 보기에 자네 체력은 타고난 것 같아. 감독이 장님이라 자네 같은 훌륭한 선수를 퇴출시키게 된 건 정말 유감스러운 일이야. 내 말이 위로가 될 수 있을지 모르겠지만, 이봐, 양파를 끝까지 까면 뭐가 나오는지 아나? (…) 어떤 사람들은 아무것도 나오지 않는다고 하는데 그건 틀린 말이야. 맨 끝엔 무엇인가 나와. 아무것도 남지 않는 것처럼 보이는, 그 끝. 그 절정의 공허, 그 쾌락적이고 퇴폐적인 공허 말이야. 사람들은 야구장에 와서 열심히 야구장 김밥을 사 먹고 열심히 치어리더들의 팬클럽을 만들지만, 결국 그것은 양파를 까는 것과 같다는 거지. 그 공허를 즐기고 있다고. 알겠어?"

내가 이야기를 끝내자, 위로가 되는 듯한 표정을 지을 줄 알았던 알렉스 지터가 반대로 버럭 외쳤다.

"다 아는 얘기 양파 까지 말고 저리 꺼져!"

—「홈런왕 B」

아무리 심각한 이야기를 해도 웃음이 새어나오게 만들고 마는, 이 장난기 어린 말들의 소란이 박상 소설의 첫번째 매력이다. 그리고 그 유머는 이 소설에서, 퇴출당한 용병 벤치워머가 아니라 실은 홈런왕 '어니언 박' 자신의 상처를 위로하는 역할을 한다. 양파에 병적으로 집착하는 자폐증 걸린 동생과 "어렸을 때부터 아버지 어머니가 없다고 너무 많이 놀림을 받았지만 나처럼 싸움을 잘하지는 못했"던 "그의 양파를 이해"하는 '나', "당신의 양파 냄새가 정말 싫어요"라는 말을 남기고 떠난 여자와 미국으로 훌쩍 날아가버린 여자를 찾아 역시 "장외 홈런처럼" 미국으로 날아가 버린 아버지, 기회가 되면 꼭 미국에 가서 어머니와 아버지를 찾으라며 미국인들의 몸에선 양파 냄새가 나니 양파를 많이 먹어야 한다고 말하는 할머니까지. 게다가 그런 할머니는 9.11 테러가 일어나자 "새벽부터 늦은 밤까지 외교통상부 앞에 나가 있"다가 실종돼버린 상태다. 유쾌한 말장난들에 가려 눈에 잘 들어오지 않는 이 상처가 '양파 까는' 말장난들의 발생지임을 놓칠 수는 없다. '어니언 박'의 허탈한 유머는 자신의 상처를 장난거리로 만들어 고통의 무게를 가볍게 하는 위안과 견딤의 방식인 것이다.

그리고 그에게는 또 한 가지, 어떤 '태도' 같은 게 있다. 이를테면 "삶의 공간은 항상 좁디좁"고 "타석도 좁고 스트라이크 존도 좁"아서 허공 속의 스트라이크 존으로 날아드는 공을 아찔하게 놓치고 마는 순간에도, 그 "완전한 허공"을 노려보며 당당히 맞서는 자세 같은 것. 또는 삼진을 당한 뒤 "얼음을 얼려 놓은 것처럼 조용한 관중석을 향해 허리를 꺾어 인사"하듯, 자기 몫의 '허공'을 기꺼이 받아들이고 자기 '야구'에 책임을 지는 태도 말이다. 그 태도는 누구 못지않게 황당 코믹한 '어니언 박'을 어딘지 의젓하고 '도도하게' 만들어준다. 이는 세상 모든 여자들이 양파 냄새를 싫어해도 동생을 위해 끊임없이 양파 요리를 개발하거나 맥주 안주로 굳이 어니언 링을 고집하는 일, 양파의 〈ADDIO〉와 어니언스의 〈작은 새〉를 즐겨 듣거나 그 지긋지긋한 양파를 아예 자기 '이름'으로 삼는 일과도 관련이 있을 것이다. 그리하여 '야구'와 '양파'가 결국 하나라는 사실("야구가 뭐냐?", "양파 같은 것 아닐까요?")을 인정하는 태도라고나 할까? 이쯤 되면 그의 말장난은 고통을 가볍게 만드는 위안의 방식이 아니라 그 고통 속에서, 그 고통과 더불어 자기 존재를 긍정하는 노력의 과정이라 해야 하지 않을까?

이 지점에서 박상 소설은 치기 어린 울분이나 자기 연민, 도피적인 위안의 세계를 넘어서게 되는 것 같다. 박상의 유머가 자기 상처를 웃음으로 얼버무려 달래는 대신에 부조리한 이 세상을 웃음거리로 만들고 '말이 안 되는' 세상의 논리를 비틀어 놓는 방향으로 나아가게 되는 것도 이런 태도가 있기에 가능한 일일 테고 말이다.

3. '니미 뽕'한 세상을 교란하는 글쓰기—실천

실제로 박상 소설의 말장난들은 재치 있는 농담에 머무르지 않고 기존의 구문과 비유와 개념들을 헝클어뜨리고 혼란에 빠뜨린다. 단적인 예로 「치통, 락소년, 꽃나무」에는 상투적으로 과장된 "썩은 치아 같은 비유"들이 포진해 있고, 유치한 비속어들 사이에서 이상(李箱)의 시가 튀어나오는가 하면, 이를 흉내 낸 노랫말들이 '락정신의 죽음'을 애도하며 절규한다. 이 같은 말장난들이 겨냥하고 있는 것은 멀쩡하게 유통되는 말들에 숨겨진 "열등한 수사학"과 "무식한 문장들"이다.

외출한 사이에 예비군 동대 직원이 다녀가 있었다. 그가 남긴 메모에는 이렇게 적혀 있었다.

'집에 없군, 개새끼. 어딜 나돌아 다나나, 돌아다닐 힘이 있음 예비군 훈련에나 기어 나와. 박박 기게 해줄 테니까. 정신 차려. 이 새끼야, 어딜 보나. 차렷, 동작 봐라. 고발당하고 울면서 벌금 내고 싶지 않으면 예비군 동대에 눈썹이 휘날리게 전화해.'

그리고 각종 고지서들이 잠입해 있었다. 모든 고지서들은 내가 들어서자마자 목을 조르며 한결같이 곱지 않은 말투로 나를 힐난했다.

'요놈 봐라. 전기 콘센트에 네놈 물건을 꽂았으면 화대를 내야 될 거 아냐? 보일러 땠으면 화끈하게 가스비를 내! 빨래를 했으면 수도세도 깨끗이 빨아줘야겠지? 아팠냐? 의료보험료도 아파. 아, 요 새끼 연금도 안 냈네? 안 늙을 줄 아는 모양이지?'

나는 통지서와 고지서들을 72등분으로 찢어버렸다. 고통스러워! 이런 열등한 수사학에 무식한 문장들! (…) 돈 없는 자의 고통은 의무라도 된단 말인가?

—「치통, 락소년, 꽃나무」

여기서 웃음거리가 되는 것은 벌금 낼 돈도 세금 낼 돈도 없는 '락소년' 자신이 아니라 '정상적인' 언어의 터무니없는 폭력성이다. "돈 없는 자의 고통은 의무"라는 식의 논리가 당연하게 통하는 이 세상 자체가 조롱의 대상으로 떠오르는 것이다. 박상 소설은 이렇듯, 권위와 관습과 규칙을 거스르는 온갖 말장난들로 부조리한 세상의 고통에 맞서고자 한다.

이런 태도는 고통을 잊는 것은 '임시방편'이며 "현실로 돌아와야 한다면 꿈꾸는 것도 고통"이라는 생각, 그러므로 "인류의 고통과 진짜 싸우는 것"이 락정신의 본질이라는 생각과도 이어져 있다. 그가 '가짜 약장수'에게 묘한 동질감을 느끼는 이유도 여기에 있다. 약장수는 인류의 고통을 없애는 약을 완성하지 못하고 '실험 중단 사태'를 맞이했지만, 고통을 '릴레이'(고통을 치료하기 위해 약을 먹으려면 돈이 드는데, 돈을 벌려면 고통스럽다) 시키지 않기 위해 돈을 받지 않고 약을 준다. 약장수와 마찬가지로 그 역시 해결책을 찾지는 못하고 있지만, 고통의 악순환을 끊기 위해 적어도 무언가를 해야만 할 것이다. 박상에게 그것은 자본주의적인 교환가치의 체계와 '정상적인' 담론 질서를 교란하는 글쓰기—실천이 아니었을까.

「이원식 씨의 타격 폼」은 바로 그런 글쓰기를 통해 먹고사는 게 전부인 세상을 '니미 뽕'으로 만들어버린다. 말장난의 '포텐셜'이 최고로 폭발하는 이 소설에서 박상은 단어의 의미를 제멋대로 정의하거나 아예 없는 말들을 만들어 쓴다. 가령 '타격 폼'이란 단어는 "오늘 퇴근 후의 회식자리 안주는 삼겹살 대신에 '에피쿠로스식 타조 앞다리 수블라키' 같은 것이면 좋겠어, 라는 사소한 갈망의 진동수 같은 것"으로, "즉 조리 있게 무언가를 희망하는 것"으로 정의된다. 타격 폼의 반대말은 '개폼'이며, 개폼이란 "인간이 구현하면 안 되는 개 같은 폼" 또는 "타격 폼과는 죽도록 다른 부조리"를 뜻한다. '이원식 씨의 타격 폼'을 설명하는 방식은 이보다 더 엉뚱하고 어수선해서, 그것은 "'니미 뽕' 하지 않은 폼을 말하는 것"이자 "'꿔어어 꽃병' 같은 것"이라 한다. 꿔어어 꽃병은 또 무엇인가 하면 '에피쿠로스식 타조 앞다리 수블라키' 같은 것으로, 그 반대말은 '꽁꽁꽁 꽃병'이란다. 이래가지고야 알아들을 수가 없을 지경이지만, 아무래도 상관없다는 듯 박상의 말장난은 멈추지 않는다. "꼭 알아들을 수 있는 말만 해야 해? 이 사회에 알아들을 수 있는 말이 뭐가 있어?"(「체면 좀 세워줘」)라는 듯.

의외로 그의 이야기는, "넌 양비론자야, 넌 중도보수야" "너 같은 좌파가 펀드는 왜 샀니?"(「춤을 추면 춥지 않아」) 따위의 '안 이상한' 말들보다 알아듣기 어렵지 않다. 이 소설에 따르면, 세상의 부조리함이란 '니미 뽕'이 지구를 지배하게 된 것과 관련이 깊다. 대학에서도 '니미 뽕'을 가르치니 학생들이 다들 '니미 뽕'만 하고 있으며, 여대생들은 모두 '니미 뽕' 하는 남자들만 좋아하고 '니미 뽕' 할 생각을 품지 않는 남자는 무조건 배척한다. 락 동아리에서조차 '잠시 하는 것일 뿐 결코 목숨을 걸지 않으리'라는 '니미 뽕큰롤'이 판을 치고, 평생 해야만 하는 '니미 뽕' 따위가 지겹다는 생각은 아무도 하지 않는다. "니미 뽕 생활이라는 절제에 인간들의 꿔어어 꽃병이 타들어 가"게 된 것이다.

이런 현실에서 '이원식 씨의 타격 폼'은 '꿔어어 꽃병'을 온몸으로 구현하며 '니미 뽕' 한 세상에 저항한다. 너무 웃긴 타격 폼으로 스타가 되었을 때도 그는 '니미 뽕' 한 욕망에 물들지 않았으며, 빈볼을 맞고 은퇴하여 잊혀진 뒤에도 '꿔어어 꽃병' 같은 열망을 잃지 않고 '10만 번의 스윙'을 한다. '이원식 씨의 타격 폼'이란 결국 박상이 꿈꾸는 소설의 모습이자 글쓰기-실천의 태도가 아니겠는가. '핼리혜성에 탄' 이원식 씨("지상의 이원식 씨는 지나친 타격 연습으로 온몸이 꽁꽁꽁 되어 죽었다"고 한다)에게 '이원식 씨의 타격 폼'이 그러했듯이, 박상에게 이 같은 글쓰기는 '구원'과도 같은 것이 될지 모른다.

「이원식 씨의 타격 폼」은 자본주의적인 욕망을 넘어서는 개인의 자유를 지향하고, 신자유주의의 거짓 환상과 고통 속에 살아가는 사람들에게 다른 가치와 다른 행복의 메시지를 전파한다. 하지만 그 자유와 행복은 내면적 구원이라는 개인의 차원에 머물러 있는 것이 사실이다. 「춤을 추면 춥지 않아」는 이런 아쉬움에 대한 한 가지 대답을 담고 있는 소설이다. 창조적인 '개다리 춤'으로 '꿔어어 꽃병' 같은 아름다움을 실현하는 한 커플에게 그들이 추는 개다리 춤의 '마력'은 두 사람의 것으로만 남지 않는다. "온갖 업소의 선수들로 구성되어 있"는 음산하고 매너 없는 원룸 다세대 주택에서 "절망과 좌절"로 "혼자 외로워 죽어가고 있"던 사람들은 집집마다 문을 열고 복도로 뛰쳐나와 다 함께 "32비트 개다리 춤을 완성"한다.

우리들은 술에 취하지도 않았고 마약을 하지도 않았다. 다만 다시 사랑하게 되었고 춤을 추었다. 나타난 사람들은 모두 우리가 좋아하는 사람들이었고 그들과 동그랗게 춤을 추었다. 그 복도에서 우리들이 미쳐버린 건지도 몰랐다. 아무래도 상관없었다. 우리들은 춥지 않았다.

—「춤을 추면 춥지 않아」

놀고 싶고 웃고 싶고 춤추고 싶은 욕망, 사랑하고 나누고 함께하고 싶은 욕망, 그리하여 더 많은 사람들과 온 세상을 변화시키고 싶은 욕망. 이런 욕망을 발산하고 퍼뜨리는 글쓰기는 그 자체로 신자유주의적인 질서와 억압으로부터 벗어나고자 하는 정치적 행위일 수 있지 않을까.

4. 엽기천사들의 '주는-경제'

이를 가능하게 만드는 힘은 역시 '사랑'에서부터 나온다는 사실을, 여기서 짚어두지 않을 수 없다. '짝짝이 구두'와 상처만 남기고 떠났던 여자들(「짝짝이 구두와 고양이와 하드락」에서 '그'의 하드락정신을 주눅 들게 하고 「연애왕 C」의 '나'를 어쭙잖은 복수의 화신으로 만들었던)이 꿈처럼 다시 그들 곁으로 돌아오면서, 박상의 주인공들은 비로소 꿈꾸고 살아갈 자유를 얻게 된다.

「치통, 락소년, 꽃나무」에서 "나는이가아픈데돈도없다네나는턱도없는데노래를부른다네나는노래도못하는데이가아프다네나같은 사람은당장죽어버려야한다네"라고 징징거리던 '락소년'은 "현실적인 여자 같은 건 이제 재미없어졌어!"라는 말로 '날감동'을 안겨주는 그녀가 있기에, "'내가 생각하는 노래를 열심히 부르려는 것처럼' 노래를" 부를 수 있게 된다. 「춤을 추면 춥지 않아」에서도 '나는 애인도 없이 쏟아진 면봉들 옆에서 혼자 개다리 춤을 춘다네'라는 몹시도 불쌍한 춤은 사랑의 "고통스러움을, 뒤흔들어 몸에 달라붙지 않게 하려는" 내 몸짓을 따라하며 뜨거운 눈물을 흘려주는 그녀로 인해, 세상 끝까지 퍼져나갈 것만 같은 환희의 개다리 춤으로 변모한다. '핼리혜성에 탄' 이원식 씨 역시 '니미 뽕' 하지 않은 특별한 여자 '스'(이원식 씨는 핼리혜성에서 이름을 '윙'으로 바꾸었다는!)가 곁에 있지 않았다면, 그가 정신을 놓고 비닐하우스에서 스윙만 하다가 죽었을 때 "슬픈 락을 틀어놓고 처절하게 2만 번을 오열"(「이원식 씨의 타격 폼」)해준 그녀가 없었다면, 결코 구원에 이르지 못했을 것이다.

제멋대로 하고 싶은 일만 하며 살려는 남자들을 그녀들이 왜 구원해야 하느냐고, 경제관념도 없이 꿈만 꾸는 저 남자들이 과연 사랑받을 자격이 있느냐고, 자기 꿈을 이해하고 무조건 사랑하고 경제적으로 돌봐주기까지 하는 '구원의 여신'이란 남자들의 흔해 빠진 판타지가 아니냐고, 물으신다면. 그럴지 모르지만, 설사 그렇다 해도, 실은 판타지가 되기보단 오히려 판타지를 '깨는' 경향이 있는 이 '엽기천사'들이 박상 소설의 마지막 매력이라고 나는 대답하고 싶다. 막돼먹은 말투와 희한한 취향의 그녀들은 아무것도 바라지 않고 계산하거나 예측하지도 않고, 자기가 주는 것이 무엇인지 알지도 못하면서 '그 이상을' 준다. 묻지도 않고 따지지도 않고 사랑을 하는 그녀들의 '주는—경제' '사랑의 경제'(엘렌 식수)야말로 자본주의 이데올로기와 교환경제 시스템을 전복하는, 욕망 그 자체의 힘일 것이다.

더욱이 그녀들이 사랑하는 사람은, 사랑 받을 자격이 있는지는 잘 몰라도, '사랑할 능력'이 있는 남자들이다. 그들은 지배하거나 소유하지 않으며, 그들의 언어는 팔루스적 단일성으로 타자를 소진시키지 않는다. 어떤 권위에도 굴복하지 않고 '주변을 달리는' 자들, 아무것도 고정하지 않고 '흐르게 하는' 자들, 그 다성적인 쾌락을 두려워하지 않는 자들. 그들은 확실히 사랑할 수 있는 남자들이다. 그런 남자들에게 "당신 같은 노래를 부르는 남자는 당장 안아줘야 해"(「치통, 락소년, 꽃나무」)라고, "아무것도 의도하지 않은 당신을 사랑한다"(「이원식 씨의 타격 폼」)고 말할 줄 아는, 그렇게 그들을 살게 하고 변화시키는, 이 '엽기천사'들은 정말이지 사랑스럽다.

박상 소설은 관습과 규범과 권위의 감시를 따돌리면서 기존의 언어들을 가지고 놀다가 망가뜨리고, 거꾸로 놔두거나 뒤집어 놓으며, 다른 데 갖다 두고 딴청을 피운다. 이런 식으로 그는 로고스—팔루스 중심적인 의미의 질서를 뒤죽박죽으로 만들어버린다. 또한 모든 것을 화폐로 환산하는 페티시의 체계를 비웃으면서 '인간다운 즐거움'과 '아름다운 쾌락'(「이원식 씨의 타격 폼」), '주는—욕망'의 이상한 경제학을 확산시킨다. 그러니 이 유머와 사랑의 대책 없는 신종 플루에 더 많은 사람들이 감염돼도 좋지 않을까. 도무지 '약발이 안 먹히는' 이 지구에서.

"이봐, 정말 문학을 사랑해? 뻥치다 걸리면 공포의 새우꺾기 들어간다."

설령 표도르가 묻는다 하더라도 나는 이렇게 대답할 것이다.

"그런 걸 속이면 커서 뭐가 되겠어."

내 소설들은 아직 좋은 타격 자세를 취하고 있지 않다. 스윙도 빠르지 않고, 하체가 안정되어 있지도 않다. 동체 시력의 인식 범위나, 두뇌의 연산 속도도 좋지 않다.

이런 자세로 타석에 서게 되어 몹시 민망하다. 유효감동을 주는 문장이 과연 3할을 넘을지 의문이다. 안 되면 '웃기려고 그랬으니까 딱 한 번만 봐줘!'라고 말할 궁리만 하고 있다.

그럼에도 나는 계속 문학을 사랑하고, 평생 소설을 쓸 거다. 이제 첫 타석이다. 가장 열심히 하는 선수로 끝까지 그라운드에 남고 싶다는 게 꿈이며, 요행을 바라는 바보가 되고 싶진 않다.

메이저리그의 마지막 4할 타자 테드 윌리엄스는 "저기 역사상 가장 위대한 타자가 지나간다(There goes the greatest hitter who ever lived)"라는 말을 듣는 게 목표였다고 한다.

그의 명언에 침을 흘리며 감동한 나는 "소설은 박상이 잘 쓴다" 라는 말을 들을 때까지 소설을 쓸 거라고 정했고, 아침 공복시 마다 자기최면을 걸고 있다. 내가 잘하고 싶은 건 야구도 농담도 개다리 춤도 아니고 그것뿐이다.

잘 쓴다는 것의 기준은 제각기 다르고, 모두에게 쫄깃한 반응을 받게 되려면 내 인생이 5만 개라도 모자라겠지만 내 몸속에서 하드코어 랩을 하고 있는 문학이라는 이 시끄러운 열정과 광기와 낭만을 참을 수 없다.

그리고 나는 당신을 터무니없이 사랑한다.

수록작품 발표지면

1. 치통, 락소년, 꽃나무 (문학과 사회 2006년 겨울호)

2. 이원식 씨의 타격 폼 (작가들 2009년 봄호)

3. 홈런왕 B (현대문학 2006년 4월호)

4. 연애왕 C (웹진 문장 2008년 5월호)

5. 외계로 사라질 테다 (웹진 문장 2006년 10월호)

6. 춤을 추면 춥지 않아 (자음과 모음 2009년 봄호)

7. 가지고 있는 시(詩) 다 내놔 (미발표)

8. 체면 좀 세워줘 (문학나무 2007년 가을호)

9. 짝짝이 구두와 고양이와 하드락 (2006년 동아일보 신춘문예 등단작)

이원식 씨의 타격 폼

초판 1쇄 인쇄 2009년 8월 24일
초판 1쇄 발행 2009년 8월 27일

지은이 박상
펴낸이 강병철
주간 정은영
편집 김문식
디자인 배형원
제작 시명국, 김상윤
영업 조광진, 곽문석, 황삼문, 김영웅, 박대성

펴낸곳 이룸
출판등록 2001년 5월 8일 제20-222호
주소 121-840 서울시 마포구 서교동 395-172 상록빌딩 2층
전화 편집부 02. 324. 2347 | 총무부 02. 325. 6047~8
팩스 편집부 02. 324. 2348 | 총무부 02. 2648. 1311
이메일 erum9@hanmail.net

ISBN 978-89-5707-463-3 (03810)